Thou Shell of Death

逝灭之壳

[英] 尼古拉斯·布莱克（Nicholas Blake） 著

张秋涵 花超然 译

外语教学与研究出版社
北京

图书在版编目（CIP）数据

逝灭之壳 /（英）尼古拉斯·布莱克（Nicholas Blake）著；张秋涵，花超然译． —— 北京：外语教学与研究出版社，2023.3
书名原文：Thou Shell of Death
ISBN 978-7-5213-4334-2

I. ①逝… II. ①尼… ②张… ③花… III. ①推理小说 – 英国 – 现代 IV. ①I561.45

中国国家版本馆 CIP 数据核字（2023）第 045221 号

出 版 人	王　芳
项目策划	张　颖
项目编辑	赵　奂
责任编辑	都楠楠
责任校对	李　鑫
装帧设计	锋尚设计
出版发行	外语教学与研究出版社
社　　址	北京市西三环北路 19 号（100089）
网　　址	https://www.fltrp.com
印　　刷	三河市紫恒印装有限公司
开　　本	880×1230　1/32
印　　张	9.5
版　　次	2023 年 11 月第 1 版　2023 年 11 月第 1 次印刷
书　　号	ISBN 978-7-5213-4334-2
定　　价	66.00 元

如有图书采购需求，图书内容或印刷装订等问题，侵权、盗版书籍等线索，请拨打以下电话或关注官方服务号：
客服电话：400 898 7008
官方服务号：微信搜索并关注公众号"外研社官方服务号"
外研社购书网址：https://fltrp.tmall.com

物料号：343340001

记载人类文明
沟通世界文化
www.fltrp.com

目录

第一章　叔叔的故事...........001

第二章　英雄的故事...........019

第三章　圣诞的故事...........039

第四章　死者的故事...........059

第五章　扭曲的故事...........079

第六章　教授的故事...........093

第七章　隐秘的故事...........111

第八章　悲伤的故事...........131

第九章　终止的故事...........149

第十章　……的故事...........171

第十一章　探险的故事...........189

第十二章　过去的故事...........209

第十三章　保姆的故事...........229

第十四章　"我们度尽的年岁好像一声叹息"...........245

第十五章　故事的重述...........267

出场人物表

奈杰尔·斯特兰奇韦:一名高瘦的侦探
伊丽莎白·马林沃斯夫人:奈杰尔的姑母,记忆力极佳
赫伯特·马林沃斯爵爷:奈杰尔的姑父,形象类似音乐剧中的伯爵
约翰·斯特兰奇韦:奈杰尔的叔叔和前监护人,伦敦警察厅助理警监
弗格斯·奥布赖恩[1]:传奇空军飞行员,战时英雄,现已退出公众视野,过着隐居生活
阿瑟·贝拉米:奥布赖恩忠实的男仆
乔治娅·卡文迪什:有着精彩履历的冒险家,现与奥布赖恩的感情纠缠不清
爱德华·卡文迪什:乔治娅的哥哥,乔治娅对他有极强的保护欲
西里尔·诺特斯洛曼:退伍老兵,现经营一家游走于灰色地带的俱乐部
菲利普·斯塔林:牛津大学教授,曾指导奈杰尔
露西拉·思罗尔:"偷心金发女郎""职业小甜心"
格兰特太太:奥布赖恩的厨师,总是绷着脸,自以为是
布利克利:塔维斯顿警察局警司,在本案中力有不逮
博尔特:塔维斯顿警察局警员,布利克利的下属
汤米·布朗特:极其敬业的伦敦警察厅警督
斯坦利:塔维斯顿警察局局长
艾伯特·布伦金索普:饶舌的绅士流浪汉,喜欢引用莎士比亚的话
吉米·霍普:退伍军官,曾是奥布赖恩的战友
奥布赖恩太太:一名爱尔兰老保姆
杰克·兰伯特:梅纳特别墅的园丁
德莫特·菲尔:杰克·兰伯特的至交好友,两人的友情跨越社会阶级
朱迪思·菲尔:德莫特·菲尔的妹妹

及其他警察、仆从和村民等。

---

[1] 奥布赖恩为典型的爱尔兰姓氏。本书注释如无特殊说明均为译者注。

第一章
叔叔的故事

冬日的伦敦，临近黄昏。暮色的降临悄然无声而又迅捷，就像无数酒店、商铺、办公楼里高效运行的电梯一样。霓虹摇曳闪烁，灯箱变幻翻飞，喧嚣的电路讯号仿佛在传递二十世纪现代社会的无边加持，又好似在赞颂此城之巍然、佳人之无双。几颗星子贸然现身，转瞬便退败了，消失在稀薄的夜空中。圣诞将至，街上随处可见孩童与油纸包裹的礼物，临街的橱窗里也摆着成堆乏善可陈的小玩意儿——各式品味低下、立意庸俗的日历，镀镍的雪茄剪，象牙牙签，人造革小物件，花花绿绿的吉祥话，廉价首饰，垃圾食品……普天同庆的节日氛围无疑助长了这些无用之物的嚣张气焰。钞票在狂热中反复易手，人流穿梭如注。伴随着一波胜似一波的喧嚣与熙攘，交通也愈发繁忙。整座城市的血脉仿佛都在剧烈搏动着，正不顾一切地最后冲刺。

欢庆圣诞的人潮却并未影响到瓦瓦苏广场。夜色渐浓，几栋自十八世纪起便伫立于此的华贵宅邸遗世而独立，仿佛一群老贵族，不屑与粗鄙聒噪的新生代为伍。商业街上的喧闹传到这里仅如耳语，似是在这些老宅冷傲的面容前自惭形秽。广场花园里，梧桐树在夜空下优雅而从容地伸展着枝丫，犹如宫廷仕女那披帛下的玉臂；地上绿草茵茵，一派旧时光才有的祥和柔美。在这片贵族社区中，连有幸生养于斯的宠物犬都仿佛有股花花公子的气派，优雅矜持地问候着朋友或者各自领地的电线杆。奈杰尔·斯特兰奇韦从广场路28号的窗口向外张望，口中喃喃吟诵着蒲柏[1]的英雄双行体[2]。他低头看向身上的马甲，略带惊讶地意识到自己的穿着竟是花呢布料的，而不是更符合此处氛围的印花丝绸。但如果他知道自己即将离开这片世外桃源，卷入职业生涯中最离奇、最复杂也最戏剧化的案件，恐怕会感到更加惊讶吧。

　　奈杰尔曾短暂地求学于牛津。随着功课的深入，他发现相较于狄摩西尼[3]的雄辩之术，自己对弗洛伊德的精神分析理论更感兴趣，便转投了刑侦的道路——这是唯一一个可以同时运用个人修养与科学探索精神的职业，他常常如此评价。和他共进下午茶的姑母，马林沃斯夫人，认为极佳的个人修养是不可或缺的。而对科学探索精神，她却有所保留，觉得这略显世俗，并非美德。奈杰尔身上还有另外一些特质让夫人感到忧心，比如，他

---

[1] 亚历山大·蒲柏（1688—1744），英国诗人。
[2] 英文诗歌中的一种格律形式，即两个五音步抑扬格押同一尾韵，又称英雄双韵体。
[3] 狄摩西尼（公元前384—前322），古希腊政治家、演说家。

喜欢端着茶杯在屋里四处溜达，然后随手放在身边某个平面的边缘。

"奈杰尔，"她说，"你手边就有一张小圆桌呢，那里比椅子上更适合放茶杯。"

奈杰尔忙不迭地把惹姑母不快的罪魁祸首挪到了小圆桌上，窥视着她的表情。她就像她收藏的那些瓷杯一样白净细腻，显得精致而易碎，完美且不染一丝凡尘。不知道她突然被卷入暴力事件中会落得怎样的下场，他不由得想。比如，若突然置身于谋杀案的现场，她会就那样碎成千百片吗？

"说起来，奈杰尔，我已经好久没有见到你啦，可不要让自己太过操劳了。你的，呃，工作，想来也不简单吧。当然，你肯定也从中获益颇多就是了，肯定遇到过许多有趣的人。"

"操劳倒谈不上。自从休德利一案之后，我还没有接到过值得一提的委托。"

马林沃斯爵爷若有所思地放下了手中的小点心，伸出两根手指，优雅地敲着面前的红木桌。他看起来活脱脱是一位从音乐喜剧里走出来的伯爵，奈杰尔向来不敢多加注视，唯恐忍不住笑出来。

"啧，啧，"马林沃斯爵爷说，"要是我这记性还中用的话，是预备学校那桩案子吧？报纸上闹得满城风雨。青春年华过后，我和教职人员就没有深交了。他们都是些杰出人士，毫无疑问。但我不得不批评一下现在的教育，其中愈发欠缺一股阳刚之气。不准体罚，你听说过吧？不准体罚。我记得咱们认识的一个人是从事教育行业的，似乎是某所名校的校长——温切斯特公学，是不是？还是拉格比？我一时想不起校名了。"

马林沃斯爵爷对往事的追忆未能持续太久，此时奈杰尔的叔叔约翰·斯特兰奇韦爵士被引入了房间。约翰爵士是奈杰尔的父亲最珍爱的弟弟。兄长过世后，他便成了侄子的监护人。不消几年，两人之间便发展出了深厚的亲情。约翰爵士比常人略矮，生得一双大手，留有浓密的沙黄色美髯，仿佛上一秒钟还穿着老旧的园艺围裙，眼下便仓促而不情愿地换上了正装。另一方面，他的举止却轻快、干练、自信且颇富精力，整个人好似一个全科医生或者能干的心理咨询师。可他的双眼完全是另一种风格，仿佛属于一个梦游的人，总是飘忽地盯着远方。人们很难从约翰爵士自相矛盾的外表推断出其职业——他既不是园丁，也不是诗人或医生。事实上，他的真实身份是伦敦警察厅的助理警监。

他迈着轻快而有力的步伐走进屋，亲吻了马林沃斯夫人，拍了拍爵爷的后背，又朝奈杰尔扬了扬头。

"你好啊，伊丽莎白！你好啊，赫伯特！正找你呢，奈杰尔。我给你家打了电话，他们说你来这儿了。我给你找了个活儿干。啊，是茶吗？谢谢你，伊丽莎白。看来你们还没有下午茶时间喝鸡尾酒的习惯。"他调笑地朝老夫人挤了挤眼睛。某种程度上，约翰爵士是个简单直白的人，总是无法抗拒小恶作剧带来的快乐。

"鸡尾酒？在下午茶时间？我亲爱的约翰！你怎么会有这么可怕的想法！鸡尾酒，天哪。说起来，我仍然记得亲爱的父亲大人曾经把一个年轻人赶出了家门,就因为他想在晚餐之前来一杯鸡尾酒!当然,父亲的雪利酒名满天下,这也是他如此气愤的原因之一。约翰,苏格兰场恐怕让你染上了不好的习惯。"

老夫人愤愤的,暗地里却又有些开心自己被认为还跟得上这些放浪的新鲜潮流。马林沃斯爵爷稳稳地敲着桌子,言谈间带着一股了然于胸而又能容天下事的气场。

"啊——是的,鸡尾酒。我听说,这是一种从美洲引入的饮品。不分时段地享用鸡尾酒,这毫无疑问已经成为某些社会阶层的新嗜好。对我来说,一杯上好的雪利酒已经足够了。不过这种美洲风情的饮料也并非不能接受。时代在变化,我们生活在一个剧烈演变的时期。在我年轻的时候,人们还有时间慢慢品味生活,像品尝一杯上了年份的白兰地,在舌尖反复回味每一寸光阴。可如今,那些正当韶华的年轻人都是大口大口地喝酒,大把大把地挥霍时间。是啊,是啊,我们可不能阻碍了历史演变的进程。"

说完,马林沃斯爵爷倚回了椅背,右手比了一个表达亲善的手势,仿佛在准许历史的车轮继续向前。

"你们打算去柴特谷那边过圣诞吗?"约翰爵士问。

"对,我们明天启程,考虑开车过去。每年这个时候,火车都拥挤得令人难以消受。"

"见过你们道尔别墅的新房客了吗?"

"我们还未曾有幸打过照面。"伊丽莎白·马林沃斯回答,"当然了,他的介绍人非常体面。但,说真的,这个年轻人的名声太盛，让人有些为难呢。自打他租下了那栋房子，我们成天被问及关于他的话题。是不是，赫伯特？这实在很考验我的创造力。"

"有名的年轻人？你们说的是谁？"奈杰尔问。

"也不是很年轻了，有名倒是真的。那个弗格斯·奥布赖恩。"约翰爵士说。

奈杰尔吹起了口哨："我的天！那个——弗格斯·奥布赖恩？传奇飞行员，从虎口求生的冒险生涯中急流勇退，隐居英国乡村的谜般男子！真想不到，他竟然会把道尔别墅当作避世之所——"

"如果你最近来探望过姑母我，也许早就听说了。"马林沃斯夫人委婉地谴责。

"可是为什么没有见报？那些记者总是像私家侦探一样紧跟着他，可这次只说他归隐山林了。"

"哦，他们被封口了。"约翰爵士说，"不是没道理。好了，你们俩。"他继续道，"请允许我们告退片刻，我要和奈杰尔到书房说几句话。"

马林沃斯夫人和蔼地应允了。很快，奈杰尔和叔叔便在书房那巨大的皮面扶手椅上安坐了下来，约翰爵士点燃了那只经常散发着烟草臭味、毒害警察厅同仁的樱桃木烟斗。

这两人呈现出一种奇妙的对比。约翰爵士硬挺挺地在椅子上坐得笔直，看起来比平日更矮了，话语和动作都很少，倒像是一条特别聪明能干的长毛猡，只是那双蓝眼睛里的目光显得过于飘忽了。而奈杰尔那足有六英尺[1]高的身体则摊得到处都是,举止拘谨且带着些许笨拙,一绺沙黄色的头发垂在额前,脸上在放松时总有种深具欺骗性的天真神情,让他看起来就像个发育过头的高中男孩。他的眼睛和叔叔的一样是浅蓝色的,但因为近视而显得有些无神。然而,两人之间又有着本质上的相似之处:话语中那丝不易察觉的黑色幽默,笑容中那种赤诚与亲切,以及像所有知晓自己毕生所求而生活得无比充实的人那样的无穷精力。

"好了,奈杰尔,"约翰爵士说,"我给你找了个活儿干。巧不巧,正好和那个道尔别墅的新房客有关。大概一周之前,他给我们写了封信,附上了他近来收到的恐吓信——有三封,每月收到一封,机打的。我派了个人去查,但没得出什么结果。给,这是副本。好好读读,告诉我你有什么想法——任何想法都可以,但别光是告诉我有人想要他的命,这太明显了。"

奈杰尔接过三张复印件,纸上分别标着1、2、3,可能是表明收到的顺序。

第一封写道:

> 不,弗格斯·奥布赖恩,你不要以为自己躲在萨默塞特[2]就万事大吉了。胆大包天的飞行员如你,这次也注定插翅难逃。你翻不出我的手掌心,我要让你死得**明、明、白、白**。

---

1 英尺:英美制长度单位,1英尺约等于0.3048米。6英尺约合1.83米。
2 英国西南部一郡,北临布里斯托尔湾。

"嗯,"奈杰尔说,"非常戏剧化。写信者似乎认为自己是无所不能的神,而且竟写得颇有文采!"

约翰爵士走过来,坐在了奈杰尔椅子的扶手上。"没有署名,"他说,"信封上的字也是机打的,邮戳来自肯辛顿[1]。"

奈杰尔拿起第二张纸,上面写着:

有没有开始感到不安?铁打的神经也学会颤抖了吗?我倒不会因此看轻你,但地狱的大门已然向你敞开,等不了多久了。

"呵!"奈杰尔感叹道,"阴狠之感拿捏得恰到好处。这个月的连载是怎么说的?"他大声读出了第三封信:

我想,是时候布置舞台了——当然,这都是为了你的退场,就在这个月。我业已计划周详,但总归应当等到你的圣诞派对完美落幕。也就是说,你还有三周多的时间安排后事,起草告解,享用丰盛的圣诞晚餐。而我呢,大概会在节礼日[2]杀了你。就像好国王温塞拉斯[3]一样,你的生命之火也注定在圣诞次日熄灭。我恳求你,亲爱的弗格斯,无论你内心多么绝望,请不要轻易自戕。

---

1 伦敦的一处地名。
2 英国法定假日,在圣诞节次日,遇星期日则推迟一天。
2 一首圣诞颂歌中的波希米亚国王。

我无法想象在付出了如此之多的心血后，竟不能享受送你离开的乐趣。让我在你死前亲口告诉你：我恨你，你这个纸糊的英雄、残忍的魔头！

"怎么样？"约翰爵士问，打破了一阵长久的沉默。

奈杰尔摇了摇头，盯着信件，困惑地眨了眨眼，说道："我不太懂。整件事看起来太不真实了，好像诺埃尔·科沃德写的一出闹剧。你能想象有人在策划谋杀的时候还能兼具幽默感吗？那个关于好国王温塞拉斯的梗实在太讨喜，我甚至觉得我要喜欢上写信的这个人了。你说，这会不会是恶作剧？"

"要我说，这也很有可能。但奥布赖恩显然当真了，不然为什么把信给我们？"

"顺带问一问，我们胆大包天的飞行员对此有什么反应？"奈杰尔问。

他的叔叔没有回答，只是拿出另一张复印件递给他。纸上写着：

亲爱的斯特兰奇韦：

你我也算相识，我就不见外了。自十月以来，近三个月每逢"二"日我都会收到一封恐吓信（已按时序标号）。这些信也许是疯子寄来的，也许是我某个朋友的恶作剧，但也有可能不是。也许你有所耳闻，我的生活一度相当高调，无疑有许多人乐于看到我虎落平阳的一幕。

也许贵厅的专家能够从这些信件本身得到什么线索，但我对此并未抱太大希望。眼下，我**不希望**接受警方保护。本已归隐山林，何必再劳烦官方出面。不过，如果你恰好认识那种非常聪慧、友善，且乐意到乡下来助我一臂之力的私家侦探，还请不吝为我引介。不知你以前提起过的侄子意下如何？我可以提供些许线索，以便他开展工作，只是这些怀疑太过微不足道，并不值得落在纸上。如果他愿意的话，可以假作我的客人之一参加圣诞派对。请让他在二十二日前来，赶在其他宾客的前一天。

你诚挚的
弗格斯·奥布赖恩

"啊，我知道了，这就是找上我的原因。"奈杰尔若有所思地说，"嗯，要是你觉得我的聪慧和友善程度可以满足要求，我倒是很乐意走一趟。听起来，奥布赖恩很理智，人也不错。我之前一直以为他是那种不怕死的神经病。你见过他吧，说说看。"

约翰爵士响亮地嘬了一下烟斗："我宁愿你自己观察。不过，他确实有点精神衰弱，是上一次飞机失事的后遗症，看起来不太妙。但你也能感觉到，他呢，心气还在。他本人倒是没有刻意追求过曝光度，可是就像所有真正厉害的爱尔兰人，比如迈克尔·柯林斯[1]那样，他也算是个花花公子。我的意思是，他们天

---

[1] 迈克尔·柯林斯（1890—1922），爱尔兰革命领导人。

生就是风流坏子,做事情怎么浪漫花哨怎么来,完全是无意识的。我得说,他倒是跟爱尔兰人一样记仇——"

约翰爵士突然顿了顿,若有所思地皱了皱眉。

"那他到底是不是真正的爱尔兰人?"奈杰尔问,"爱尔兰至尊王布赖恩·博鲁那一脉的?还是只是不列颠的移民?"

"就我所知,没人说得清,大家都说他的来历成谜。战争开始没多久,他就突然出现在了皇家空军的队列里,从此一往直前。他肯定有两把刷子。我是说,有真本事。现在战斗英雄一点也不值钱,尤其是空军里的,一便士能买俩。那些人虽然一时名声大噪,但很快就会被大众抛之脑后。可奥布赖恩不一样,就算考虑到他冒险生涯中多情和浪漫的因素,一个人也没办法只凭花架子就赢得如此长时间的社会关注。他一定是具备某些普通'英雄'所没有的优点,才能让崇拜者长久追随。"

"瞧你,还说让我不要有先入为主的看法,"奈杰尔取笑道,"不过我确实很需要外援。如果你有时间,不妨讲讲奥布赖恩的传奇故事吧,我已经有些跟不上节奏了。"

"我想你至少知道个大概吧。整个战争中,他一共收了六十四条德国佬的命,总是独自出击,整天都飘在云端,伏击敌军。德国人都以为他是不死之身,任何来自敌军的东西都难逃他的袭击。后来,连他自己中队的战友都开始害怕他。每天出击回来,他的机身都被打得跟筛子一样,半个机舱都快要被打穿了。他队里的麦卡利斯特告诉我,奥布赖恩那时候就像在故意求死,只是一直不能如愿。大家都觉得,他兴许是把灵魂卖给恶魔了。关键是，他可不是喝醉了才干下这些事的。战争结束之后，他独自驾驶着一架快报废的旧飞机去了澳大利亚。每飞一天，就得再花一天时间修飞机，不然那老古董就要散架了。当然，更不要提那一次他在阿富汗的神奇历险，单枪匹马拿下了当地一个堡垒。还有啊，他有一次给电影公司拍特技，竟然在一个山脉里关了发动机，绕着山峰滑翔。不过，我认为他最伟大的壮举是救了那个女探险家乔治娅·卡文迪什。那可是非洲的蛮荒之地，他到处搜寻，在几乎不可能的条件下降落，把那姑娘带回了家。那次，他安生了一阵子，也许和最后的飞机撞毁事故也有关系。总之，没几个月的工夫，他就决定不再飞行了，打算在乡村安度余生。"

"啊，"奈杰尔说，"真是多姿多彩的人生。"

"不光是这些妇孺皆知的惊人壮举成就了奥布赖恩，他还有许多人们不知道的传奇经历——理论上不能见报的那种，只靠口口相传。流言满天飞，其中当然有虚构和夸张的成分，但大部分并不是空穴来风。所有这些，一起塑造了他神话般的伟岸形象。"

"比如？"奈杰尔问。

"唔，就说一个荒谬的小细节吧：他们说他穿着拖鞋的时候战绩最好，所以总是在机舱里备着一双，飞到一千英尺以上就换拖鞋，也不知道真的假的。不过，他的拖鞋已经和纳尔逊将军[1]的望远镜一样成了传奇。还有他对权贵的仇视，虽然这在前线士兵

---

1 霍拉肖·纳尔逊（1758—1805），英国海军将领，曾以一只盲眼观看望远镜，以示未见旗号而抗命。

里不稀奇，但他是真的付诸了行动。战争后期，在他成为飞行中队长之后，某次有个指挥部的混蛋命令他们在极端天气条件下对敌方一片机关枪阵地进行低空扫射。你知道，这就是权贵刷存在感的方式而已，以免显得自己无事可做。唔，一同执行任务的飞机都被击落了，除了奥布赖恩。这事之后，他们说他经常在空暇时间开着飞机到后方转悠，专找指挥部的车。一旦盯住了一辆，他就不停地骚扰，恨不得把飞机轮子都蹭到官大人的眼镜上。据说，他还曾经把自制的臭气弹扔到了人家后座上，吓得他们屁滚尿流。但他们又证明不了是谁干的。而且，他们也未必敢向奥布赖恩这种当红英雄下手。他向来对权威不爽，常常无视上面的命令，最后终于玩脱了。战后，他的中队被派到东方，某次接到一个任务：轰炸当地的村庄。他想不通为什么那些村民仅仅因为没能交上税就要家破人亡，所以就把炸弹丢在了沙漠里，然后低空掠过那些村庄，往下投放成盒的巧克力。当局没法无视这个，他当然要负全责，于是就被人礼貌地要求退役了。没过多久，他就飞了澳大利亚那趟。"

约翰爵士往后靠了靠，不禁因为自己罕见的聒噪而有些脸红。

"看来你也着了魔。"奈杰尔说着带着诙谐的神情点了点头。

"别瞎说……呃，好吧，也许是有点。不过，等你在道尔别墅见了他真人，十有八九也会被迷得晕头转向。要不了几个小时，我敢打赌。"

"是啊，我也觉得是。"奈杰尔叹了口气，站起身，迈着鸵鸟般略带笨拙的步子在屋内踱着。这个皮革和运动海报装饰的避难所里隐约飘着雪茄等精心炮制的香气，其接触到的最严重的"暴力"无非来自晨报上的头条新闻，与他刚刚听到的那个世界相隔甚远。那个弗格斯·奥布赖恩的世界：一个筋斗直入云霄，奋不顾身探索异邦，面对权威豪放不羁，死亡终日如影随形，他踩着死神的脚印，大概就像马林沃斯爵爷踩着自家书房的地毯一般习惯成自然。但他们两人之间真的有什么本质的不同吗？无非是肾上腺素水平的高低有别罢了。

奈杰尔摇摇头，把这些形而上的遐思甩到脑后，对叔叔说道："还有件事。你刚才喝茶的时候说记者们被封口了，不能报道奥布赖恩隐居的地址。这是为什么？"

"是的。除了飞行，他的相关理论知识和组装技能也相当强。他正在设计一种新型飞行器，自称将会彻底革新飞行系统，因此不希望过早暴露在大众视野里。"

"但其他势力总不会一点风声都没听到吧？我是说，警方难道不该保护他吗？"

"我也这样认为。"约翰爵士忧心忡忡地回答，"可这个人他妈的就是这么倔，他说要是闻见警察监视的味道，就立刻把图纸全毁了。他还说有能力自保，这倒也不是假话。何况在图纸进一步细化之前，也没人能偷窥到他的发明到底什么样。"

"我刚才在想，恐吓信和他的发明之间很可能有千丝万缕的联系呢。"

"哦，也不排除这种可能。但你还是不要形成先入为主的看法为好。"

"关于他的私生活,你了解多少,比如他的婚姻状况?还有,他说过都有谁会参加圣诞派对吗?"

约翰爵士摸了摸沙黄色的小胡须:"没有,他没说过。他也没有结婚,但我觉得他应该挺有女人缘。而且,就像我刚才说的,他1915年参军前的履历一片空白。报纸就指着这些塑造神秘英雄呢。"

"有意思。媒体肯定不遗余力地挖掘过他的青少年时代,而他一定也有很特殊的理由不让他们知晓那一切。也许他战前摘过不少路边的野玫瑰,恐吓信也是与此有关,如今只是自食其果罢了。"

约翰爵士面露惊色,挥了挥手:"我的老天,奈杰尔!我的年纪可听不得这些曲里拐弯的话了!"

奈杰尔一笑。"还有最后一件事,"他顿了顿,"关于钱。他富裕到足以租下道尔别墅。我猜,他的收入来源也成谜?"

"不好说。作为最炙手可热的大众偶像,他应该有大把机会从中牟利。但就我所知,他似乎没怎么利用过那些资源。不过,这些问题你最好还是当面问他本人吧。如果他确实把这些恐吓信当真了,多少应该会对你吐露一点实情。"

约翰爵士从椅子上站了起来:"好了,我得走了,晚上还得和内政大臣吃饭。难搞的老东西。他最近突然恐慌起来,老觉得某党派的人要在他床底下放炸弹。要知道,那个党派是不允许针对个人实施暴力的,虽然我倒不介意他们把他炸上天。他的晚餐菜单居然是白水煮羊肉和开架葡萄酒。"

他挽着奈杰尔的胳膊，拉着他往门的方向走去。"我要再叮嘱一下赫伯特和伊丽莎白，让他们在那边不要把你小福尔摩斯的身份说漏了嘴。我也会给奥布赖恩拍个电报，说你会在二十二号过去。帕丁顿火车站十一点四十五分有趟车直达，正好能让你赶上下午茶。"

"老狐狸，你早都规划好了，是不是？"奈杰尔亲昵地说，"多谢为我介绍工作，也多谢你讲的传奇故事。"

约翰爵士停在会客厅门口，仍旧紧紧挽着侄子的胳膊，向他耳语道："答应我，照顾好他。我有点后悔没有坚持让警方出面保护他。如果恐吓信成真，我们的处境会很难堪。另外，如果你发现真的有危险，一定要立刻通知我。紧急情况下，我们可以不顾当事人的意愿，直接出动。好运，小子。"

第二章

英雄的故事

计划赶不上变化，奈杰尔未能乘坐十一点四十五分的火车出行。二十一日晚上，马林沃斯爵爷的管家打电话给他，说伯爵夫妇因故在城里耽搁了，明天才会赶赴柴特谷。他们打算开车去，而且很乐意捎斯特兰奇韦先生一程，可以在早上九点整来接他。拒绝如此隆重的邀请未免太失礼了，但想到要在促狭的车内连续四五个小时听马林沃斯爵爷缅怀往事，奈杰尔顿觉头疼。

第二天早上，时钟刚刚敲响九点，一辆戴姆勒汽车便停在了奈杰尔家门口。对于他的姑父和姑母来说，公路旅行算得上是一次危机四伏的冒险，丝毫马虎不得。尽管这辆豪华轿车的密封性极佳，干净得像医院病房一样，马林沃斯夫人还是习惯性地戴了一幅厚厚的面纱，穿了好几层衬裙，甚至还拿了一瓶嗅盐以备不时之需,这些都是她超过二十英里[1]行程的标配。她的丈夫则身着一件巨大的格子长外套,戴着布帽子和防风眼镜,好像国王爱德华七世和盖伊·福克斯[2]的结合体——街上嬉闹的小孩很快聚集起来,朝他指指点点。爵爷的贴身男仆和夫人的贴身女仆已经带着行李乘火车南下,但车内原本宽敞的空间仍然塞满了足够进行一次极地探险的装备。钻进车里的时候,奈杰尔的小腿磕到一只硕大的午餐篮,而通往座位的途中则堆了好几个热水壶。

等他终于安顿好,马林沃斯爵爷看了看手表,打开一张军用地图,拿起传声筒,像惠灵顿将军[3]下令整军前进一样神气地说道:"考克斯,出发!"

整个旅途中,马林沃斯爵爷始终维持着一种非正式的闲谈氛围。小轿车穿过市郊的时候,他表达了对此地建筑物的负面看法,并进而谈到二十世纪工业文明欠缺精雕细琢的精神。但同时,他也慷慨地承认此地居民无疑是社会运转中不可或缺的一部分,而且在各自的阶层中都是值得尊敬的人物。驶入村野之后,他时而呼唤旅伴观赏"雅致的小景"或"宏伟的山河",时而细数他们所经郡县上有头有脸的家族的奇闻轶事。他的妻子则与他一唱一和,对那些家族的宗谱如数家珍。每当遇到岔路,马林沃斯爵爷便要仔细研究一番地图,然后指引司机正确的方向。而考克

---

1 英里:英美制长度单位,1英里约等于1.609千米。20英里约合32千米。
2 盖伊·福克斯曾策划英国历史上的"火药阴谋",企图暗杀国王等新教徒贵族,阴谋败露后被处死。后来英国每年十一月五日便有了"篝火之夜",其中一项庆祝活动就是制作和焚烧"盖伊"人偶。
3 惠灵顿公爵阿瑟·韦尔斯利(1769—1852),英国军事家、政治家,曾在滑铁卢战役中联同普鲁士军队击败拿破仑。

斯则会严肃地点头采纳，仿佛他是第一次驾驶这段路程，而不是大概第五十次吧。旅途的沉闷和那一丝不真实感令奈杰尔昏昏欲睡。他的头垂了下去……他突然惊醒……他的头又垂到了一边……最终，他沉沉地陷入了梦乡。

十二点钟，他被唤起来享用了一顿午间便餐。可一旦再次上路，他立刻又睡着了，因而错过了汉普郡恩德比家的传奇故事。据说，这个家族最后一任族长在五十岁的年纪隐居到了自家地界上的一座高塔里，几乎从不露面，只有在查理一世的忌日时会从塔顶往下撒锃亮的金币给佃农。奈杰尔醒来时，车已经离开主路，正沿着萨默塞特的乡间小道行驶。道路两侧的篱笆几乎要划到车身上。很快，他们向左转，穿过了一个巨大的石门。蜿蜒的车道像是催眠的蛇舞，引着他们驶入深谷，又攀上山坡。随后，小路分叉，直走的路通向柴特塔庄园，右转则是道尔别墅的方向。考克斯奉命先将奈杰尔送至道尔别墅那边。下车的时候，奈杰尔发现这里比他上次造访时多了一栋奇怪的建筑。面对正门的右手边，约五十码[1]之外的花园尽头，矗立着一座军事风格的小木屋。等人来应门的时候，他不禁好奇地想，奥布赖恩究竟怎样说服的马林沃斯爵爷，可以让园子里出现一个如此不雅致的东西。他还突然想到自己忘记通知奥布赖恩行程变了，这边的人还以为他会在下午茶时分抵达。

门开了。一个身材高大、肩膀宽阔的硬汉出现在门口。他身

---

[1] 码：英美制长度单位，1码约等于0.9144米。50码约合46米。

着整洁的蓝色套装,其鼻子无论大小还是形状都像一块小号法式薄饼。大概是由于马林沃斯家的车子已经驶远,这位先生的视线一碰着奈杰尔和他的行李箱,人便叫了起来:

"不,我们不需要吸尘器,也不缺丝袜、擦铜油或者鸟食。"

见他要关门,奈杰尔赶忙一个箭步向前,解释道:"别!我是斯特兰奇韦。有人从伦敦开车载我过来,我没来得及告诉你们。"

"噢,真不好意思,斯特兰奇韦先生。快进来,先生。我叫贝拉米,不过大家都喊我阿瑟。上校眼下出去了,不过下午茶之前会回来的。我这就带你去房间,然后我看你不如去花园里活动活动腿脚。"说完,他又带着期冀的神色补充道:"要不你也可以戴上手套,一起练几个回合?长途旅行之后放松一下,特合适。不知道你喜不喜欢拳击?"

奈杰尔赶忙婉拒了。阿瑟看起来有些失望,但很快又露出一个粗犷的笑容。"没事,"他说,"本来就是有人爱动拳头,有人爱动脑子嘛。"

他拍了拍自己脸上扁扁的小鼻子:"别紧张,斯特兰奇韦先生,我知道你是来干吗的。不用担心,先生,我会守口如瓶。我是姓牡蛎的,嘴可严了。"

奈杰尔跟着牡蛎先生上了楼,很快在自己的房间里解开了行李。这是一间漆成奶油色的卧室,橡木原色的家具质朴但实用。墙上还挂了一幅画,奈杰尔用近视的眼睛盯了一会儿,然后凑上前去,一只手里夹着香烟,另一只手还拎着一条裤子。这是一幅年轻女孩的肖像,竟出自大名鼎鼎的后印象派画家奥古斯都·约翰之笔。奈杰尔花了颇长一段时间归置行李。他本人也承认自己天生就很八卦,总是控制不住好奇心,想将别人生活的细枝末节也一探究竟。眼下,他正一一拉开橱柜里的所有抽屉,与其说是为了放置自己的私人物品,倒更像是希望发现上一位访客是否无意中留下了什么不可告人的秘密。然而,抽屉都是空的。他注意到梳妆台上的瓶子里插着一束圣诞玫瑰,床头柜上有一个盒子。盒子打开后,里面装满了翻糖饼干。他心不在焉地往嘴里塞了三块,暗自思索:这些想必出自一位非常能干的管家太太。他又漫无目的地踱到壁炉前,手指划过架子上的一排书脊:《阿拉伯的荒漠》,卡夫卡的《城堡》,伊夫林·沃的《衰落与瓦解》,诗人约翰·多恩的《布道》,多萝西·塞耶斯的最新作品,还有叶慈的诗集《钟楼》。他拿起最后那本,发现是首版首印,上面还有诗人的亲笔题词——"给我的朋友,弗格斯·奥布赖恩。"奈杰尔对此地主人的固有印象开始动摇,这哪里像他心目中那个胆大包天、鲁莽轻率的飞行员?

少顷,他步入了花园。道尔别墅是一栋宽宽的两层小楼,墙壁雪白,板岩屋顶微微低垂。老的道尔别墅曾经毁于火灾,这栋建筑是一百五十余年前在原址上重建的。它很像那种富裕的教区牧师家的老式大宅,建筑师仿佛特意为牧师家的人丁兴旺留足了空间。小楼正面有条与楼体一样长的游廊,面朝南方,延伸到建筑的东面。散步时,奈杰尔又看到了那个小木屋。它与周遭的环境格格不入,窗户映满了十二月那巨大太阳的血红色光辉。他穿过草坪,从一扇窗户里看进去。里面被用作工作间,摆着一张硕大无朋的案桌，上面四散着书与纸张。屋里还有几排书柜、一个煤油炉、一只保险箱和几把扶手椅。一双毛毡拖鞋躺在地板上。这样的风格与他刚刚离开的客房大相径庭：一个是低调的奢华，另一个却是粗犷随性的实用主义。奈杰尔那小象一样贪得无厌的好奇心[1]一时间占了上风。他推了推屋门，略带惊讶地发现门竟然没有锁，便走了进去。他漫无目的地四处嗅了一会儿，然后被左手边的一扇屋门吸引了过去。这个起居室太大了，以至于他没有意识到这堵墙只是隔断墙。他走进门内，来到了一个小隔间。屋里空空荡荡，只有一张行军床、一条蒲席和一个橱柜。奈杰尔正要出去，忽然注意到橱柜顶上摆放着一张照片。他走了过去。那上面是一位年轻女子身着骑马服的英姿。照片已经泛黄，仿佛有了年头，但女孩的脸庞仍然清晰可见——黑头发，没有戴帽子，嘴角挂着甜美而不谙世事的直率笑容，双眼中却萦绕着一丝忧愁。那是一张纤瘦而顽皮的脸，容貌绝佳，明朗大方，令人深陷其中。

就在奈杰尔研究这张照片的时候，一个声音从他身后传来："书房的装饰罢了。很高兴你能来。"奈杰尔蓦地转过身。那声音很轻，几乎有些阴柔，却又出奇地浑厚。声音的主人正站在门口，伸出一只手，嘴角弯成幽默含笑的弧度。奈杰尔尴尬地走过去，吞吞吐吐地说：

"这……这真是不好意思。我真不该像这样乱走乱看。都怪

---

[1] 出自英国作家吉卜林的小说《大象的鼻子为什么那么长》，说大象的鼻子原本是短的，因为好奇去问鳄鱼吃什么而被鳄鱼咬住拉长。

我这好奇心，真是坏习惯。要是有人邀请我去白金汉宫，恐怕我也会忍不住翻看女王的私人信件。"

"啊，没关系，没关系。毕竟你来这里就是干这个的。这事怪我，不该在这个关头出去。我不知道你会来得这么早。阿瑟有没有带你四处看看，尤其是你的房间？"

奈杰尔解释了自己早到的原因。"阿瑟真是太热情了，"他补充道，"他甚至邀请我一起练拳击。"

奥布赖恩大笑起来："没事的，这说明他喜欢你。越是在乎的人，他就越想揍几拳——至少试了再说。这是他唯一懂得的表达感情的方式。以前，他每天早上都要揍我一顿，直到我病到再也经不起打。"

奥布赖恩看起来确实像个病人。两人并肩在草坪上漫步的时候，奈杰尔仔细观察着。他还没有从"闯空门"被抓现行的负罪感中解脱出来，而面前飞行员的真实形象又彻底击碎了他之前对于这位英雄人物外貌的幻想。他本以为奥布赖恩应该是个很鹰派的人，肌肉把衣服撑得鼓鼓的，气场远超凡人。可他看到的却是一个小个子男人，衣服松松垮垮地挂在身上，仿佛一夜之间身材缩水了许多。他还看到一张苍白至极的脸和满头乌发，一道可怖的伤疤自太阳穴延伸到下巴，隐隐消失在干净整洁的黑色胡须后面。还有那双秀气的大手，与他的音色是同一种感觉。除了那扎眼的黑胡须和灰败的面色，这就是一个再平凡不过的男人，与"浪漫"二字完全不沾边。但那双眼睛——深蓝色，接近紫罗兰色的眼睛，就好像春日里变幻无常的天空。它们上一秒还是晴朗而欢愉的，下一秒便阴云密布，郁郁寡欢到近乎呆滞，仿佛被抽走了魂魄。

"快，快看它！"奥布赖恩兴奋地指着草坪上的一只知更鸟，小家伙正在两人面前一蹦一跳，"它停顿得比你眼睛的反应速度更快。它停得太猛了，以至于人的眼睛根本来不及'刹车'，所以你的视线焦点只好停在它下一步的位置上。你注意到了吗？"

奈杰尔从未注意过这一点，但他发现飞行员在兴奋的时候爱尔兰口音会更加明显。他脑海中不由自主地浮现出《古舟子咏》中的几行话：

> 只有兼爱人类和鸟兽的
>
> 他的祈祷才能灵验
>
> 谁爱得最深，谁的祈祷最好
>
> 万物既伟大又渺小

这形容的本是诗中的隐士，但这位飞行员已然过上了隐士般的生活。奈杰尔突然感到此人可以带给他一种全新的认识世界的方法。他忽然意识到，没错，这个正与他并肩漫步在草坪上的人绝非池中之物。

就在这时，两声枪响突然从邻近的树丛中传来。奥布赖恩的前臂和手部不自觉地痉挛了一下，头向后扭。然后，他不好意思地笑了起来。

"这习惯怎么也改不了。"他说，"在飞行中，这意味着有人正咬着你的尾巴,真是种特别可怕的感觉。你知道他肯定就在那里,却总也控制不住想回头看。"

"这枪声像是勒基特家林子里传出来的。我对这一带还算熟悉,小时候每年秋天都来姑母家住。你平时在这里打猎吗?"

奥布赖恩的眼中蒙上了一层阴翳,但很快又闪亮了:"不。为什么要打猎?我并不讨厌鸟儿。不过,倒是可能有人要猎杀我,对不对?你肯定读过那些信了。不过我可不愿意破坏你享用下午茶的雅兴,咱们稍后再谈这个。快来,这边……"

晚餐时分,阿瑟·贝拉米承担了侍者的重任。大块头的他出人意料地动作灵巧、反应迅速,仿佛马戏团里训练有素的大象。但他也不是那种默默工作、毫无存在感的仆从,整个晚餐时段都活跃着他对于一道道菜品毫不吝惜的赞美,以及对村里居民私生活的辛辣评论,自教区牧师以下几乎无一幸免。之后,奈杰尔和主人移步起居室,来上一杯白兰地。

"你的管家太太真心不错,"奈杰尔环视着整洁有序的起居室,感叹道。他对于一个完美起居空间的所有想象仿佛都在这里实现了,加上他客房内的圣诞玫瑰和饼干匣……

"管家?"奥布赖恩说,"我没有管家。为什么这么说?"

"我以为有位细心的女性操持着这一切。"

"不好意思,那是我。我喜欢到处鼓捣些鲜花之类的。这把胡子底下其实有颗老姑娘的心,所以这里容不下另外一个管家太太了,竞争太激烈。杂务的话大部分都是阿瑟在做。"

"你没有别的仆从吗?难道那顿美味的晚餐也出自阿瑟之手?"

奥布赖恩咧嘴一笑:"侦探已经开始行动了!不,我有个厨子,格兰特太太,是你姑母推荐的。除了疣子长得多了点,她简直完美。如果我们有访客,每天早上还会有个邋遢姑娘从村里过来帮忙打扫。不过从外表来看,这孩子带进来的灰尘恐怕比她扫出去的要多。园丁也是本地人。你恐怕得从别处下手找嫌疑人了。"

"你没有再收到别的信了吧?"

"没有。我估计这小子正为节礼日养精蓄锐呢。"

"你究竟多大程度上相信信上的话?"

一丝云翳在奥布赖恩的双眼中飘过。他的手指拧成了奇怪的麻花状,像是女孩子常做的姿势。"我不知道,说实在的,我真不知道。我之前也收到过那种东西,不止一次。但这小子的语气和其他人不一样——"他困惑地歪头看着奈杰尔,"要知道,如果我自己想杀了谁,大概也会写出一模一样的东西来。大部分人写恐吓信的时候都恨不得喷出满腔恨意,因为他们就是懦夫,毫无幽默感。记住我的话,**毫无幽默感**。可你瞧,只有人在绝对认真的时候才开得起玩笑。只有我们天主教徒敢拿自己的信仰开玩笑。你明白我的意思吗?"

"是的,我读最后一封信的时候也想到了这点。"奈杰尔把酒杯放到地板上,走到壁炉旁斜倚着。奥布赖恩苍白的脸和黑色的胡子笼罩在台灯的光晕里,突兀地漂浮在黑暗中,仿佛硬币上的国王大头像。奈杰尔忽然想:他看起来多么脆弱,却又多么冷静,仿佛知道一切已经结束了,就像一位诗人正在死神的注视下撰写自己的墓志铭。奥布赖恩疏离的表情也好像一个自知死期将近的人，他已经缝制好自己的尸衣，订好棺材，安排好葬礼上的一切大小事宜，然后无动于衷地静候死亡降临，似乎这只是整个过程中最无关紧要的一个环节。奈杰尔摇摇头，赶走这些不着边际的遐想，回归正题。

"你和我叔叔提起过，有些不值得落在纸上的疑点。"

一阵漫长的沉默。最后，奥布赖恩在椅子上扭了扭身子，叹了口气。"我真不知道到底该不该那样写，"他字斟句酌地缓缓说道，"对你来说可能没什么用处……啊，好吧……是有一件事。你记不记得第三封信上说要等圣诞派对之后才杀我？收到那封信的一周之前，我才刚安排了派对，这么做的理由我一会儿再告诉你。但问题在于，我根本不是喜欢在家办派对的人。用格兰特太太的话说，我喜欢自己待着。那么这个恶毒的家伙怎么知道我要办派对呢？除非是我邀请的客人之一。"

"或者是客人的朋友。"

"对，你瞧，这倒缩小了嫌疑人的范围。可我不敢相信我的客人会做这种事，他们都是我的朋友。但眼下，我谁也信不过了。我可不想死得比生死簿上的日子早。"他的眼中闪过一丝寒光，令他一时间更像是英勇无畏的传奇空军英雄，而非有颗老姑娘之心的乡间隐士。"所以，收到第二封信之后，我就跟自己说：'弗格斯，你是个有钱人，还是个立了遗嘱的有钱人，而且你的继承人都知道自己的权益。'所以，拿着那第二封信，我决定把这些继承人都聚到一块儿，共度圣诞夜，这样我就能盯着他们。

我可不想让危险人物躲在我看不见的地方。遗嘱就锁在我的保险箱里。"

"你的意思是，明天的客人全都是你的继承人！"

"不，只有其中的一两个是而已。但我不想告诉你谁是谁不是，怎么样，斯特兰奇韦？否则对他们来说不太公平，这些人完全可能像小婴儿的屁股蛋一样无辜。不过有时候就是这样，连你最好的朋友都可能为了五万英镑要你的命。"

奥布赖恩发表这番蛮不讲理的言论时挑衅地看着奈杰尔，双眼闪闪发光。

"那么，你是想让我始终保持警惕，"奈杰尔说，"当一只披着羊皮的看门狗。可是，如果不知道该警惕谁，我会很难做。"

飞行员那张平平无奇的刀疤脸上亮起胜利的笑容："要命吧？我才不会这样为难其他人呢。不过你一定要相信，我有充分的理由暂不告诉你谁会从我的死亡中受益。我听了太多关于你的故事，也亲眼看到了你本人的样子，我相信这种情况下如果连你都成功不了，也没有别人能行了。你掌握着心理学知识，也有分析能力和常识，还深具想象力。好了，不要否认！你*就是*有。"

这是奈杰尔第一次尝到被奉承的滋味——那种只有爱尔兰人才能说出口的甜言蜜语，温暖、任性，像孩子一样直接。而他的反应则是传统的英格兰式——死盯着地板，匆忙换一个话题。

"你能想到其他可能的动机吗？"

"还有我正在设计的图纸。你知道吗，最近的研究证明拦截机类的飞行器无法真正有效地应对大规模空袭。现在的轰炸机可以从更高的飞行高度投弹：一万英尺以上。如此一来，无论拦截机爬升多快，也无法在敌方造成实际伤害之前到达那样的高度。这就是说，如果想在未来的战争中保护大城市和战略据点，就必须让飞机能够在各个飞行高度上持续性滞空，组成防护网。你说说看，这意味着什么？"小个子飞行员从椅子上一跃而起，大步走到奈杰尔面前，用食指反复戳着他的胸膛，"这意味着，未来的防御必然要求飞机可以在空中长时间停留。不仅要飞得快，还得能悬停，能够做到直升机式的垂直攀升。归根结底，这需要更少的油耗，否则以现在的耗油率，根本没有足够的燃油可以让成建制的战斗机群在空中坚持超过两周。这就是我的研究方向：一种改进型的旋翼机，拥有尽可能低的油耗。"

奥布赖恩跌坐回椅子里，手指伸进胡须中摩挲着："不消我说，这事必须绝对保密。但我听到了风声，当然不是官方渠道的消息，说有股境外势力对我的研究蠢蠢欲动，雇了英国特工来打探。我的图纸还没有完善到能让他们应用的程度，即使被偷去也没有大碍，但他们可能觉得让我在完成研究之前就死掉会比较稳妥。"

"你的图纸在这里吗？"

"图纸在这个世界上最防盗的保险箱——我的脑子里。我对图形和数据的记忆力极佳，所以把大部分草图和计算公式都烧了，以防他们窃取到重要内容。"奥布赖恩叹了口气。他的面庞在灯光下显得疲惫而饱受磨难，两侧嘴角深深地耷拉着，脸上露出像是古希腊悲剧假面上所凝固的那种痛苦神色。"说到底，这是种不光彩的游戏，"他继续道，"要么轰炸，要么被炸，要么放毒气，要么被毒害。丛林法则披着'国家安全'的虚伪外衣，变得道貌岸然。我们的人格还没有健全到能够掌控我们的头脑所孕育的发明。中世纪教会压制科学进步并非故步自封，无非是父亲从幼子手中夺走一盒火柴罢了。啊，我这可不是自欺欺人。曾经，我也是那种享受空中混战的人。还记得有一次我一边高声唱着歌，一边把一个可怜鬼打得从半空中冒着烟坠落。"他的眼神逐渐飘忽，"但我是有苦衷的。我有苦衷。可我已经陷得太深了。"他回过神来，瑟缩了一下，带着奇怪的紧张神色瞥向奈杰尔，仿佛在掂量他理解了多少。

"陷得太深了？"奈杰尔慢慢地问道。

"唔，不是吗？口口声声说着反战，却在为更大、更激烈的战争做研究。"奥布赖恩苦涩地回答，"我宁愿天底下所有的飞机都坠毁，更别提什么'改进'了。但我年纪太大了，已经固化在已有的习惯里，除了发动机汽化器之外再也改变不了别的什么。这是你们这代人的职责，去改变人们的意识，实现真正的国家安全。我希望你们的运气足够好，这是需要好运的。我太清楚战争的恐怖了，但我已经累得什么也做不了。这具身体想死，我敢说。你肯定比我更了解弗洛伊德的'死亡本能'，但我能从骨子里感觉到它。你还年轻，想活下去，而且你们这代人能看到活下去的机会，即便这意味着要踩在我们这些老东西的尸体上前进。"

奥布赖恩说话的语气诚挚，但奈杰尔却感到他真诚的语句下隐藏着截然不同的意味，那是种很私人的情愫，在更深的地方溃烂发痒。一阵漫长的沉默。然后，奈杰尔说：

"你还能想到别的杀害你的动机吗？"

奥布赖恩原本已经涣散的目光突然间变得犀利。奈杰尔感觉自己正面对着一位拳击手，那双眼睛气场全开，正警惕着下一波攻击。

"太多了。"奥布赖恩说，"但我给不了你确定的信息。我四处漂泊，树敌无数，知道总有一天会有报应找上门来。我杀过很多人，也爱过很多人，做这些事你不可能不惹上一堆烂摊子。但我实在没办法给你列个单子。"

"在我看来，匿名信所用的口吻像是与你有私人恩怨。如果你想为钱财或者某些图纸杀人，不会用那种语气写信。"

"不会吗？这难道不是掩盖真实动机的有效手段？"奥布赖恩说。

"呃，也不是没道理。和我说说其他客人吧。"

"我可以跟你说几句，但希望你能自己好好研究他们，不带任何偏见。有位乔治娅·卡文迪什，探险家。我曾经把她从非洲的一处恶劣境地中捞出来，然后我们成了密友。她是个了不起的女人，完全不是花瓶，你后面就知道了。还有她的哥哥，爱德华·卡文迪什，伦敦城里搞金融的，像个教堂执事，整日祈祷少女的贞洁，但我怀疑他小时候可能不失男孩子的本性。还有个家伙叫诺特斯洛曼，在战争时期也算个人物，现在开着一家俱乐部。菲利普·斯塔林——"

"什么？牛津大学林肯学院那位教授吗？"奈杰尔兴奋地插嘴道。

"是他。你们认识？"

"我怎么会不认识？他是我年轻时代的引路人之一，也是唯一一个几乎能让我与古希腊语和平共处的人物。一个伟大的小个子。这一位我可以从嫌疑人名单里剔掉了。"

"太不专业了。"奥布赖恩笑道，"好了，就是这几个。不，不对，我差点忘了。露西拉·思罗尔，职业小甜心。在她面前你可得小心脚下，不然会被拴住的。"

"我会尽量离大利拉[1]远一点的。那么，你有没有采取什么防范措施？或者你想要我采取什么措施？"

"啊，时间还多得是，多得是呢。"奥布赖恩懒洋洋地舒展着身体，"我有把枪，也还没忘了怎么用它。我有种预感，这个追着我不放的小丑是个守信的，他会让我平平安安消化完圣诞大餐的。你听过科森爵爷和山羊的事吗……"

这个晚上余下的时间都被奥布赖恩花在了高官的丑闻上面，这进一步证实了他对权威的蔑视。晚些时候，奈杰尔已经躺在床上了，却听到大门砰的一声，有什么人在往花园里的那个木屋走去。他的脑海被东道主所表现出的矛盾人格搅得一团乱麻，但他隐隐感觉到有一条暗线，只有抓住它才能把这一切串成合理的解答。在他困倦的思绪里，三个重点浮现成形了。第一，奥布赖恩

---

[1]《圣经》中的妖妇。

将威胁当真了,态度比起他向约翰爵士展露的更加严肃。第二,他对某些情况的阐明使得事情的其他部分更加隐晦了。第三,即便在这种情况下,这也是场奇怪的派对。如果奈杰尔能够透过木屋的窗子看到眼下这一幕,不知道会不会有所启发:奥布赖恩带着扭曲的笑容躺倒在行军床上,对着冷漠的群星喃喃自语着伊丽莎白时代某位剧作家写下的狂热诗行。

第三章 圣诞的故事

奈杰尔被一阵雷鸣般的敲门声惊醒了。

"天哪,还是出事了!"这是他心中闪过的第一个念头。紧接着是一个老套但恐怖的清晰影像:哨兵在自己的岗位上睡着了。他润了润嘴唇,喊道:"进来!"只见阿瑟·贝拉米的脸从门边探了进来。那张脸上原本挂着天使般的微笑,但当他瞧见奈杰尔的脸色时,马上戏剧般地换上了一副关切的神情。"哦,斯特兰奇韦先生,你是不是病了?脸白得像张纸,真的,不骗你。上校说早餐九点钟开始,不过也许你更愿意在楼上吃?"

"我没事,阿瑟,"奈杰尔的声音有点颤抖,"我没生病,只是,只是做了个噩梦。"

阿瑟轻轻拍着他那薄饼一样的鼻子,很了解似的说:"啊,你准是喝了太多上校的白兰地。再被光线一刺激,就是这样。又加上胃酸不足,你猜怎么着?精神恍惚,先生。做噩梦。啊。"

奈杰尔可没有时间就他这番大道理的科学性争论一番,因为一阵歌声正从窗外飘进来,洪亮的男中音唱道:"背靠着深红色的斯拉尼河[1]——"

阿瑟·贝拉米把头往后一仰,开始用凄凉而刺耳的低音假声伴唱。在这种事情上,奈杰尔可从不甘落后,马上也用沙哑的声音加入了合唱。山丘那边的村子里,一两只狗也参与进来,而在柴特塔庄园,马林沃斯爵爷正在卧室里用手指敲着鸭绒被,矜持地表露出不赞许。

当演唱结束,阿瑟离去后,奈杰尔望向窗外,只见弗格斯·奥布赖恩站在楼下的花园里,胳膊下夹着一捆冬青枝,头探向草地上一只朝他奔来的灰突突的小麻雀。很快,一对歌鸫、一只乌鸫和一只知更鸟也簇拥过来,纷纷支棱起羽毛抵抗寒风,期待着他大衣口袋里的面包屑。好一派田园美景,噩梦似乎远去了,奈杰尔正想着,却又看到飞行员转过身,另一侧的口袋隆起了左轮手枪的轮廓,顿时,他又被拉回到黑暗而危险的现实生活中。奥布赖恩抬起头,看向窗边的奈杰尔。

"快回去,"奥布赖恩喊道,"感冒会死人的。"他的样子十分担忧。

老姑娘、圣方济各[2]、勇敢的飞行员;温柔、无畏、挑剔、冷酷、拉伯雷式的幽默——这位非凡男子明面上的矛盾品格不免

---

[1] 爱尔兰境内的一条河流。
[2] 圣方济各(1182—1226),方济各会创始人,动物和自然环境的主保圣人。

让奈杰尔有些头晕。但奥布赖恩的内心世界到底是怎样的？究竟怎样才能真正触及他的内心深处？而他，奈杰尔·斯特兰奇韦，被委以重任，要来保护奥布赖恩。怎么不让他保护一滴水银、一只蜻蜓或者一个大风天里的影子呢？

上午，他们的大部分时间都花在装饰别墅上了。奥布赖恩显然沉迷于此，而且要求颇高。他拿着冬青、槲寄生和其他绿色植物从一个房间奔到另一个房间，在梯子上爬上爬下，又退后一步欣赏自己的杰作，那高举着双手的样子活像个交响乐团指挥。奈杰尔则有些沉默地跟随着奥布赖恩，想要将房屋的布局印刻在脑海中。这栋别墅大体上呈"T"字形，主屋横在前方，用人的活动区则构成后方一笔短竖。一层正中朝南是一间宽敞的起居室，昨夜他们曾在那里小坐。起居室的右边便是餐厅，还有一个似乎并不常用的小书房。左手边则全为一间会客厅所占，这个房间朝向东南两面，法式落地窗外便是花园及奥布赖恩的木屋。西北面有一个加建的台球室，恰好位于"T"字原本的一角。台球室的正上方是两间盥洗室。二层一共有七间卧室，奈杰尔大致了解了房间的分配：沿着贯穿整层的过道由西向东，右手边的两个房间分别属于露西拉·思罗尔和乔治娅·卡文迪什，正对盥洗间，然后是爱德华·卡文迪什的、奈杰尔自己的、菲利普的以及诺特斯洛曼的房间。"这个房间空着？"奈杰尔问道，他正和奥布赖恩走到过道尽头的一扇门前。

"哈，这么说也不完全对。"奥布赖恩答道，调皮地眨了眨眼睛，像个准备恶作剧的学童。他带头走入房间，说："这是我睡觉的地方。"

"但我以为你睡在外面的木屋里。"

"确实。我习惯了战争年代的清苦生活,优渥的条件反倒叫我睡不着。但是,"他压低了声音,好像在商量什么阴谋,"今明两晚我就睡这儿。圣诞夜和那天之后,我会先假装回到这里,实际则从窗户跳到游廊顶,再下到花园,然后把自己反锁在小木屋里,睡我的小行军床。想象一下,那个愚蠢的刺客悄悄摸进这个房间,然后对着床一通乱刺。第二天早上,他发现我这个死人竟淡定地喝着热粥,一定会目瞪口呆。"飞行员往后站了站,摩挲着双手,眼中闪烁着兴奋的光芒。"这样一来,晚上我应当是安全的,而白天——"他的嘴唇突然抿成一条直线,显得颇为严酷,他拍了拍鼓着的大衣口袋,"我能照顾好自己,除非他们在食物里面下毒。当然,如果他们能在阿瑟·贝拉米眼皮子底下给我下毒,我死得也不冤枉。"

"实际上,我除了观察和祈祷,基本也帮不了什么。"

"这就够了,老弟,"奥布赖恩捉住奈杰尔的手肘,"尤其是'观察'这项。"

就在这时,门无声地开了,一个满头银发、表情严肃的女人正站在门口。

"今天有什么吩咐,奥布赖恩先生?晚餐想吃些什么?"

奥布赖恩事无巨细地嘱咐了一番。奈杰尔看着这个女人,她骨瘦如柴的双手紧紧相握,放在围裙上,紧抿的双唇带着一丝酸讽。待她离开,奈杰尔问:

"这就是格兰特太太吧,不知道她在门外待了多久?我感觉她似乎并不完全认可你。"

"啊,随她吧。她只是有点固执,并不是什么危险人物。我觉得你过于紧张了。"奥布赖恩戏谑地回应道。

中午的时候,准备工作告一段落。奈杰尔出了门,四处闲逛。他发现房子背面有一个后院,建了马厩和车库。车库里面停了一辆拉贡达轿车,而马厩里只有垃圾,还有一个正聚精会神盯着铁锹把儿的老者,那僵硬无神的样子仿若一尊神秘的沉思者雕塑。奈杰尔顺理成章地推断出这位老人便是园丁,还知道了他的名字叫作杰里迈亚·佩格勒姆。这人一直负责打理道尔别墅的花园,也为教堂弹奏管风琴。五十个春秋,从青丝至白发。奈杰尔觉得杰里迈亚·佩格勒姆早就过了掺和谋杀案的年纪,便转身离开。然而,他感觉有人拽住了他的衣袖。老园丁那阴冷的眼睛恢复了生机,而他接下来的话则让奈杰尔不寒而栗。"这位先生,你照看好奥布赖恩先生!太危险了,这个圣诞。他刚来这里没多久,我就和我老婆讲了。'老婆子!'我说,'新来道尔别墅的这位先生活不了多久了。'要下雪了,先生。东风一吹进柴特谷,老弱病残的日子就不好过了。他是我见过的最好的人,先生,可他着实病得厉害。这风会吹垮他的,不是我胡说。除非他那辆车先炸了,要了他的命。"

奈杰尔漫步穿过菜园,往房子东侧绕去,这风确实烈。他在木屋的背风处躲了一会儿。透过小隔间的窗户向里张望,他感觉有什么东西不见。但他还没来得及细想,注意力就被大门那边出租车抵达的声音吸引了过去。一个矮小的胖男人从车上跳了下来。此人衣着考究，一尘不染。即便奈杰尔视力欠佳，也绝不可能认错这位来客。

"要是你不肯给你这个所谓的'车'换些新弹簧，我就找交通大臣告你去！"小个子男人带着些火气说道。奈杰尔向他招手。

"嗨，菲利普！"

菲利普·斯塔林，牛津大学林肯学院教授，英格兰学界研究荷马时代文明与文学最权威的人物，惊呼道："我的老天，这不是奈杰尔吗？"他蹒跚地穿过草地，摇了摇奈杰尔的双肩，喋喋不休地说起来："臭小子，你在这儿干什么呢？噢，我忘了，你有个贵族亲戚住这附近是吧？梅利什么摩斯？马什梅洛？马尔皮特？马林斯派克？叫什么来着？不，你别说，我马上就想起来了！对——马林沃斯。我还没见过他哩，你一定得帮我引见一下。"

奈杰尔赶紧堵住了他的话匣子："不，实际上，我现在住在奥布赖恩这里。我还想问呢，是什么风把你给吹来了？"

"混圈子嘛，臭小子。我差不多和整个贵族圈都打过交道了，现在再来会会社会名人——大部分是些酒囊饭袋。不过，我对这位飞行员先生还是抱有希望的。虽然我只见过他一次，但看得出来他是个好样的。那是在咱学校基督堂学院的一场晚宴上，我没怎么放得开——你知道的，他们弄的尽是些便宜酒水——所以保不准我判断有误。"

"所以，就因为在晚宴上打了个照面，他就邀请你来参加如此私人的派对？"

"这大概就是我的个人魅力了吧。相信我,我有入场券的,这回可不是不请自来。你好像在怀疑什么。你是在这边当秘密警察?保护金银财宝之类的?"

"保护某人。"奈杰尔很想回答,但还是克制住了自己。菲利普那过分耿直的性格好像会传染,害得整整三届本科生的私人生活都毫无秘密可言,而奈杰尔对此早已免疫。

"呃,不完全对。"他说,"总之,拜托,菲利普,千万别让其他客人知道我是个侦探,这很重要。"

"没问题,臭小子,没问题。和我一比,蛤蜊都算话痨。你也知道,我要不是当了个教书匠,可能也会干你那一行,社会的阴暗面多么让人陶醉。不过我在教职工休息室见这个已经够多了,没必要再和职业罪犯打交道。对了,你听说过圣詹姆斯的院长是怎么偷的老威格斯出的学位测评试卷吗?"

他们进了屋,菲利普·斯塔林仍在喋喋不休地谈着最近的一些流言,奈杰尔则半是严肃认真半是礼貌敷衍地听着。午餐时,著名飞行员和著名学者之间的谈资主要集中在葛丽泰·嘉宝与伊丽莎白·伯格纳的相对优点上[1]。两人都是聊天的好手,奥布赖恩的活力与聪慧中不带丝毫匠气,而菲利普学院派的精妙谈吐也令人印象深刻。奈杰尔边听边想,他也许正在欣赏一门艺术最后的余晖,这优雅的音调或许已无法在当今无处不在的吹唇唱吼中存续太久。奈杰尔低声念道:

---

[1] 葛丽泰·嘉宝和伊丽莎白·伯格纳都是当时的著名演员。

"谁杀死了知更鸟？"

约翰·赖斯[1]说："是我。

"我将为她献花圈。

"我杀死了知更鸟。"

午饭后，奥布赖恩开着他的拉贡达扬尘而去，前往火车站迎接露西拉·思罗尔和诺特斯洛曼。两人抵达后，奈杰尔发现诺特斯洛曼是个倔强的家伙，有着一双淡蓝色的眼睛和闲不下来的嘴巴，无疑是个讲故事的高手。露西拉·思罗尔则完全符合奥布赖恩描述中"职业小甜心"的称号。她下车时的气场就如埃及艳后[2]正从"金碧辉煌的王座"上走下来，即便是萨默塞特郡凛冽的寒风也会为她的芳香倾倒。她的身高在女性中属于出众之列，有着纳粹分子所痴迷的金发碧眼，且体态丰腴。"噢，安东尼[3]的秘宝……"[4]奈杰尔低声吟诵，看着她摇曳生姿地往大门走来。

菲利普·斯塔林无意中听到了这句话。"胡说，"他斥道，"在周末的布莱顿[5]，这种货色两便士一次。不耐看。没特色。"

"但你必须承认，菲利普，她气场很强，仪态万方。"

"哈！走路时就像只得了心绞痛的美洲豹。"小个子教授的回答中带着股出人意料的刻毒，"你的品味也太过时了，奈杰尔。"

---

1 约翰·赖斯（1889—1971），时任英国广播公司总经理。
2 即克里奥帕特拉七世（约公元前69—前30），古埃及托勒密王朝末代女王。
3 马克·安东尼（约公元前83—前30），古罗马军事家、政治家，埃及艳后的情人与盟友。
4 以上两处均引自莎士比亚的剧作《安东尼与克里奥帕特拉》第二幕。
5 英国港口城市。

他们缓步走进起居室。诺特斯洛曼正诙谐而喋喋不休地讲述着他来时在路上遇到的小插曲。菲利普·斯塔林彻底无视了他,在奈杰尔极其惊讶的目光中走向露西拉,拍了拍她的肩膀,说:"哟,大姑娘,最近挺好的?"

露西拉·思罗尔面对这一番挑衅倒是脸色未变,奈杰尔想着。只见她拧了拧菲利普的脸颊,拖着长长的调子说道:"哟,这不是菲利普嘛!你那些可人的学生也挺好的?"

"你不在之后,他们就过得好多了,露西。"

奥布赖恩一直带着顽皮的神情看着这场闹剧,但在这时打断了两人,介绍起各位宾客。奈杰尔发现露西拉把自己从头到脚仔细打量了个遍,似乎在盘算着自己荷包的大小、条件的高低。接着,她半转过身,绿色的眼眸挑逗般地扫过奈杰尔,对诺特斯洛曼说道:"我觉得弗格斯看着气色不太好,你说呢?我得好好照顾你,弗格斯。"她挽起奥布赖恩的胳膊,骄纵而亲密。诺特斯洛曼看起来颇为不悦。他讨厌讲故事的时候被菲利普打断,更不喜欢这小个子教授在被引介给他时敷衍点头的态度。奈杰尔察觉到突然间有股敌意,也可能是一直有的敌意,正在这两位——一位喜欢交互的语言艺术大师和一位非独角戏不可的滔滔不绝之士之间暗暗升起。

"菲利普?"诺特斯洛曼说,"这名字有点耳熟。"

"我深表怀疑。"教授回道,"你应该没读过《古典文学评论》吧?"

两位刚抵达的客人被带去了各自的房间,奈杰尔和菲利普仍待在起居室里。

"想不到你居然认识那女孩。"奈杰尔说。

"那个露西拉?噢,没什么的。她以前也住过牛津。"

菲利普·斯塔林这次罕见地没有多话,奈杰尔想着,这么好的一个开场白摆在面前,多么适合聊八卦。他还巴望着听到露西拉是副校长的私生女之类的传闻。

就在下午茶即将开始之际,一阵叮叮、嘎嘎声远远传来。奈杰尔望向窗外,眼前是一幅蔚为壮观的景象:一辆老旧双座汽车正驶入车道,车身上几乎所有空当都绑满了行李。一位女士开着车,肩上落着一只绿色的凤头鹦鹉,身旁坐着只壮硕的寻血猎犬。在猎犬留下的方寸之间,还挤着一名身着休闲花呢大衣的中年男子,此人看起来很是怯懦。车子咔嗒咔嗒地停了下来,更像是因为动力不足,而不是有人踩了刹车。那位女士一跳下车,便立即精力旺盛地开始给行李解绑。阿瑟·贝拉米也粗手粗脚地凑上去帮忙。

"嗨,阿瑟,你这个老混蛋,"女士叫道,"还活着呢?"

阿瑟开心地笑起来:"好像是的,乔治娅小姐。你看起来很不错,阿贾克斯也是。这位是你的哥哥?很荣幸见到你,爱德华先生。"

乔治娅·卡文迪什冲进屋子,几乎一头扎进了奥布赖恩的臂弯,那张褐色的、猴子似的脸庞上闪烁着激动的神色。这位小姐确实不是花瓶,奈杰尔看着两人,不由得笑了。

圣诞节,晚上七点半。整整两天,奈杰尔都在全神贯注地观察。明艳的露西拉，活泼的乔治娅·卡文迪什和她那傲慢、正经的哥哥，诺特斯洛曼和他带着功利性的外向健谈，菲利普·斯塔林以及弗格斯·奥布赖恩——奈杰尔用专业的眼光反复审视着他们，但没有看出什么端倪。随着节礼日的临近，他的心情在疑神疑鬼和忧心忡忡之间反复切换。很显然，这些宾客的私人关系中暗流涌动，但奈杰尔没能找到想要的迹象。他相信，一个人总不可能在策划谋杀之后还可以和谋杀对象淡然地共处一室。然而，据他观察，到目前为止，尚无哪位客人在奥布赖恩出现时有什么异于平常的举动。此人要么精于情绪控制，要么不在这个圈子之中——抑或整件事就是场无聊的恶作剧。

马林沃斯爵爷和夫人今晚也受到了邀请，前来道尔别墅赴宴。奈杰尔早早下楼去迎接他们。在走到会客厅的门前时，他听到里面传出低声的交谈。那浑厚的声音只属于一人，语调冷漠、迁就，又有些不耐烦。

"……不，今晚不行。"

"但是，弗格斯，亲爱的，我需要你。根本不会有事的，为什么我不能——？"

"因为我说不行就不行。好了，做个乖女孩，听我的话，别问为什么。问了也是浪费时间。"

"哦，你真无情，真无情——"露西拉的声音戛然而止，语气全然不似平时那般镇定慵懒。奈杰尔只来得及后退几步，便见她夺门而出，像没看到自己一样径直掠了过去。唔，至少这次你是自讨苦吃了，奈杰尔心想，难怪奥布赖恩不想你晚上去他的卧室，因为他打算睡在木屋里呢。

圣诞晚宴进行到一半。奥布赖恩坐在首席，黑色的胡子戳在苍白的脸上，活像一位古代亚述国王。他正在兴头上，把马林沃斯夫人哄得轻笑不止。

"好啦，奥布赖恩先生，我宣布你是最坏的花花公子。"

"怎么会。马林沃斯夫人看起来就像第一次参加舞会的少女，是不是，乔治娅？"

乔治娅·卡文迪什一身祖母绿的天鹅绒外衣，那只凤头鹦鹉正栖在她肩头。她挤了挤那张猴子一样的脸，冲着奥布赖恩俏皮一笑。桌子另一端，马林沃斯爵爷正在向露西拉·思罗尔倾倒爱德华时代的奇闻轶事。不像奈杰尔之前偷听的时候，这女孩现在没有流露出任何剧烈的情绪波动。她穿着一条白色的低胸连衣裙，华丽而高贵，对马林沃斯爵爷的连珠妙语回应以镇定的挑逗。奈杰尔发觉她的眼神总是不自觉地向奥布赖恩瞟去，而当她的目光落在乔治娅·卡文迪什身上时，瞳孔中又闪过了一丝转瞬即逝的锋芒。乔治娅的哥哥爱德华正与菲利普·斯塔林就巨额融资问题相谈甚欢，这是奈杰尔第一次听到爱德华谈论自己的本行。毫无疑问，此人心思敏锐缜密。奈杰尔注意到，当菲利普说话的时候，爱德华的眼睛总是会瞥向露西拉。考虑到她今晚的无双风姿，这本无可厚非，但他表现得过于戒备了——他看向她的神情就像一位扑克牌玩家在检视自己那手牌时一般造作而缄默。此外，奈杰尔发现露西拉本人也察觉到了这些目光，但她刻意避免回望。诺特斯洛曼则与马林沃斯爵爷激烈争夺着露西拉的注意。他那双淡蓝色的眼睛躁动不安,甚至透着些愚蠢,粗鲁而不加掩饰地窥伺着她的双唇与肩膀。他故意提高音量,压过马林沃斯爵爷那单薄的男高音,用奇闻轶事盖过奇闻轶事,成功地靠蛮力引来了美人的注目。毫无疑问,他自有一番粗犷的风度,也带着那种自我主义者才有的粗鄙的"个人魅力"。

奈杰尔的周围,交谈声此起彼伏,好像大风天里被吹得四散的喷泉水流。但渐渐地,奈杰尔在这欢声笑语之中留意到一股暗涌的紧张与激动。他有种感觉,这不是一场热闹派对上逐渐积攒的兴奋,而是从某个人身上辐射出来的。他有些烦躁地摇了摇脑袋:这难道不是缘于自己在杞人忧天,担心到了午夜零点,奥布赖恩身上会发生什么?而奥布赖恩却愈发表现出一种诡异的兴奋,他突然站起身来,手举酒杯,意味深长地瞥了一眼奈杰尔,高声叫道:

"干杯!敬缺席的友人——也敬到场的仇人!"

一阵短暂的沉默,空气中弥漫着不安。乔治娅·卡文迪什咬了咬嘴唇,她的哥哥看起来有些茫然不知所措,马林沃斯爵爷正轻轻地敲着桌面。露西拉和诺特斯洛曼对视了一眼,而菲利普·斯塔林则对众人的尴尬回以幸灾乐祸的微笑。马林沃斯夫人率先打破了沉默:"好一句滑稽的祝酒词,奥布赖恩先生!肯定是爱尔兰那边的旧习俗吧。真是个古怪的民族呢。"老夫人轻笑一声,呷了一口酒,其他人也纷纷效仿。可就在大家放下杯盏的那一刻,灯光骤灭。奈杰尔心头一紧,好像一块巨石砸在心上。终于,该来的还是来了。但下一秒他便咒骂起自己像个疯婆子一样疑神疑鬼。阿瑟·贝拉米端着一盘点燃的圣诞布丁走进来，放在了奥布赖恩的面前，用大家都能听清楚的声音耳语道："费了整整一盒火柴才把这玩意儿点上，上校。天杀的，肯定是格兰特太太偷喝了白兰地，然后往剩下的酒里兑了水[1]。"他退下并打开了灯。奥布赖恩抱歉地看着马林沃斯夫人，但夫人似乎完全没有受惊。

"多么心直口快的管家，很有个性！不，我一滴酒都不要了。可不要把我灌醉了。好吧，那就最后半杯。"她咯咯笑着。"你知道吗，"她继续道，紧紧盯着他，用扇子顽皮地拍了拍他的手臂，"你的脸让我想到了某个人——某个我很久以前见过的人。赫伯特！"她叫道，"奥布赖恩先生让我想到了谁来着？"

赫伯特·马林沃斯爵爷摸了摸顺滑的灰色胡须，说道："我真的不知道，亲爱的，可能是你哪个——呃——不幸的追求者。我们应该不认识其他从爱尔兰来的奥布赖恩。你来自爱尔兰的哪里？"

"我们的故乡，"奥布赖恩一本正经地朗声应道，"正是至尊王布赖恩·博鲁的宫殿坐落之处。"

诺特斯洛曼放声大笑，但招来了奥布赖恩冰冷的目光，他赶忙假装咳嗽起来。乔治娅·卡文迪什厌恶地耸了耸又短又宽的鼻子，对奥布赖恩说：

"你们家一定住在城堡里，还养了女妖吧。你怎么从来没有和我提起过？"

---

[1] 圣诞布丁通常会被浇上白兰地等高度酒并点燃。

"女妖？是某种仙女吗？真不知道仙女能从'老拖鞋'身上榨出什么。"诺特斯洛曼说。这大约是奥布赖恩一个奇怪的绰号，奈杰尔心想，但从其他人困惑的表情来看，似乎无人知晓。奥布赖恩马上打断了他：

"女妖是一种精灵，会在这个家族的人行将死亡之际发出哀号。所以，如果你们之中有人在今晚听到了哭声，那意味着我的日子要到了。"

"然后我们全都冲下楼，发现不过是阿贾克斯做了个噩梦。"乔治娅大声道，声音却几不可察地发着颤。露西拉·思罗尔造作地抖了抖。

"呃哦，"她说，"这个派对突然可怕了起来。死亡就好像维多利亚时代中产阶级的崛起一样可怕，你们说呢？真是太糟糕了。"

"亲爱的小姐，"马林沃斯爵爷说道，急切的语调中有股爱德华时代的豪气，"没有什么好怕的。死神只消看你一眼，就会像我们这些人一样——拜倒在你的石榴裙下。"他草草行了个礼，继续和其他人说道："死亡预警的传说可不仅仅在爱尔兰才有。这让我想起了我的一位老朋友，豪森沃特子爵，他们家族也有类似的故事。每当他们家族的首领行将就木时，家族领地内一座破败教堂的大钟就会在夜里响起。有一次，可怜的豪森沃特半夜听到了钟声。那时候他身体还很硬朗，只是耳朵不太好使，以为自己听到了火警。他从屋子里飞奔出去，什么都来不及穿——请各位女士见谅——包括内衣。那天晚上外面天寒地冻，他受了风，病情又恶化成肺炎，不消两天就去世了。可怜的家伙，悲惨的结局。但这事也告诉我们,不能轻视生活中任何超自然的征兆。天地之大,无奇不有,霍拉肖。[1]是的,我也认为如此。"

此时,马林沃斯夫人提议女士们先告退去会客厅,留下几位男士与主人小聚。

"来杯咖啡吗,马林沃斯爵爷?咖啡,奈杰尔?"奥布赖恩边递着杯子边说,"各位递一下波尔图酒,还有坚果,请大家自便——诺特斯洛曼,这里恐怕没有你喜欢的口味,法夸尔家交货迟了。你必须得给我们表演一下你的餐桌绝活,我敢打赌你是这里唯一可以用牙齿咬开核桃的人。"诺特斯洛曼顺从地卖弄了一下自己的绝技,其他人都不出意料地失败了。奥布赖恩继续道:"看得出你是莎士比亚的拥趸,马林沃斯爵爷,你有没有读过后伊丽莎白时代的戏剧?伟大的作品。莎士比亚曾让数以千计的角色死在他笔下,但韦伯斯特[2]干掉了上万人。不得不说,我确实喜欢落幕时那堆满了尸体的舞台。好一首千古绝唱!春蚕为你黄丝吐尽——[3]"奥布赖恩吟诵着诗句,双眼好像望着无穷远处,声音轻柔而微微颤抖。不待说完,他便突然止住了,似乎羞于因为这只言片语就情绪激动起来。马林沃斯爵爷不以为然地轻轻敲了敲桌子。

"很动人,毫无疑问。但不如莎士比亚,绝对不如。也许是

---

1 引自莎士比亚的剧作《哈姆莱特》,原文为There are more things in Heaven and Earth, Horatio, than are dreamt of in your philosophy。
2 约翰·韦伯斯特(约1580—约1632),英国剧作家。
3 引自英国剧作《复仇者的悲剧》,作者曾被认为是西里尔·图尔纳(约1575—1626),后被认为是托马斯·米德尔顿(1580—1627)。

我迂腐了，但我只爱莎翁一个。"

不多时，他们也去与女士们会合了。事后，奈杰尔只依稀记得他们玩了些无聊的纸上游戏[1]，讲了些令人毛骨悚然的鬼故事，还嬉笑打闹了一番，因为当时他的睡意愈来愈浓——在这样一顿晚饭之后犯困也不奇怪。但有一个场景他记得很清楚——弗格斯·奥布赖恩那浑厚的嗓音和极富感染力的笑声，以及与之形成鲜明对比的诡异而亢奋的眼神，那表情仿佛此人是在人世之外看着这一切。夜里十一点，马林沃斯爵爷和夫人告辞离开，有几位男士移步去了台球室，奈杰尔则回到了床上。他太想休息了。不管是不是恶作剧，他还是打算今晚去木屋附近。奥布赖恩也许能保护好自己，但多一个人毕竟聊胜于无。木屋……零点……"答应我，照顾好他"……多一个人聊胜……零点……

---

[1] 只需纸和笔的单人或多人游戏，比如填字游戏、五子棋等。

第四章 死者的故事

奈杰尔慢慢醒转。他首先感受到的是一束光，然后是一片寂静。那光似乎是从天花板上射向他的，这在冬天的早上无疑很奇怪。但寂静则是再正常不过的事。他竖起耳朵细听，确实是寂静，可乡间特有的声音仍然渗了进来：狗吠、马鞍叮当、马车隆隆、公鸡啼鸣，还有脚步声，只是那些声音像被一个巨大的软垫压住了。奈杰尔在朦胧中想到这是不是嗑了药的缘故，随即又有些吃力地提醒自己并没有嗑药。渐渐地，他的大脑能够正常运转了，口中喊出了声："下雪了！"他走到窗边看出去，是的，昨夜降雪了，积雪虽不足以压弯屋顶和树枝，却给大地和地面上的声音盖上了一层薄毯。奈杰尔的心脏猛地一紧。奥布赖恩！小木屋！他沿着走廊跑到奥布赖恩名义上的卧室里，从窗户向木屋看去。一行脚印被雪半掩着，从游廊一直延伸到木屋。游廊的顶上落着薄薄一层雪。"感谢上帝,一切还好,"奈杰尔喃喃着,"只有奥布赖恩过去了。还好没有发生什么。"回到自己的房间后,他看了一眼手表:八点四十分。他起晚了。看起来,奥布赖恩也是,否则这个时间他应当在外面喂鸟。是啊,那样一顿晚宴之后,你还能指望什么呢?但一丝忧虑再度爬进了奈杰尔的心房。如果真的发生了什么,会有人来告诉他的吧,如果……阿瑟·贝拉米会告诉他的。可阿瑟也还没有去木屋,或者就算他去了,也还没有回来。为什么他不来叫奈杰尔呢?

奈杰尔匆忙穿上衣服。做噩梦的感觉正撕扯着他——就像小时候做的那种,梦见上学迟到了。他飞奔下楼。爱德华·卡文迪什正在游廊上来回踱步,身上披着一件外套。

"到早餐的时候了,"他说,"可今天早上大家好像都睡死了,根本没有人来叫早——不过我本来也不该指望这里有人叫早。"他的语气听起来仿佛在闹情绪。

"我正要去木屋那边看看主人醒了没有,"奈杰尔说,"一起吗?"

大概是被奈杰尔的不安传染了,爱德华抬腿就走,敏捷地绕过房子的墙角。在他们眼前,那行脚印从落地窗一直延伸到小木屋门口,约有五十码长。奈杰尔冲了出去,下意识地和脚印保持着距离。爱德华跑在他前面一点,去敲了敲木屋的门。没有回应。奈杰尔从窗户向内张望,可看到眼前的景象,他不禁跳了起来,然后撞向屋门,蹒跚着跌入房间内。巨大的案桌仍在原处,上面堆满了书和纸张,煤油炉和扶手椅仍在之前的地方。一只毛毡拖鞋也像原来那样躺在地板上,但另一只却套在奥布赖恩的脚上,而他已瘫倒在桌旁。

奈杰尔屈膝俯身,摸了摸地上的那只手。冷冰冰。不需要看到他心口流出的干涸血迹,也不需要看到他黑色翻领和白色衬衣上的焦痕,奈杰尔便知道他已经死了。一支左轮手枪躺在他业已僵硬的右手旁。他的眼睛神采全无,但黑色的胡须哪怕在这样溃败的时刻仍不服输地直竖着。死亡的荒诞仿佛令他的嘴角挂上了微笑——半是顽皮,半是嘲讽,就像是他十二小时之前在晚餐桌上的表情一样。奈杰尔永远也忘不了这副表情,它似乎在表明原谅了奈杰尔的失败,又好像在邀请他一起来消遣死亡征服他们两人的过程。但奈杰尔毫无消遣的心情。几天以来,他已经慢慢喜欢上了奥布赖恩,并且产生了深深的敬佩,这是除了对叔叔之外他从未有过的感情。他失败了,但他失败得有多彻底,追寻真相的决心就有多强烈。

"待在原地,什么都不要碰!"他命令同伴。爱德华并没有心思去碰触什么。他贴着墙站着,用手帕擦拭着眉脊,发出沉重的呼吸声,紧盯着尸体和左轮手枪,就好像尸体会随时一跃而起,手枪会随时开火一样。他挤出几段破碎的发音,随即控制住了喉咙,说道:

"怎么回事?他怎么——?"

"我们会搞清楚的。关上门——不要把人都引过来。别!别用手碰!用手肘。"

奈杰尔匆匆巡视了一圈房间和紧邻的小隔间。床没有人睡过,东西没有错位,窗户紧关着且上了锁,钥匙插在门的内侧。奈杰尔摸了摸煤油炉——像奥布赖恩的手一样冷。小木屋里也冷冰冰的。他困惑地四下看着,觉得仿佛缺了什么东西。

"去哪里了,他的——"

"阿瑟在那边,"爱德华突然说,他正站在窗口,"要叫他过来吗?"

奈杰尔心不在焉地点了点头。爱德华喊道:"阿瑟!"他用了最大的声音,但那声音好像被困住了。他又喊了一声,也并没有什么效果。奈杰尔垫着手帕转动门把,打开了门。阿瑟·贝拉米正站在游廊上,在阳光下眨着眼睛,用一双大拳头揉着双眼。

"阿瑟!"奈杰尔叫道,"过来,离那串脚印远一点。你没听到我们喊你吗?"

"关着门的话就不大听得见,"阿瑟说着像熊一样笨拙地踏着积雪而来,"上校弄了点隔音啥的,说他没法在公鸡、母鸡和周围那些东西的吵闹声里工作。"

"所以没有人被枪声吵醒。"奈杰尔暗想。

"呃,这是干什么呢,斯特兰奇韦先生?"阿瑟问。他靠近屋门,突然察觉到一丝不同寻常的气氛。"上校不在吗?我正要来叫他。我睡过头了,你要说就说吧,不过——"

奈杰尔的表情令他闭上了嘴。"上校在,但他恐怕不能再工作了。"奈杰尔轻声说着把阿瑟·贝拉米让进屋。

大个子脚下一滑,好似撞在了墙上。"所以他们得逞了!"他终于喘上了一口气,声音高亢又嘶哑。

"谁'得逞了'?"爱德华问道,表情有些困惑。没人在意他。阿瑟蹲在奥布赖恩身旁,然后直起身,仿佛身上有千斤重担——就像阿特拉斯[1]肩扛摇摇欲坠的天空。泪水在他脸上恣意流淌,但他说话的声音却很坚定:"要是这家伙——要是凶手落到我手里,我要把他——挫骨扬灰,我要——"

"冷静,阿瑟,其他人可能很快就会出来。"奈杰尔把大个子拉到一边,迅速耳语道,"**我们**知道他不是自杀,但这太他妈难证明了。眼下的话,不妨暂时让其他人认为我们以为是自杀。控制一下你自己,好好演戏。"

阿瑟演了起来:"什么,长官?你确定是自杀?啊,那把手枪,还有衣服上的焦痕。我觉得你是对的。"

爱德华看着门外,说道:"其他几个人在游廊上,肯定听到我们的声音了。你最好告诉他们离脚印远点。哦,天哪,是露西拉。可不能让她看见这个。"

奈杰尔走到门边,招呼着客人们:"请先待在原地,没错,你们全部。阿瑟,围着小屋走一圈,看看后面有没有脚印。在其他人开始乱踩之前,我们最好先调查清楚。"

阿瑟走开了。"但你看看这状况,斯特兰奇韦,"爱德华抗议,"你不能让两位女士过来看见这——"他浑身一抖。

"我能,而且我也正打算这么做。"奈杰尔粗暴地说。他可不想错过这研究各人反应的黄金契机。过了一会儿,阿瑟回来了,

---

[1] 希腊神话里的提坦神,被宙斯降罪用双肩支撑苍天。

报告说屋子背面没有脚印。于是奈杰尔对挤在游廊上的客人们喊道：

"你们现在可以过来了，但要离那一串单独的脚印远些。奥布赖恩发生了意外。"

有人倒抽了一口冷气。乔治娅·卡文迪什飞奔过来，抢在了其他人前面。他们大多已经打扮停当，只有诺特斯洛曼仅在睡衣外面套了件外套，还有露西拉·思罗尔，她披着一件华贵的灰色貂皮大衣，底下却似乎什么也没有穿。加上那淡金色的头发、雪白的脖颈和仿佛被冻住般的表情，她仿若一尊冰雪女王的立像。

奈杰尔退到小木屋最里面的墙边，说："你们可以进来了，但是要站好，不要碰任何东西。"

他们鱼贯而入，不安地站成一排，像一群业余演员犯了严重的舞台恐惧症似的。一开始，他们不知道该看向哪里。很快，乔治娅伸出了一只颤抖的手指，用力咬着嘴唇，以一种细微而肃穆的声音说道："弗格斯，噢，弗格斯！"然后便陷入了死一般的沉默。诺特斯洛曼表情僵硬，一双淡蓝色的眼睛也好像石化了："天哪！死了！他死了吗？是谁——他是自杀吗？"菲利普·斯塔林噘起嘴唇，长长地吹了一声口哨。

"他确实死了，"奈杰尔说，"所有迹象都指向自杀。"

露西拉·思罗尔冻结的表情突然间像山崩一样碎裂了。她张开血红的嘴，用一种让其他人胆寒的力道尖叫着："弗格斯？弗格斯！你不会的！这不是真的！弗格斯！"然后她一阵眩晕，向后倒在了诺特斯洛曼的怀里。这一小群人登时分成了两队。奈杰尔看向乔治娅。她正用一种莫名的眼神看着兄长。突然间,她感受到了奈杰尔的注视,便垂下眼帘走开了。途中,她弯下腰,抚摸了奥布赖恩的头发。

"你看看,斯特兰奇韦,"诺特斯洛曼气愤地叫道,"你他妈什么意思,竟然让两位女士进来!太冒犯了!"

"你们现在可以出去了,"奈杰尔无动于衷地说,"但是请待在主屋,会有官方来讯问。我这就去给警察打电话。"

诺特斯洛曼的脸憋紫了,上面青筋暴起。"你算个什么,在这里颐指气使?"他咆哮着,"我受够了你这混账!"他突然噎住了。奈杰尔正盯着他,和前一天那副温和可亲、戴着眼镜的模样大相径庭,亚麻色的头发狂怒般地根根直竖,孩子气的表情也和昨晚的玩笑及圣诞饼干一起消失无踪,一双眼睛像机枪的枪口一样令人感到危险。诺特斯洛曼屈服了,低声牢骚着往主屋退去,其他人跟在他身后。露西拉·思罗尔好像被这一幕激发了无尽的情感,表现得像个悲剧女王,由乔治娅和菲利普·斯塔林架回了主屋。奈杰尔让阿瑟在小木屋里守好现场,同时查看一下屋里是否有东西丢失或移位,他自己则走回主屋给塔维斯顿警察局打电话。他拨通了布利克利警司的电话,布利克利答应立刻带着法医和其他专业人士赶来。塔维斯顿离这里足有十五英里远,奈杰尔一边等待,一边给伦敦的叔叔拨了个长途电话。约翰·斯特兰奇韦爵士听到这个消息时的反应很合乎他的风格。

"枪击?证据指向自杀?你不这么认为?好的,放手去查吧……如果他们汇报给苏格兰场,我就派汤米·布朗特过去……不，不是你的错，孩子。我知道你已经尽力了。他没给咱们机会……不过，这事恐怕会闹得很大。我得看看怎么才能糊弄住那些报纸……就这样吧。如果你需要什么就告诉我……哦，好啊，谁？西里尔·诺特斯洛曼，露西拉·思罗尔，爱德华·卡文迪什和乔治娅·卡文迪什，菲利普·斯塔林。好的，我会好好查查他们……就这样。照顾好自己。"

十分钟后，警车到了。布利克利警司是个中等个子的男人，直挺的背部和抹了蜡的胡子无一不暗示着他的军旅生涯，而砖红色的脸庞、一丝微微的萨默塞特口音和略显笨拙的步态则指向了农民的血统。军队里带回来的纪律严明和乡下人固有的自由散漫总是在他身上争夺着主导权。紧跟着他下车的还有一名警官、一名警员和一位法医。奈杰尔迎上了他们。

"我叫斯特兰奇韦，我叔叔是伦敦警察厅助理警监，我自己也作为私家侦探参与了一些案件，来这里是受奥布赖恩委托。稍后我会向你们介绍详细情况。九点四十五分时，我们在那边的小木屋里发现了奥布赖恩的尸体，他受到了枪击。所有东西都没有被人碰过；只有一行他本人去往小木屋的脚印，没有别人的。"

"那这些是什么？"布利克利指着其他客人留下的足迹问，"看着像场大溃败。"

"有几位其他客人，他们**想**过去看，不过我让他们离重要的脚印远一点了。"奈杰尔虚饰道。

他们走进了小木屋。布利克利怀疑地盯着阿瑟，阿瑟则毫不服输地瞪了回去。尸体被从各个角度拍照留证，然后法医就忙碌

了起来。这是个一本正经的男人,但无论衣着还是手法似乎都并不专业。片刻之后,跪在地板上的法医直起了身子,说:

"看起来很明显是自杀。瞧见这里的火药痕迹了吗?射击时枪口离心脏只有几英寸[1]的距离。这是子弹,布利克利,应该和那把左轮手枪型号相符,否则我会很惊讶的。唯一与自杀结论相悖的是他手里没有拿着枪。自杀的人,尸体一般会紧握着所使用的武器,这叫作尸僵。不过这也不是铁律。没有其他伤口,只有右腕上有一些瘀痕。他是立即死亡的。"法医看了看手表,"嗯,我敢说死亡时间在昨晚十点到今天凌晨三点之间。尸检应该会给出更精确的范围。救护车马上就来了,我猜。"

"医生,这些瘀痕你怎么看呢?"奈杰尔说着弯下腰,看着尸体右腕内侧两处淡淡的紫痕。

"倒下的时候磕在桌子边缘了,我是这样想的。"

布利克利若有所思地看着奥布赖恩的双脚:"显然他不可能穿着拖鞋到外面去。"他说完就开始搜查小木屋。不出一分钟,他便在左手墙边一把扶手椅的后面发现了一双漆皮晚礼服鞋。"这是死者的吗?"他突然向阿瑟·贝拉米发问。

"是上校的鞋。"阿瑟闷闷地说,眼神仿佛要把鞋子看穿。

"上校的?什么上校?"

"他是说奥布赖恩。"奈杰尔说。

"好吧,我们最好赶在阳光把雪晒化之前看看外面的脚印是

---

[1] 英寸:英美制长度单位,1英寸等于2.54厘米。

不是这双鞋留下的。"

布利克利垫着手帕,小心翼翼地拎起鞋子。奈杰尔摸了摸鞋底,非常干燥。他们走出门,发现鞋子与脚印相符。由于脚印留下之后雪仍在下,痕迹的大部分特征被掩盖了,他们只发现脚趾一侧的印痕比脚跟处要深。但在布利克利眼中,结论已经很明显了。

"证据确凿。"他说。

"等等,先不要那么快下结论,"奈杰尔说着取出记事本里夹着的恐吓信和奥布赖恩的便笺,"读读这个。"

布利克利出人意料地掏出一副夹鼻眼镜戴上,粗暴地翻动着纸张,读了起来。看完之后,他本想努力表现得专业些,但脸上还是禁不住露出了好奇的神色:"这事为什么没有人通知过我们?好吧,算了。先生,这开局可太奇怪了。奥布赖恩先生把恐吓信当真了吗?"

"我认为是的。"

"是吗?我真想不到。你知道,先生,这可是个大案,奥布赖恩先生这样的人,要是——算了,不可能的,你没法绕过那些脚印证据。不过,保险起见,斯蒂芬医生,你能不能在尸检时多留心一下,看看有没有什么证据可能指向——自杀之外的结论。"法医讥讽地一笑,耸了耸肩。布利克利继续道:"噢,救护车来了。乔治,给死者取指纹吧,然后他们就可以把尸体搬走了。医生,稍后再见,多谢。好了,乔治,"他再度转向警官乔治,"把小木屋里的指纹都取一下,尤其是手枪、鞋子还有保险箱上的。不过有那么多人进来过，指纹不一定还有什么价值。"他补充道，纪律性的那一面占了上风。

"我告诉过他们什么都别碰，"奈杰尔说，"也一直盯着他们。我确信他们没有动过任何东西。"

"好吧，那还差不多。你，你叫什么名字？"他突然转身朝阿瑟发问，阿瑟一直悄无声息地充当着背景板。

"阿瑟·贝拉米，前空军士兵，1930年退役，皇家空军重量级拳击冠军。"大个子一口气说道。布利克利那种阅兵场上发令的腔调让他不自觉地立正站好。

"你在这里是做什么的？"

"我是上校的仆人，长官。"

"关于这一切你都知道些什么？"

"我知道些什么？我知道上校料到要出事。我昨天夜里本来想盯着小木屋的，哪怕他确实曾叫我离这里远一点，不然就要我好看。但我困得厉害，根本没法睁开眼。我甚至困到忘了把大门闩上。等我醒过来，已经是今天早上九点钟了。我知道的就这么多，但是只要我碰到那个犯事的，我就要把他的肠子塞进他——耳朵眼里。"

"所以你不认为上——奥布赖恩先生是自杀？"

"自杀个——"阿瑟粗鲁地回答，"他不会这么做的，就像他不可能伤害那些小鸟一样，他每天早上都用面包渣喂它们。"阿瑟陷入了回忆中，声音变得有些颤抖。

"非常好。这是奥布赖恩先生的手枪吗？"

"是的,毫无疑问。"

"那么,谁有可能来过这个小木屋?"

"上校有意不让别人进来。如果家里有客人,他一般会把门锁上。大部分日子我负责打扫这里,但平时只有他自己和斯特兰奇韦先生可以进来。"

"所以如果我们在里面找到其他指纹,那就很可疑了。我们已经有了奥布赖恩先生的指纹样本,阿瑟,现在需要取你的,还有你的,斯特兰奇韦先生,如果你们不反对的话。倒不是说我认为你们有什么问题,但该走的程序还是要走。"

他们配合着完成了指纹采集。然后,布利克利说:"乔治,你继续吧,另外,找找有没有一枚断掉的袖扣,奥布赖恩右腕上那枚断成两截了——也许是在他摔倒的时候断掉的。博尔特,你跟我来,记笔录。"

奈杰尔对这位警司的看法有了很大改观。他也许只是个乡下人,但确实有几分观察力。

"接下来第一件事是确定这里开始下雪的时间,"布利克利一边和他们往主屋走着,一边说道,"我们那里是午夜开始下的。你能说出时间吗,先生?"

"恐怕我和阿瑟一样,值夜的时候睡着了。"奈杰尔苦涩地说。

布利克利注意到了他语调中的苦楚,机智地换了话题:"那个乔治,是个好小伙儿。他爹和我爹一起在沃切特那边的农场干过活。好了,先生,在我讯问其他人之前,你能不能给我讲一下他们的大概情况?"

奈杰尔简单介绍了一番其他客人，没有提及任何猜想和细枝末节。为了不让其他人听到，他带着布利克利绕过了菜园和马厩，走到后门的时候刚好介绍完。事实上，他完全投入介绍之中，丝毫没有注意到厨房窗户里正有人带着冷峻的表情注视着他和布利克利。他们一进门，便听到一个刺耳的声音说道："请你们把鞋擦干净吧，不要弄脏了我干净的走廊。"格兰特太太站在厨房门口，十指紧紧扣在围裙前。奈杰尔难以抑制地咯咯笑了起来，他紧绷的神经实在无法消受这反高潮的一幕。格兰特太太阴沉地紧盯着他道："这时候笑未免太不得体了，有人死在外面呢。"

"谁告诉你你家主人死了？"布利克利顺势问。

格兰特太太那花岗岩一般灰色的眼睛中迸出了微小的火花："我听到那女人叫的。"她说。

"哪个女人？"

"露西拉小姐。她踏进这房子的那天就不吉利，这个招摇的婊子。我之前服侍的可都是体面人家。"

"好了，好了，你家主人刚刚去世，怎么能说这种话。"布利克利说，他真的被吓到了。

"他自找的。谁叫他和贱人厮混。这是上帝的旨意。有罪的人都要死。"

"呃，"奈杰尔总算控制住了自己，开口道，"神学稍后再谈吧，我们眼下只关心事实。格兰特太太，你能不能告诉我们昨夜是什么时候开始下雪的？"

"不晓得。我十一点准时上床了,还锁好了后门。那时候雪还没下。"

"我猜,你昨天夜里也没有在附近看到或听到任何陌生人?"布利克利问。

"那条'小母狗',内莉,洗涮完就回村里去了。那之后,我就只听到奥布赖恩先生和他那群朋友在会客厅里吵吵闹闹,亵渎神灵。"格兰特太太严厉地说,"够了,请不要打扰我工作,我没时间和爱管闲事的家伙闲聊。"

于是他们便离开了。布利克利毫不掩饰地挑了挑眉毛。客人们都在餐厅里。乔治娅正试图劝露西拉喝杯咖啡,露西拉已经穿上了衣服,但仍然魂不守舍。其他人则心不在焉地把早餐塞进嘴里。门打开的时候,所有人都紧张地扭头看了过来。布利克利自己似乎也有些紧张。他不太习惯应付上流社会的人,其职业生涯基本都用来对付偷猎者、毛贼、醉汉和肇事司机了。他捻了捻胡子,说:

"女士们、先生们,我不会耽误你们太久。看起来,几乎可以肯定奥布赖恩先生是死于自杀,但我还是需要弄清一些细节,以便结案。第一个问题,哪位女士或先生可以告诉我昨晚是几点开始下雪的?"

一阵纷乱,也是一阵放松,仿佛大家本以为会面对更加尖锐的问题。菲利普和诺特斯洛曼互相看了一眼。紧接着诺特斯洛曼说:

"如果没记错的话,十一点到十一点半左右,爱德华和我去打台球。菲利普过来看我们玩。大概十二点过五分的时候——知道这个时间是因为我听到了前厅的钟声——菲利普说：'嗨，开始下雪了。'他那时候正站在窗口。是不是，菲利普？"

"这个回答非常令人满意。"布利克利说，"雪下得大吗，菲利普先生？"

"一开始只有几片雪花，但很快就下大了。"

"有人注意到雪是什么时候停的吗？"

一阵有些漫长的沉默。奈杰尔注意到，乔治娅正犹豫地看着她的哥哥。然后，她仿佛打定了主意，说道：

"大约差一刻钟两点的时候——我不知道确切时间，因为我随身的表不准了——我去了哥哥的房间，想要一些安眠药，因为药在他的行李箱里。他还没睡，起来帮我拿药，那时候我注意到雪变小了，应该没多久就停了。"

"谢谢你，乔治娅小姐。你那时正要上床睡觉吗，爱德华先生？"

"哦，不是。我十二点刚过就上床了，但一直睡不着。"

"这就很清楚了，我觉得。那么再问最后一件事。法医想知道奥布赖恩先生最后出现在各位面前是在什么时间，以及他那时有没有任何征兆——暗示他想要做的事。"

经过片刻讨论，几处要点浮现出来了。马林沃斯夫妇告辞后，奥布赖恩和露西拉、乔治娅在会客厅待了一刻钟。随后，十一点十五分左右，两位女士回房就寝。之后，奥布赖恩去了台球室一趟，待了二十分钟左右，便说自己困了，要上楼休息。

"所以奥布赖恩先生最后一次出现是在十一点四十五分左右。"布利克利总结道。

至于另外一个问题，大家的意见各不相同。爱德华和诺特斯洛曼没有发现奥布赖恩有何异常，还说他状态格外好。菲利普·斯塔林认为他有些异样，而且很亢奋。乔治娅同意他状态极佳，但又说他看起来格外苍白、病态，而且感到他快乐的外表下隐藏着极大的焦虑。露西拉在被问到时险些陷入另一轮歇斯底里，哭喊道："你们为什么要折磨我？你们看不出来我——我——爱着他吗？"然后，她仿佛是被自己的坦诚吓醒了，用不自然的冷静语调说："小木屋？他在小木屋做什么？"

奈杰尔立刻打断了她："好了，我们想问的就这些。对吧，布利克利？"

布利克利心领神会，告诫大家在一两天内暂时不要离开柴特谷，随后便与奈杰尔和博尔特警员一起回到了小木屋。他们到时警官乔治正干得起劲，已经从案桌的某条桌腿后找到了断裂的袖扣。他还发现了四组不同的指纹。一组在左轮手枪、保险箱和房间的其他东西上，推测为奥布赖恩的。鞋子上没有任何指纹。布利克利认为还有两组指纹无疑属于奈杰尔和阿瑟，只需要专业鉴定人员的进一步确认。但第四组指纹是谁的？留在光洁的窗台上和书架处的烟盒上的那一组？奈杰尔的心跳加快了，这是未知的人物X，一个他还没能掌握的存在。但突然间，他的心又沉了下去。爱德华·卡文迪什和他一起进过木屋，曾经站在书架旁边，还曾走近过窗口。这组指纹几乎可以确定是他的。奈杰尔将这一点告诉了布利克利。于是他们回到主屋,将爱德华从他妹妹和露西拉中间拽了出来,请他留了手印,以便与窗台和烟盒上的指纹比对。他没有辩驳,但听到这个要求时有些紧张和慌乱。再度回到木屋时,布利克利沮丧地对奈杰尔摇了摇头。

"不,先生,"他说,"恐怕情况不怎么好。大家都说死人不会说话,但这次显然不是这样的。现在连小婴儿都能看出真相。我也不愿意相信奥布赖恩先生这样的好人会放弃自己的生命,但你总不能和证据作对。"

"证据,"奈杰尔慢慢地说,"但即便是基于我们现有的证据,我也相信自己能让死人讲出一个完全不同的故事。"

第五章

扭曲的故事

布利克利犹豫不决地捻了捻胡子，这位年轻的斯特兰奇韦先生展现出的沉着与自信颇有说服力。军旅生涯可能已让布利克利对所谓"长官阶级"的高远之见有了某种错位的信服。本案会朝什么方向发展呢——布利克利决定听一听奈杰尔的想法，这可能是他此生最为正确的决定了。他让乔治带上采集好的指纹火速赶往塔维斯顿，又命博尔特去主屋给奈杰尔找些早餐。

奈杰尔时而叉着香肠，时而挥舞着果酱勺，一边比画一边讲起他的想法："我先假设奥布赖恩死于谋杀，然后再看证据是否支持这个论断。你可以站在反方，主张他犯了自杀罪。如果我对事实的阐述存在曲解或矛盾，你就叫停。来回之间我们应该可以把案情理透彻。首先，是心理学上的证据。"

布利克利煞有介事地捻了捻自己的胡子——斯特兰奇韦先

生显然认为他完全掌握这些高深的专业术语，这份信任令他十分满意。

"每个熟识奥布赖恩的人都会说他是最不可能自杀的人，虽然我和他相处时间不长，但也对此深信不疑。他是个了不起的人物——可能会让你觉得有些怪，但绝没有精神失常。我承认，他有朝自己开枪的勇气，但更有活下去的意志力。他不会对取人性命心存不安——我们知道他在空中作战时有多冷酷无情。我甚至能想象，只要动机充分，他可以冷血地谋杀某个人——譬如，为了复仇。他势必有着极强的求生意志才能在过往的传奇中存活下来，而你却要我相信，一个生存渴望如此强烈的人，竟然会默默缩在角落里，开枪自取性命。"

"也不是默默吧，先生。据其他几人所说，他昨晚似乎兴致高昂，亢奋得很。"

奈杰尔的双眼在镜片后闪闪发光，他用力挥舞着手中的香肠。

"啊哈，这就是问题所在。如果奥布赖恩要自杀，按常理应该表现得心不在焉、少言寡语，面上尽量不露声色，控制不住了才**间歇性**爆发出近似歇斯底里的狂喜，但他并没有上述任何一种表现。昨天晚上他始终很高兴，但那只是兴致高昂，而非歇斯底里。他的亢奋隐而不发，再加上那诡异的神情，都说明这是一位即将杀向战场的无畏英雄。他也**的确**是在奔赴战场，X给出的最后期限是午夜。不幸的是，奥布赖恩这次一定是低估了对手的实力。"

布利克利挠了挠膝盖。他并不愿意承认奈杰尔最后这段推理已让自己力有不逮，只能绝望地想要找回场面，于是他说道：

"也许吧，先生。但你还记得吗，写那些恐吓信的人曾经提到过，叫奥布赖恩切勿自杀，免得耽误了他的复仇大计。现在看来，这也许正是奥布赖恩的应对之计。"

"想法不错，布利克利。这的确会触动奥布赖恩的幽默感，让他先发制人，将那位杀气腾腾的X一军。但我相信事实并非如此。而且，难道你没有发现，X可能故意抛出了那一套说辞，实际上早已准备杀人后伪装成自杀，利用那些细节误导我们这些不知情的人得出自杀结论。"

"很精彩，斯特兰奇韦先生，"布利克利执拗地说道，"但空口无凭，只是说说罢了，没有证据的，先生。"

奈杰尔跳了起来，走向保险箱，把咖啡杯放在上面，然后对着布利克利挥了挥勺子。

"很好，那你可要坚守住阵地。如果奥布赖恩打算自杀，为什么，为什么，为什么还要找我来帮他对抗这个潜在的凶手呢？如果他真的那么想死，何必要自找麻烦防着别人下手？"

布利克利显然被这个论据打动了："这一点很有道理，先生。我想，也许他是想自杀，但又不想让那个写恐吓信的人逃过惩罚。"

"我想不太可能。他随身带着左轮手枪，还假装睡在主屋——哦，我还没告诉你。"奈杰尔解释了一下奥布赖恩先前的计划，"那么，我以巴赫、贝多芬和勃拉姆斯之名发问，如果他意图自杀，又何苦采取种种防卫措施对抗死神呢？"

"我对你提到的这几位先生——呃——不是很了解，"布利克利谨慎地说，"但这确实说不通。更加说不通的是，"他补充道，"一个正在提防凶手、不想被杀的人，却让凶手径直走到身前，对着胸口就是一枪——还用的是他自己的枪。还有个说不通的地方，"他的胡须挑衅似的直竖着，"凶手从木屋离开时，踏过外面一英寸厚的积雪，却连半个脚印都没留下，为什么呢？先生，这有些超自然了——真的，超自然现象。"

"一定是某个他之前从未怀疑过的人。"奈杰尔缓缓说道，"这确实奇怪。奥布赖恩之所以举办这个特别的派对，就是因为怀疑这里的某个人，或者所有人。"

"什么意思，先生？"布利克利在椅子上坐直了身子。

"我真笨，光顾着自己说，以为你知道的和我一样多。"奈杰尔告诉了布利克利奥布赖恩之前提供的线索，包括遗嘱和新型飞行器的图纸等，"所以你看，动机很充分。而且可能还存在连奥布赖恩都没有意识到的其他动机。你记得格兰特太太那些关于露西拉·思罗尔的话吧？呃，我偶然得知，她确实是奥布赖恩的情人——我是说露西拉，不是格兰特太太。"——布利克利一时间笑出了声，接着又装回最正经的官方模样——"昨天露西拉想要说服奥布赖恩晚上在房间私会，但奥布赖恩把她打发走了，倒也不意外。像老话说的，让她碰了个硬钉子。但假设奥布赖恩妨碍了别人和美丽的露西拉交好，那人肯定会不高兴，甚至会杀人泄愤。这种事以前也有过。那些恐吓信中也满是私仇的味道。"

"啊，情爱，"布利克利颇有感触地说道，"红颜祸水。就上个礼拜，我老婆还让我一顿好受，就因为——"他话还没说完，就被一声有些不自然的咳嗽打断了。阿瑟·贝拉米走了进来，声音沙哑地与奈杰尔耳语几句便离开了。阿瑟看布利克利的表情就像在思考面前的家伙到底是一条长虫还是蝰蛇。

奈杰尔盯着自己的鼻尖，梦呓般地说："我在想，有位穿骑装的年轻小姐不见了。她去哪里了？为什么呢？"

"你说什么，先生？一位年轻的小姐不见了？从这里吗？她叫什么？"

"我不知道她的名字，她也不是真的从别墅里不见了。直到昨天，她还一直都待在这座木屋里面——不！"奈杰尔突然叫道，声音大到吓得布利克利握紧了椅子扶手，"我想起来了。让我解释一下。你来之前，我让阿瑟检查了一下木屋里是否丢了东西，他刚才告诉我有一张女孩的照片原本放在小隔间的橱柜上，现在不见了。"

"可能是奥布赖恩先生开枪自杀前把它烧了，自杀的人经常——"

"啊，但我刚刚想起来，在其他客人抵达的那一天，我无意间从窗户往小木屋里面看，当时就觉得有东西不见了。再前面一天下午，我还见到过那张照片。那时正好菲利普·斯塔林到了，我就忘了这件事。但现在我知道了，消失的就是那张照片。好了，问题来了：为什么奥布赖恩要把它拿走？"

"照片上是这里两位女士其中之一吗？"

奈杰尔摇了摇头。

"呃，我觉得这事不打紧。"布利克利有些笨重地站起身，伸了个懒腰。他可能觉得自己太容易为奈杰尔所左右了，也太轻易被对方不符合所有常理和刑侦教科书的理论说服。无论如何，他又拾起了自己的官架子，说道："你的建议我会记在心里的，斯特兰奇韦先生，但我认为我没有充分的理由去——"

奈杰尔迈着鸵鸟般的大步走向布利克利，按着他的肩膀，又把他推回椅子上，动作友好但坚定。

"是的，你的确没有。"奈杰尔说着露出了一个笑容，"我还没说完呢。刚才只是理论阶段，抛砖引玉而已。现在，让我们回归实际，解决一下物证问题。你最好喝杯咖啡，或者来管烟，不行就准备个皮下注射器，因为我要就这个问题好好自由发挥一番。"

面对奈杰尔这不拘礼节的诙谐态度，布利克利的官方外衣也穿不住了。他略松了口气，干脆甩脱了官腔，亲切地笑了笑，嚼起一片吐司来。"好了，"奈杰尔说——那厚厚的镜片、凌乱的头发与衣服、一丝不苟且侃侃而谈的气场，还有那挥斥方遒的食指，让他活像一位研究亚里士多德的大学讲师，"我不想假装能够对脚印，或者说为什么没有脚印作出解释，这个我们暂且放在一边。我们先回想一下奥布赖恩昨晚的行动：大约十一点四十五分，他告诉台球室里的人自己要上楼休息。他原计划从卧室窗户跳到游廊顶上——只有几英尺高——再从廊顶跳到地上，前往木屋，把自己锁在屋内——他可能带着左轮手枪。但从雪上的痕迹来看，他直到一点半才从卧室出去。为什么他在卧室待到那时候？在一个小时甚至更早之前，所有人就都上楼了。既然节礼日已经到了，为什么他要把自己暴露在危险的地方长达一个半小时？还有个问题很奇怪：为什么他没有按原定计划从窗户出去？"

"你怎么知道他没有？"

"因为我今早下楼之前仔细查看了那扇窗户外面。游廊顶上的雪非常平整，没有人走过的痕迹。这又说明了什么？"

"要么他在雪下大之前就从窗户出去了——"

"那样的话，他就不会在草坪上留下脚印了。"奈杰尔激动地打断道。

"要么他是在雪停之前不久下了楼，从大门出去的。"

"没错。那么，如果奥布赖恩想让自己被杀，为什么不待在卧室里面等着呢？凶手明摆着会往那里去。如果他不想，又为什么调整计划，走出房门，经过走廊，再下楼穿过起居室，把自己送入虎口呢？他明知道那时候凶手肯定完全清醒，在留意听着四处的动静。这完全是自投罗网。"

"是的，先生，"布利克利挠着头道，"这么说的话，他肯定是在下雪之前出去的。"

"那又是谁留下了脚印？"奈杰尔像是不经意地反问道。

"呃，很明显——肯定是杀了他的——哦，真该死，先生，你一直在催眠我，想叫我说些我从没——"

奈杰尔的眼中闪过一丝慈祥，好似一位老师刚刚给自己最疼爱的门生下了圈套。

"但鞋子呢，斯特兰奇韦先生？"布利克利追问，想给自己找个台阶下，"他怎么弄到的奥布赖恩的鞋子？请解释一下这个问题，先生。"

"我们并不确定那就是奥布赖恩的鞋子。我们只知道他的鞋子和脚印相匹配，而这可能仅因为他和X穿同一尺码罢了。"

布利克利掏出记事本，写了几行。这显然是一个不错的切入点。但他写着写着，笔却慢慢停了下来。

"我承认我有点迷糊了，"他烦躁地叫道，"我忘了那该死的脚印是通往木屋的，不是从木屋里出来的。这不对劲，先生。"

"我知道，这点还亟待我们解决。那些脚印给我们的唯一线索是，那个人在奔跑。你也注意到了，脚趾一侧比脚跟处的印痕要深。因此，留下脚印的人既可能是奥布赖恩，也可能是凶手，二者的概率相同。两人都不想被人看到去了木屋，只能尽快跑过去。不管怎样，关于鞋子，我还有另一种想法，到时候再告诉你。"奈杰尔重拾专业形象，继续说道，"假设奥布赖恩午夜前后到了木屋。假设，就按你想的，他打算自杀。他锁上了所有窗户，但没有锁门——我们发现他时，门没有上锁。矛盾一：为什么锁窗而不锁门？他还脱了鞋，换上了拖鞋。像他这样的人——或者随便谁吧——会在自杀之前先换鞋吗？"

"可能只是出于习惯。"

"也许吧，但这一点值得留意。我叔叔告诉过我，传闻奥布赖恩出任务升空时，总会先换上拖鞋。似乎他又打算投入战斗了——与未知的敌人作战。"

"我觉得你想得太远了。"布利克利抗议道。

"但也许正是其必经之路。"奈杰尔低语着,引用了约翰逊博士[1]的话,"而且联系到左轮手枪上的指纹,也值得注意。"

布利克利那砖红色的脸像墙面一样空白茫然。

"假设奥布赖恩确实要自杀。要么他下定了决心,只要简单地扣动扳机杀掉自己就好,没有必要换鞋;要么他在最后的时刻动摇了,那样的话他肯定会摩挲着手枪,在枪口上留下一些指纹。但他的确换了鞋,而且只有手枪握把处有指纹。"

"你真是太聪明了,先生。但这些还远不能叫人信服。"

"积少成多,你知道的。还有一处疑点,你听说过有几个人自杀时朝自己的心脏开枪?要么是打太阳穴,要么是吞枪自尽。"

"啊,我也想过这个。"布利克利承认。

"继续。我猜你的推论是他朝自己开了一枪,倒地的时候手腕磕到了桌子边缘,留下瘀伤,袖扣也崩成两截。对此我有两点反对意见:这样的磕碰只会造成一处瘀伤,不是两处;而且,袖扣也不会那么经不住,在胳膊脱力时磕到桌子边缘就断了。来,把这个烟斗想象成手枪,我拿它指着你,你用右手抓住我的手腕,试图让枪口偏离你自己。你可能也会想用左手来推开它。用力,老兄,使劲!你看,你的拇指和其他手指就会在我手腕内侧留下两处瘀痕,和奥布赖恩身上的一致,而我的袖扣在这样的拉扯下也很容易断掉。"

---

[1] 塞缪尔·约翰逊(1709—1784),英国诗人、散文家、文学评论家和辞书编纂家。所述引文出自他的作品《论玄学派诗人》。

布利克利用力捻着胡子:"老天,先生,我觉得你说得很对。凶手进屋,奥布赖恩要么立刻,要么和凶手谈了几句,就起疑了,掏出了手枪。凶手用某种方式分散了他的注意力,捉住了他的手腕,试图夺枪,然后——这就解释了为什么开枪距离这么近而且射到了心脏。之后,凶手抹去了争执的痕迹,又把枪口上的指纹擦掉,伪装成自杀现场,再然后——"他抱怨起来,"我们又绕回来了。难道凶手是飞回别墅的?"

奈杰尔避开了这点:"我们先说鞋子吧,你在哪儿找到的?"

"那边的地板上,半藏在扶手椅底下。"

"你说'半藏',该不会是藏了四分之三或八分之七,或者全藏住了?"

"当然不是,先生。不用动椅子我都能看到鞋跟了。"布利克利带着些火气说道。

"这样啊。今天早上,我确认奥布赖恩已经死亡之后,突然想到奥布赖恩穿去木屋的鞋在哪儿。我查看了四周,虽然没来得及打开橱柜之类的,但还是检查了那把椅子的。我可以发誓,当时那里根本没有鞋子。"

布利克利面色骤变,露出错愕、痛苦的表情,就像一个人正满足地大啖野鸡肉却突然咬到了一颗子弹。然后,那表情又变化了,像正在满嘴碎肉里用舌头徒劳无功地疯狂寻找那颗子弹。

"天哪!"他终于开口道,"怎么回事,这就是说——"

"这里有两处事实。一、鞋子上面没有指纹;二、鞋底很干燥,但炉火早就熄灭了。结合这两点我们不难发现——就像福尔摩斯叔叔总说的——真相很明显。"奈杰尔略微停顿,"不过,这点线索本身在法庭上并没有什么分量,甚至可能不够说服你的局长,让他同意继续调查这桩案子。但是,还有一点。"奈杰尔半是自言自语地说,"这要是不成功就太丢人了。"他抖了抖肩膀,像是要抖落身上的优柔寡断,"希望你是个开保险箱的高手,布利克利,这样不仅能省时间,也能减少我的焦虑。"

布利克利走到保险箱旁,检查了一会儿:"我觉得我能搞定这个。只要找到窍门,就是个时间和耐心的问题。我在苏格兰场有个叫哈里斯的朋友,他教过我怎么弄。你是有什么想法吗,先生?"

"奥布赖恩告诉过我,他把遗嘱放在里面了。如果我们发现保险箱是空的,几乎就可以证明他是被谋杀的。这也能厘清动机的问题。"

布利克利花了将近半个小时研究保险箱。他歪着头,手法惊人地灵巧,仿佛一位正在给小提琴调音的乐手。奈杰尔不安地来回踱着步,香烟抽了一支又一支,把书架上的书一本一本抽出来,又放到错误的位置。终于,啪嗒一下,布利克利发出一声咒骂。保险箱的门弹开了,里面如同老妈妈哈伯德的橱柜一样:空空如也[1]。

---

1 出自英语童谣《老妈妈哈伯德》中的首句:"老妈妈哈伯德走向橱柜/给老狗狗找根骨头喂/但她打开了橱柜/里头却空空如也。"

第六章 教授的故事

布利克利现在心服口服了,并且爆发出了无与伦比的行动力,这是奈杰尔无法也不愿比拟的。对于手头的案件,奈杰尔可以心无旁骛地投入其中,作为侦探这点难能可贵。当他竭力实现第一个目标——说服布利克利放弃自杀论的时候,就已经抛却了一切个人情绪,埋头于事实之中。这不难,他凭直觉已经得出了唯一可能的答案,只需以有说服力的方式罗列证据,找到符合逻辑的问题便是了。死神对每个人都是公平的,为了眼下的目标,奈杰尔也必须公平地看待每一条事实,摒弃情绪的干扰。解题的数学家绝不能像希伯来人那样迷信数字"7",更不能像现代人一样对"13"有什么避讳。奈杰尔也如此,他必须专注于业已发生的事实与其中的逻辑。奥布赖恩此时只是一具冰冷的尸体,并不比游廊顶上的积雪或左轮手枪上的指纹更有价值。可是从这一刻起，之前仿佛一只乖乖装死的小狗的奥布赖恩，突然又在他眼前活蹦乱跳起来。从这一刻起，奥布赖恩就是揭开一切的核心，他在世时的性格谜团可能才是揭穿凶手面目的唯一关键。奈杰尔走出木屋，留下布利克利继续开展行动。他们商量好，先尽可能地对派对客人们隐瞒奥布赖恩是被害的。当然，其中一位客人是瞒不住的，但也不妨让他自以为警方正被他耍得团团转，在花园小径尽头做着无用功。奈杰尔在园林里漫步，思维渐渐发散，琢磨起奥布赖恩的性格。

当奈杰尔踏过飞速消融的积雪时，布利克利警司也织起了一张繁复的大网。首先，他命博尔特暗中观察主屋里人们的动向，博尔特成功注意到诺特斯洛曼开着一辆破旧的双座汽车往村子的方向去了，乔治娅·卡文迪什和她哥哥则出门去园林里散步了。布利克利给局长打了个电话，简要通报了案情，并约定下午见面详谈。随后，他又联系总部要求增派人手。接下来，他回到木屋，仔仔细细地查看了案发现场，男仆阿瑟全程在旁协助。两人发现彼此竟是战友，曾在印度的同一驻地服役过一段时间，于是就联合起来天花乱坠地骂了一通那里的某位军需官，之前的隔阂便涣然冰释了。布利克利的主要目的在于进一步证明小木屋里曾发生过打斗。他让阿瑟多加留意，看有没有什么东西不在原位。

"这话提醒了我，"阿瑟说，"你在椅子后面找到的那双鞋子是不应该在那里的。上校一般会把鞋放在门边的柜子里，在这些小习惯上，他总是一丝不苟。"

布利克利闻言暗自欣喜：又得一分，多亏了自己——和斯特兰奇韦先生的推理。他指了指桌子，说：

"奥布赖恩先生对整理文件的要求好像不怎么高。"

"啊，他特意胡乱堆在那里的。有一次我打算收拾一下，天嘞，他半句好话都没有，一通臭骂，狠狠教育了我一顿。'你，离桌子远点，你这个婊——'什么的。'我这是乱中有序。'他说。我现在还能听见他的怒吼哩：'你那——爪子要是碰到了什么——我保证要你三倍后悔！'所谓名言警句，这就是了。"

"所以你也看不出来这里有没有不对劲的地方？"

阿瑟·贝拉米在桌边站了一会儿，摩挲着自己坚实的下巴。

"呃。"他说，"哎，这是啥？上校喜欢把信件胡乱堆在这边，那个标了'信件'的盒子却用来放算术草稿纸之类的。可现在信件都被放到盒子里了，稿纸却堆在外面。"

阿瑟没有别的发现了，但布利克利已然很满意，不多时就让他离开了。阿瑟快要出门时，突然又转过身来，粗声低语道：

"你和斯特兰奇韦先生逮住那犯事的混蛋之后，能不能让我和他单独待五分钟？就五分钟——你懂的，不放在明面上那种。你可以给法官说他逃跑的时候撞到卡车上了。行个方便，老兄。"

阿瑟使了个眼色，那样子一时间好像发狂的犀牛，随后他才离开。布利克利又忙活了半个小时，但线索似乎已经穷尽，小木屋里丝毫没有遗嘱的踪迹，也找不到任何图纸或公式。这时，增援的人马赶到了。他派了一位警员去村里婉转讯问有没有当地人昨晚去过园林，或者最近是否有陌生人在附近出没。他对此没有抱太大希望，但在警察的工作中，排除法要比演绎法更加重要。

他另派了个人去保护木屋现场，又命一位警员接替了博尔特，好让博尔特陪同自己进主屋。

奈杰尔·斯特兰奇韦正全神贯注地在心里回顾和预测案件，猛地惊觉时，才发现自己已经几乎走到了姑母家。无论从建筑风格还是那毫无逻辑的名字来看，柴特塔庄园都可谓纯正的英国风。在一批批建筑师的纵容与协助下，一代代马林沃斯家族成员尽情挥洒着他们的怪念头，堆砌出了一座混杂着各种年代各种风格的、不管不顾把什么都往里塞的砖石怪物。栏杆、穹顶、扶壁、城垛……哥特式与洛可可风混杂交错，令人眼花缭乱。然而，这座房子唯一缺乏的建筑元素就是塔。可奈杰尔不得不承认，这栋宅邸就像个年轻时放荡不羁、到老了古怪却又高贵、幽默的贵族浪子，自有其魅力。

奈杰尔摇了摇门铃，被请进了一个大厅。这里本来空间宽敞，但墙上悬挂的一众牡鹿头标本却好像在一起监视着来者，令人不由得像得了幽闭恐惧症。管家脸上的表情也和那些牡鹿一样孤傲。确实，如果把他的头发弄得糟乱些，再安上一对鹿角，这颗头挂在墙上也没人能发觉不妥。管家庞森比对奈杰尔的再度到来表达了喜悦，又主教般专业地赐福了今日的天气，然后优雅地向晨间起居室移步，动作丝滑得好像刚上了油的轴承。奈杰尔突然有种荒唐的冲动，就像一个地质学家迷失在喜马拉雅山脉里，在饥饿与疯狂中想要用小锤子敲翻高山那样，他也想试着用锤子从管家身上敲出几块人性的碎片。奈杰尔抱紧了自己的胳膊肘，颇为夸张地吁叹了一声："庞森比，道尔别墅出事了！奥布赖恩先生遭到枪击,他死了。我们猜想发生了最糟的情况。"管家的脸上出现一丝裂痕,但也不比地质学家给喜马拉雅山的一锤子来得严重。

"是吗,先生!真是悲惨,我确信。你肯定是来告知老爷这起不幸事件的吧。"

奈杰尔放弃了,发现姑父就在晨间起居室里,便告诉了他奥布赖恩的死讯。马林沃斯爵爷听完瞪大双眼,哽住了片刻。"上帝保佑!"他半晌才说出话来,"你说他死了?枪击?可怜的小伙子,真可怜。真是个悲剧的结局。想想就在昨夜,他还坐在宴席上,兴致高昂,与大家一起欢度佳节。人们总说,暴力终将招致暴力。他这一生战斗不休,多么丰富多彩,多么惊险刺激——其他的死亡方式哪里配得上这幕高潮。伊丽莎白会伤心的,她很喜爱这个年轻人。'伊丽莎白时代的遗珠',我这么称呼他——多好的双关,我颇为自豪。而且他家脉深厚,我认为。你知道的,某位爱尔兰的奥布赖恩……"

马林沃斯爵爷只在开始时有几分颤抖,很快就又找回了自己的步调,着手构思起悼词。午餐时,听到奥布赖恩的死讯,马林沃斯夫人一下子被吓到了,但挺过了最初的震惊之后,她便恢复了冷静与自持,让看惯了她那德累斯顿[1]瓷娃娃般脆弱外表的人颇为惊讶。"我必须立刻去一趟,见见乔治娅小姐。不知道她还有没有心情见人,恐怕已经悲痛欲绝了。"她说。

---

[1] 德国东部重镇,十九世纪下半叶为硬磁生产中心。

奈杰尔暗自笑了笑，那位坚强的小探险家怎么会"悲痛欲绝"。"为什么她会格外伤心？"他问。

马林沃斯夫人冲他摇了摇纤细的、戴着珠宝的食指。

"唉，男人，你们这些男人！有眼无珠！也许我已经老了，但连我都看得出这个小姑娘深陷情网。多么迷人的姑娘，虽然算不上美人，还有些特立独行。把鹦鹉带到晚宴上实在不太——但，时移俗易。一个年轻姑娘，天天与野蛮人打交道，我们对她也得有些胸襟才是。我年轻的时候，这种事可是绝对不被鼓励的。我说到哪里了？哦对，那姑娘爱上了可怜的奥布赖恩先生。他们本是天造地设的一对，可他竟然就这样丢了性命。他实在是太不小心、太不应该了！那个可怜的姑娘会心碎的。"

"伊丽莎白一贯，呃，喜欢做媒。是吧，我亲爱的？"

"我说，姑母，"奈杰尔道，"什么叫'就这样丢了性命'？法医认为是自杀无疑。"

"那他就是个蠢货。"老夫人坚定地说，"我从来没听过这么离谱的事。这是一起意外事故。奥布赖恩先生比你赫伯特姑父还惜命呢！"

赫伯特欲言又止，有些沾沾自喜地捋了捋胡子。老夫人继续说道：

"下午我得去拜访一下乔治娅小姐，有什么要我帮忙的吗，奈杰尔？"

"有，当然有。昨晚在餐桌上，你说起之前曾见过奥布赖恩，或者某个长得很像他的人。我想请你努力回忆一下是在哪里见的，多谢了。这真的很重要。"

"好吧，奈杰尔，我会试试。但你不要总想着把水搅浑，我可不允许。答应我，就现在。"

奈杰尔答应了她。其实现在的水已经够浑浊了，只是井底这位女士丝毫不知情罢了。

在奈杰尔听姑父演练葬礼致辞时，布利克利警司又对客人们展开了新一轮的讯问。他在起居室里找到了菲利普·斯塔林和露西拉·思罗尔。露西拉不知从哪里神奇地找来了件黑色裙装，扮出一副新寡的模样，却又同时隐隐流露出来者不拒的神色。坐在壁炉另一边的菲利普不得不承认露西拉还是有点天分的：她将脸上的妆卸得干干净净，看起来十分动人，宛如安德洛玛刻[1]在世。或许妆也没有完全卸干净，小个子教授颇有些恶意地揣测着她的黑眼圈究竟是化妆的结果还是悲伤所致。这时，布利克利开始问话了：

"对于死者的遗嘱，二位知道些什么？我们了解到他会把私人文件都放在木屋里，但并没有找到什么遗嘱。"

露西拉起身摆出一个雕塑般的姿势，用一只浑圆的手臂挡住了眼睛。

"为什么你们要来折磨我？遗嘱与我何干？它又不能叫弗格斯回到我身边！"她的声音低沉、颤抖，伤心欲绝。

"别说傻话了，露西。"菲利普挖苦地说，"是布利克利警司

---

[1] 希腊神话中特洛伊王子赫克托耳之妻。

要找遗嘱，又不是你。再说了，找到遗嘱对你有什么坏处？确实，照你戏剧化的说法，是没办法叫弗格斯回到你身边，但说不定给你带来一大笔遗产呢。"

"你这个卑鄙的侏儒！"她蓦地冲他喊，"世界上**有些**东西比金钱更珍贵，只是你可能没这份悟性。"

菲利普气得面色赤红："哦，看在老天的分上，别演了，我的好姑娘。你以前就不是个好演员，现在复出，年纪也太大了吧。"

露西拉看起来要动手了似的，布利克利急忙打断他们。"好了，好了。"他安抚道，"大家的心情都很沉重。菲利普先生，我猜你不知道遗嘱的事？"

"你猜对了。"小个子教授哼了哼，噔噔作声地上楼了。随后，布利克利又找到了从外面散步回来的卡文迪什兄妹，问了他们相同的问题。爱德华表示他对遗嘱的去向毫不知情。乔治娅缄默了片刻，开口道：

"我不知道他放哪儿了，但他的确和我提过一次，说会留下些钱给我。"

"怎么不问问他的律师？"爱德华问。

"我们到时会联系的，先生。"

爱德华有些困惑地看过来。布利克利赶忙继续道：

"你知道死者还有哪些亲戚是我们可以联系上的吗？"

"抱歉，我不知道。他从来没有和我们提过什么亲戚，只知道他父母故去多年了。噢，他有次好像提到过几个堂兄，住在格洛斯特郡那边。"

几分钟后，诺特斯洛曼回来了。布利克利在院子里遇上了他。"我开卡文迪什家的车出去兜了兜风。"诺特斯洛曼先开了腔，"不然整个人都要结蜘蛛网了。在村里小酌了几杯，那家'蜂巢'酒吧挺不错的，推荐。"

"我只是想问问你知不知道奥布赖恩的遗嘱在哪里，我们没有找到。"布利克利说。

"我不知道。怎么了？"

"呃，毕竟你是死者的朋友，我想他可能会找你做公证人。"

"瞧瞧，你这是什么意思？"诺特斯洛曼眼神冷酷、充满戒备地说，"你是说我故意隐瞒了什么吗？要这么说的话——我告诉你——"

"噢，没有，先生，当然没有。这只是例行的讯问。"

但诺特斯洛曼径直走了，带着恼怒和若有所思的神情。布利克利因为这次战术失误而自责了片刻。这个关于遗嘱公证人的问题恐怕会让大家多想，甚至议论纷纷——可能会传到某人耳朵里，让他察觉到警方对自杀一说并不像表面上那样确信无疑。

午饭后，奈杰尔回来了。他打断了菲利普·斯塔林手头的工作，把他带到了自己的房间。菲利普彼时正在动笔撰写一篇不留情面的檄文，以揭露近期一名编辑校改《皮托颂歌》[1]时的愚蠢行为。

"听着，菲利普，我想要了解这里每个人的丑闻，你应该帮

---

[1] 古希腊抒情诗人品达（约公元前518—约前438）歌颂皮托竞技会的作品。

得上忙。作为回报，我可以透露一个独家新闻给你——但目前这个新闻要绝对保密。不过，首先我必须问问你，你和露西拉之间有什么瓜葛？"

菲利普那张愤世嫉俗、傲慢自负但又带着奇怪魅力的脸上肌肉绷紧了，他眼神闪躲，然后轻声说道：

"我为金发美女心动，但侏儒为露西拉所厌恶。"

他说话的语调与之前披露那些最精彩的花边新闻时完全一致，但奈杰尔知道，他这次是认真的。

"我明白了，"奈杰尔说，"很遗憾。但我不认为你有太大损失。"

"天哪，当然没有。她就是个婊子，没错，还是这世上最厚颜无耻、自欺欺人的婊子。看她现在演出来的那副嘴脸，送葬队伍里的战地英雄遗孀吗？活着不能结为连理，就想在天永结同心？呸，我快吐了。"

"奥布赖恩可能给她留财产吗？"

"可能吧，她挺黏他的。她可是钓金龟婿这一行的翘楚。你和布利克利似乎很在意遗嘱，忙活什么呢？"

"奥布赖恩是被谋杀的。"奈杰尔随口说道，点上了一支烟。

菲利普·斯塔林吹了声长长的口哨。

"好吧，这种事你最清楚了。"他许久才开口。

"要是你把这件事说出去，恐怕我得跟你没完。"奈杰尔微笑道，"那么，再跟我多说说那位露西拉小姐。"

"她是几年前来到牛津的，在艺匠轮演剧团演出。末流演员罢了。不过，她在床上的成功弥补了舞台上的失败。学监都被她逼疯了。最后,他们不得不密谋把她赶走。不知道多少本科生为她那张脸透支了自己的荷包。"

"后来呢?"

"她去了伦敦。没有什么明显的经济来源,但守护天使倒是不少。最近一任护花使者就是爱德华。露西拉拒绝了他,转投了奥布赖恩的怀抱。这小耗子嗅觉可灵敏着呢,总是能嗅出船之将倾。要知道,爱德华今年财运有些不济。我不确定她是不是真的喜欢奥布赖恩,这是她第一次主动追求男人,迫不得已罢了。露西拉陷得很深,但她也开始意识到了,奥布赖恩对她和她对之前那些玩伴没有什么不同。能把露西拉当一次性手套,这可是一幅奇景,而她也不会就这么任人摆布——"

"停停停!"奈杰尔喊道,伴作绝望地用双手堵住耳朵,"我一次只能接受一种动机,你现在已经摆出三个了。可能是爱德华·卡文迪什杀了奥布赖恩,因为他的女人被抢了,或者他想尽快得到遗产,抑或二者皆有。露西拉也有可能干掉奥布赖恩,毕竟弃妇的复仇更甚于地狱的怒火[1]。你干脆告诉我,乔治娅也是奥布赖恩的'一次性'情妇,诺特斯洛曼是苏联特工,这样我们就有满满一屋子的嫌疑人了。哦,我忘了格兰特太太,她的动机可能源于宗教狂热。"

"我呢?只有我没有戏份,有点丢脸。我一直认为自己有当凶手的潜质。把学术头脑用于解决实际问题,你懂的。"菲利普

---

[1] 引自英国剧作家威廉·康格里夫(1670—1729)的戏剧《悼亡的新娘》。

的表情很是散漫，透着孩子气，但眼神却犀利，看起来像个天才巨婴。

"我应该让你上嫌疑人榜首的，菲利普，可我没能替你找到动机。"

"是啊，我亲爱的奈杰尔。如果我真想杀这里的什么人，那一定是诺特斯洛曼。他可真是个卑鄙的东西。打仗那会儿他是军中权贵，和平时期又开了家俱乐部。要是你能找出比这更恶心的组合，我宁可吃了自己的帽子。再加上此人痴迷于各种奇闻轶事，三餐间还要吃坚果，估计但丁都要给他单独定制一层地狱。哈！"

"他的俱乐部在哪儿？"

"伦敦附近，好像是金斯顿那边。他那地方豪华气派，很受欢迎。他挺擅长靠这些东西大发横财。一边摸女人屁股揩油，一边在晚礼服上挂满奖章，就是他。"

"不知道奥布赖恩是怎么认识他的。"

"问得好，臭小子。也许是勒索。有专业人士怀疑诺特斯洛曼和露西合伙干了些什么见不得人的勾当，勒索正符合他的风格。"

"啊，"奈杰尔讥讽地说，"我等的正是这种故事。现在，你要是能给乔治娅安排一个香喷喷的完美动机，我将不胜欣喜。"

"不行，不行，我从不为了八卦而八卦。乔治娅是个好样的，有女人该有的样子：丑得有魅力，怪得不招人讨厌，聪明，厨艺好，讲道理又讲感情，忠诚，无论骑在什么上面都姿态端庄——我只是听说——无论是犰狳还是骆驼。"

"她无可挑剔，确实，除了没有令人心动的金发。"奈杰尔故意说道。

"无可挑剔，你说得对，除了没有令人心动的金发。倒不是我不肯为她开特例，自告奋勇，只是她名花有主了。奥布赖恩，你懂的。对。奥布赖恩很喜欢她，她也只会爱他更多——看都不看旁人一眼。我想不通他们怎么不在一起。"

"这就是你说她忠诚的原因吗？"

"她对她哥哥也是如此。那位比她大了得有十岁，但还是被她像照顾独子一样照看着的哥哥。我唯一一次看到她惊慌失措，就是她哥哥在一个派对之类的场合晕倒。她那样子让人以为世界末日来临了。噢，是的，她太溺爱爱德华了。天知道为什么。他早就不是小孩了，却还留在后进班里。"

"我觉得他不像没脑子的人。"

"他是有点，那个，商业头脑。赚笔钱是够了，至于赚到后怎么办，他脑子就不够用了。乔治娅以后可有的操心。爱德华这家伙精神已经快崩溃了，今天整个早上都拉着个脸，手也抖个不停。光看着他就觉得沮丧。天知道，在牛津大学工作已经够叫人神经紧张了，但和证券交易所比起来，绝对是天堂。"

"其他客人有什么反应？"

"呃，露西拉忙着在棺材边摆造型呢，全是悲剧的酸臭味道——她就像只寡妇鸟，成天坐在那里哀悼亡夫。'寡妇'是礼节性称呼，'鸟'是骂她婊子。我觉得这丫头可能有心事，否则以她的天赋怎么可能演得这么好。至于诺特斯洛曼，谢天谢地，他基本不在屋里，在的时候也比较沉默。现在的氛围可不适合他这个喜欢调戏女人的话痨。可怜的乔治娅大部分时候都在四处游荡，好像街头音乐家身边小猴子的幽灵。我甚至不忍心看她，怕自己也会哭个稀里哗啦。但即便这样，她也还是这群人的备用船锚，一边安抚爱德华，一边照顾露西拉——这工作可太折磨人了，尤其考虑到露西拉一直在为她破碎的心和死去的英雄而不停呻吟哭号。可其实乔治娅的心有她十倍大，伤心也足有她的五十倍之多。"

一番慷慨陈词后，小个子教授气得脸都涨红了。

"是，"奈杰尔说，"真正的心碎不会刻意流露。"

"爱是不自夸。"

"爱是不张狂。[1]"奈杰尔立刻接了口，"不过，"他继续道，"玩接龙游戏也要分场合。菲利普，除了掉书袋，能不能请你用杰出的头脑思考一下别的实际问题？比如，一个人怎样在一英寸深的积雪上走过五十码却不留下任何痕迹？"

"信仰，臭小子，信仰的力量。漂浮术，这家伙可能会瑜伽。或者踩了高跷。"

"高跷？"奈杰尔猛地激动起来，"可是不行，行不通。高跷也会留下痕迹。布利克利已经检查过地面，没有那种痕迹。我在想，雪鞋的痕迹是什么样子？不管怎么说，我相信肯定有痕迹。真正的答案肯定简单到可笑。"

---

1 出自《圣经·新约·哥林多前书》(13:4)："爱是恒久忍耐，又有恩慈；爱是不嫉妒；爱是不自夸，不张狂。"

"你得告诉我语境,我才能作出正确的解读。"菲利普摆起了学究架子,"我记得现场有一组完美的脚印。"

"这是错误的方向,抱歉。除非凶手突然进入了镜中世界,想要去主屋就必须往反方向走。[1]"

菲利普·斯塔林摆出了他那副最叫人生气的婴儿般的无辜表情:"某种程度上,这就是真相。记得你的古希腊语论文吗,奈杰尔?水平很高,就是过于精雕细琢了。你太追求形式风格,却容易犯低级错误。盲点,你是这么说的——"

"哦,老天,"奈杰尔打断了他,"没想到我还要再听你上课。"

菲利普泰然自若地继续道:"要不是你当初在私校浪费时间,上了牛津大学又成天泡在小酒吧里喝咖啡,你已经学到赫丘利[2]的冒险生涯了,比如那个卡库斯[3]和牛的小故事。"

奈杰尔双手捂脸,苦涩地呻吟起来。"早知道我就去学家兔养殖了。"他哀号道。

"卡库斯,"教授无情地继续说,"学生们都知道,他偷了一群牛。赫丘利就是那个时代的斗牛犬德拉蒙德[4],他要夺回那些牛。卡库斯体型异常庞大,但智商并不低下。他拽着牛的尾巴,把牛倒拖进了山洞。这样一来,赫丘利以为——巧了,他这种顽固、贪婪、残忍、小聪明、粗野傲慢和毫无幽默感与德拉蒙德不相上

---

1 出自《爱丽丝镜中奇遇记》,在该故事中,进入镜中世界后,想要去什么地方必须往反方向走。
2 罗马神话中的大力神,相当于希腊神话中的赫拉克勒斯。
3 罗马神话中的神祇,偷了赫丘利的牛。
4 英国作家萨珀(1888—1937)笔下的侠客。

下——他以为牛往相反方向走了。"

"好了，够了。"奈杰尔呻吟道，"别再说了。我犯了个世上最幼稚、最低级的错误。但是，天哪，这样情况就完全不一样了。X是倒着走回主屋的，所以脚尖的印痕比脚跟深。但现场没有其他脚印，所以他是在雪还没有深到可以留下脚印的时候出的主屋，也就是十二点零五分到十二点三十之间。他要是知道我们看破了这点，准会惊得人仰马翻。"

两人又聊了一个多小时，直到冬夜渐深，黄油吐司的画面开始在两人脑海里若隐若现。菲利普正说着：

"对了，奈杰尔，你有没有注意到，那天晚餐时奥布赖恩——"

这时，楼下的一阵嘈杂声打断了他。一个女声发出压抑的尖叫，某处传来急促的脚步声，随后一阵寂静，接着有人大喊："斯特兰奇韦先生！斯特兰奇韦先生！"脚步声咚咚地砸在楼梯上。无论那天晚餐时奥布赖恩说了或做了什么，眼下都不是重述的时候。奈杰尔打开了房门。博尔特警员正站在门外，擦着额头，一张通红的脸上满是激动。

"布利克利警司需要你，先生。"他说，"格兰特太太去餐具室准备茶点的时候发现的，他头盖骨都快裂成两半了。真是可怕的场面，先生。"

"天哪，布利克利倒下了？他还活着吧？"

"你误会了，先生。不是布利克利，是奥布赖恩先生的人——叫啥来着——啊，阿瑟。是阿瑟，先生。一地血。"

第七章 隐秘的故事

阿瑟·贝拉米没有料到自己会这么快与凶手相遇，这一切就在他不知道的情况下发生了。他被人从背后击倒，就在主屋通向厨房与餐具室的那条走廊上。走廊上本就光线昏暗，哪怕袭击早几个小时发生，他也不大可能看见袭击者。事发地点的石制地板血迹斑斑，那是从主屋通过弹簧门前往用人活动区的一侧。从那里开始，血迹中显现出一条清晰的路线，从走廊延伸到餐具室。现场没人打扫，走廊的血迹和餐具室地上的血泊都还没有干。布利克利警司没费太大力气便完成了现场重建。袭击者可能尾随阿瑟来到厨房走廊，或者躲在那扇弹簧门后面，后者的可能性大些。他用某种武器击倒了目标，而凶器还未找到。紧接着此人拽着被害人，可能是握着脚踝——因为如果是腋下，难免会在自己的衣服上留下血迹——将其拖进了餐具室，放倒在地上，关上门，然后——布利克利暗自想象——他或她为这干净利落的行动窃喜不已。布利克利看得出来阿瑟是被拖拽的，而非被抱起，因为走廊略带灰尘的地板上有一条血痕赫然可见。

但很不幸，这似乎就是目前布利克利掌握的所有情况了。格兰特太太原本倒是可以知道些什么，但她那时正像往常一样，在自己的卧室里午睡。而且，她说得很明白，她的午睡雷打不动，她睡得心安理得。说实话，奈杰尔怀疑即便是审判日的号角奏响，她都不会放弃正当午休的权利。相较于阿瑟·贝拉米的性命，她似乎更忧心餐具室里的一片狼藉。阿瑟的命运悬而未决，也不知道他还能撑多久。他被发现时仍有呼吸，匆匆赶来的本地医生声称或许还有救。出于显而易见的原因，布利克利想把他送到更加安全的医院去，但医生拒绝对这种情形下搬动病人的后果承担任何责任。一番争执后，布利克利让步了。阿瑟被抬到了他自己的房间，由一名警员守着房门，除了医生和布利克利之外，任何人在任何情况下都不得进入。他们还找了一名受过专业训练的护士过来。

警员们在厨房、宅子侧翼和周遭搜寻凶器时，布利克利把参加派对的客人们都请到了餐厅，准备讯问。他先就搜查个人卧室征求大家的同意。他当然可以弄到搜查令，但就目前的情况而言，时间可不等人，况且他们也不大可能真有什么东西要藏。现在的布利克利已经不是数小时前在木屋里和奈杰尔说话时那个淳朴、迷糊的人了。脱离实际行动的推理对他来说无甚意义，现在面对这些熟悉的琐碎任务，他表现得头脑清晰，有条不紊，专心扑在一个明确的目标上。讯问开始前，奈杰尔和布利克利聊了几句。"唔，情况似乎明朗了一点。"奈杰尔说。

"是啊，先生。今天早上我真是傻了，竟然让人知道了咱们对遗嘱感兴趣。不过，这倒把咱们要找的人逼出来了，只是没想到这么快就造成了这种糟糕的局面。希望阿瑟能挺过来。"

"你是说，这表明阿瑟·贝拉米是公证遗嘱的两人之一？"

"没错，先生。而且如果真是这样，阿瑟肯定也知道另一个公证人是谁，甚至有可能知道遗嘱的条款。凶手拿走遗嘱，正是因为上面的内容可能会泄露他的作案动机。"

"他是怎么打开保险箱的？"奈杰尔打断道。

"肯定知道密码，先生。也就是说，凶手应该是奥布赖恩先生的密友，这也和我们手头所有的线索吻合。"

"唔，可也不是毫无破绽，不过你还是继续吧。"

"好的，假设凶手不想让这份遗嘱——"在布利克利说到"这份"时，奈杰尔使劲点了点头，好像突然理解了什么，"被公开，无论暂时还是永远，那么除掉阿瑟都是最方便的选择。既然他知道阿瑟是公证人之一，那也就说明他正是另一位公证人。"

"倒也未必。要知道，遗嘱的公证人不能是受益人。因此，如果凶手的目的是遗产，那他必然不可能是公证人。"

"可是，先生，如果凶手不是公证人，但他又知道剩下的一人是谁——假如他不知道，那么杀阿瑟就毫无用处——那么最后那位公证人就危险了，我们得当心。"

"老天，是啊。你们可得睁大眼睛。虽然这第二位公证人或许和凶手是一伙的。"

"合伙谋杀还是不多见的,先生。很少有凶手愿意和别人分享这样的秘密。"

"麦克白和他妻子。汤普森和拜沃特斯[1]。当牵扯到情爱时,共谋并不罕见,而本案的感情线出奇地多。"

走进餐厅面对客人们的时候,布利克利心里还一直考量着奈杰尔的险恶假设,但他那砖红色的脸上仍是欺骗性的淳朴表情,心事丝毫不显。没有人反对搜查卧室。布利克利顺势指派了刚从塔维斯顿赶回的警官乔治执行这项任务。他与奈杰尔、博尔特两人则一起退入小书房,让一名警员守在餐厅门前,好把客人们一个一个地请进来,同时注意餐厅里众人交谈中的新线索。菲利普·斯塔林首先被排除了嫌疑。此前格兰特太太已经作证说阿瑟在厨房进进出出一直到两点半左右——她的下工午休时间。而菲利普自两点二十分起就一直在楼上和奈杰尔说话,直到有人发现出事了,过来通知他们,他才出了房门。他再次严正声明,说他对遗嘱以及奥布赖恩的律师是谁一无所知。

露西拉·思罗尔是下一个。她一阵风似的走进房间,像女王一样在桌子另一端那张替她备好的椅子上坐下了。博尔特警员仰慕地发出了一声低叹。奈杰尔觉得即便是布利克利警司也在强忍着喝彩的冲动。对于这些有声或无声的赞许,露西拉只是几乎令人难以察觉地微仰起头,嘴唇与眉间浮现出一丝傲慢,这便是这

---

[1] 指汤普森案。伊迪丝·汤普森的情人弗雷德里克·拜沃特斯在1922年刺死了伊迪丝的丈夫,1923年他和伊迪丝以共谋杀人罪被判处死刑,该案在英国影响极大。

位美丽女子对仰慕之情的回应了。布利克利捋了捋自己短剑般的胡须，正了正领带。他先按惯例问了问年龄、住址之类的官方问题，然后清清嗓子，切入了正题。

"接下来，露西拉小姐，我们还有其他几个问题，希望你不要介意。这位博尔特警员——"博尔特又挺了挺本已十分板正的腰背，"会全程记录，然后将证词副本交给你签字——当然了，如果你觉得文本没有问题的话。"

露西拉优雅颔首。

"首先，露西拉小姐，可以再详细说一下你今早关于奥布赖恩先生遗嘱的证词吗？"

"详细说？我还要怎么详细说？"她用惯常的冰冷而嘶哑的声音说道，带着一丝傲慢，"弗格斯——奥布赖恩先生——从没和我提过什么遗嘱。"

"这么说吧，你觉得你可能会从中受益吗？"

"应该吧。"她无动于衷地回答。

布利克利稍有些恼火。他俯身向前，说：

"你跟死者是什么关系？"

露西拉面色涨得通红。她扬起那张绝色的脸蛋，目光似乎穿透了布利克利的身体，答道：

"我是他的情人。"

博尔特正欲"啊呀"一声，却硬生生自行把声音掐断了。

"呃，咳咳，行吧。那么，我们说回昨天晚上，女士。你上床之后有没有听到可疑的动静？"

"我立刻就睡着了。能有什么可疑的声音？"

奈杰尔摁灭了手里的烟，平静地对布利克利说："我想，露西拉小姐还不知道奥布赖恩是被谋杀的。"

露西拉闻言倏地用手捂住嘴，惊骇地喘息着。她原本便苍白的脸上更是血色全无，一片茫然。

"谋杀？哦，天哪！弗格斯——谁？"

"我们还在查。也许你能告诉我们，他有没有什么仇人？"

"仇人？"露西拉垂下眼帘，纤长的睫毛颤动着，她先前自若的姿态已变得又紧张又僵硬，"像他那样的男人难免树敌。我也只知道这些。"

布利克利沉默了片刻，然后干脆地说道："那我们还得问一下你今天下午的行踪，只是走个形式。"

"我在起居室待到三点左右，然后就回卧室休息了，直到听见楼下的叫喊声才再次下楼。真是可怕，太可怕了！这里没有人是安全的！下一个会是谁？"

"不要吓唬自己，女士。一切都在我们掌控之中。在起居室时，有谁和你在一起吗？"

"午餐后，乔治娅小姐和我待了一会儿。她是在我上楼之前离开的——早了大概一刻钟。我不知道她去哪里了。"露西拉冷冷地答道，"我记得诺特斯洛曼先生进来过一次。对，差十分三点的时候。那里有个钟，他过来对了手表。"

"好的，最后一个问题，露西拉小姐。我希望你明白，这只是官方程序，为了交叉比对各人的行踪。是否有人能证明你一直在卧室里，从——"他瞥了一眼笔记，"下午三点一直到楼下乱了起来？"

"不，没有。"她的回答迅速而果断——甚至有些太迅速了，好像已经事先猜到问题并准备好了答案，"没有证人可以证明我的行踪。"

"太遗憾了。"奈杰尔忍不住低声道，显得颇为失礼。露西拉回以冰冷的一瞥，一阵风般地出去了。下一位受召的是诺特斯洛曼。他迈着轻快自信的步子走进来，嘴里叼着雪茄，表情半是真挚半是讨好，就像他在俱乐部迎接客人时那样。

"哟，哟，哟，"他边说边搓着手，"所以现在是审讯吧。也没我想的那么恐怖嘛。我们在前线时也总是这样——好戏开场前的等待最难熬了。"

他自称西里尔·诺特斯洛曼，现年五十一岁（"但一个人的年龄应该以其心理年龄为准，对吧？"），单身，金斯顿附近极乐嘛啪俱乐部的老板。他对奥布赖恩的遗嘱内容一无所知，也对继承遗产不抱希望（"我押露西拉会拿到继承权，那小娘儿们动作可快了。"）。当被问及晚上是否听到任何异响时，他紧盯着布利克利，说：

"啊哈，我就知道。你今天早上可露出马脚了，警司。所以你们不认为奥布赖恩是自杀的。哈，我也不信。他不是那种会轻生的人。可怜的'老拖鞋'。很难想象他就这么走了。他算得上最杰出的一个。我也希望能帮上忙，可惜我一整晚都睡得死沉死沉的。"

"那你能告诉我们奥布赖恩有可能因为什么被杀吗？他是那种会树敌的人吗？"

"呃，任谁兜里有那么一大笔钱都容易遭人暗算，对吧？该死，我不该这么说，听上去好像在暗示是露西拉——当然，这太荒谬了，那女孩连黄蜂都不敢杀。忘了这个吧。除此之外，我就想不出谁会对他下手了。大家都喜欢他，情不自禁那种。不过我上次见到他时，感觉他比以前更古怪了。"

"那是在哪里？"

"他之前一直在法国。我自从1918年就没见过他了。今年夏天某个晚上，他突然和露西拉一起出现在我的俱乐部里。"

"很好，先生。现在，能不能说一下你在今天午餐后的行踪？"

诺特斯洛曼眯起眼道："该死，全都想起来可有点难。但还是试试吧。让我想想，午餐后，我和爱德华打了会儿台球，大概从两点开始，打到三点刚过没多久。"

"所以，这段时间你们两个一直都待在台球室里？"

"当然了，得提防对手作弊。"诺特斯洛曼开玩笑道。

"那就是露西拉小姐记错了。她说你在两点五十左右去了一趟起居室。"

诺特斯洛曼略迟疑了一下，抱歉般地露出一口大白牙，仿佛在拍牙膏广告似的笑着回答："确实，瞧我笨的。我就说全都想起来很难。我在起居室待了一下，对了手表。我有几封信要写，不想错过下午的邮政取件，结果发现时间比我以为的要晚，我就和爱德华把台球扫了尾，来到这间书房写信，写好就带着信去村里了。我回来的时候,你们已经发现可怜的阿瑟出了事。他怎么样了?真希望他能挺过来。"

布利克利回答说阿瑟还有一线生机,接着又问诺特斯洛曼写信的时候书房里是否有别人。

"有的,乔治娅小姐也在。她当时也在奋笔疾书。"

奈杰尔一直缩在椅子里,一言不发地盯着自己的鼻尖。正当布利克利打算让诺特斯洛曼离开时,奈杰尔回过神来,问道:

"你说你战时就认识奥布赖恩了,所以你当时也在皇家空军服役?"

诺特斯洛曼傲慢地看向奈杰尔:"侦探也列在先知中吗?[1]好吧,奇迹永无止境。既然你想知道,那么告诉你吧,我以前确实是飞行员,1916年当了参谋,认识奥布赖恩是在次年夏天,那时候我是他那个中队的指挥官。现在满意了?"

"你还认识奥布赖恩那个机组或中队里的什么人吗?在世的,我们想要姓名和地址。"奈杰尔镇静地应对。

"我想想。"诺特斯洛曼似乎相当错愕,"安斯特拉瑟、格里夫斯、费尔、麦克伊雷——不过他们都去世了。啊,有一个——吉米·霍普。上次我听说他好像就住在这乡下的什么地方,布雷治西和斯泰顿那一带的某个养鸡场,那地方好像是这么叫的。"

"谢谢。还有,你对飞机引擎感兴趣吗?"

诺特斯洛曼无礼地打量着他。"没有特别的兴趣,你呢?"

---

[1] 化用自《圣经·旧约·撒母耳记》。先前并不担任先知的扫罗在神的感化下突然说出预言,人们很惊讶,不禁疑问:"扫罗也列在先知中吗?"

他转向布利克利,"等你助理问完这个回合,大概就能放我走了吧?"

布利克利用征询的目光看向奈杰尔,奈杰尔则用最惹人生气的语气说:"行。要是这位先生愿意,我们明天可以再来一个回合。"

诺特斯洛曼怒视着他,转身离开了。布利克利朝奈杰尔挑了挑眉,正要说些什么,一位警员却急匆匆地冲了进来,说在垃圾焚化炉里发现了一根拨火棍。那上面现在自然看不出什么痕迹了,无法证明它就是被用于袭击阿瑟的凶器,但格兰特太太坚称做午餐时用它拨过炉灶,还勉强承认,就算是内莉那只"小母狗"也不会蠢到把它丢在焚化炉里。内莉像往常一样,把午餐用的东西洗涮完就暂时回家了,所以现在无法到场证明这一点。布利克利立刻下令,等她一回来就马上带她来问话。

"那个垃圾焚化炉在餐具室里,"他说,"无论是谁干的,都得先去厨房拿拨火棍,然后穿过整个厨房,把它藏到炉子里。这家伙够走运的,格兰特太太上楼午休了。她肯定睡得很熟,心安理得的,什么都没影响到她。"

"如果她'真的'是在睡觉。"奈杰尔接口道,言语中的暗示令人毛骨悚然。

布利克利吃了一惊,略微思索后便笑了起来。"别吧,先生。"他说,"你就别戏弄我了。也许格兰特太太是个老——但还不至于到处开枪杀人或者用拨火棍敲人脑袋,我敢拿退休金打赌。好了,我们还是继续吧,到乔治娅小姐了。"

菲利普·斯塔林对乔治娅的形容十分准确,奈杰尔一边想着,一边看她回答布利克利那些开场问题。她的双眼昨晚散发着快乐与活力,现在却饱含悲伤——如鬼魂般茫然、凄苦又无助。她举手投足间好像满身都是伤口,却仍用钢铁般的意志控制着、压抑着,仿佛有股不服输的劲头。

"没错,"她说,"弗格斯确实说过会把钱留给我,或者至少是一部分钱。真的,我已经很知足了。但我们也开过玩笑,说他死后我就有钱探索亚特兰蒂斯了。你们知道,他病得很重,也不指望——"

她的声音微微颤抖,说不下去了。也许现在你想探索的地方只剩下一个了,奈杰尔想,就是奥布赖恩归去的死亡国度。

关于遗嘱,乔治娅也没有更多线索可以提供。得知奥布赖恩死于谋杀时,她沉默了片刻,然后说:"这样啊。"那语气中的颤抖如此剧烈,好像终于迎来了意料中的一拳重击。紧接着,她用那双棕色的小手猛地拍了下桌子,喊道:

"不!谁会想杀他?他没有仇人。这世上,只有懦夫和强盗才会被人谋杀。他病得那么厉害,连医生都说撑不了多久了。为什么你们就不能让他安安静静地去呢?"

布利克利向后仰了仰椅子,凝视着她:"我很抱歉,小姐,但这已经不太可能是自杀案了。很奇怪,你是他的朋友里唯一没有说他不可能自杀的人。"

一番爆发后,乔治娅·卡文迪什再度沉溺到自己的内心世界里,回答布利克利时略显心不在焉。她证实了露西拉的证词,确认午饭后和露西拉在起居室待到大约两点四十五，然后去书房写信了。诺特斯洛曼三点刚过一会儿也去了书房，但具体时刻乔治娅不确定。她写完信上楼回房的时候，诺特斯洛曼还在原地。之后，她一直待在房间里，直到听见楼下的骚乱，这期间没有证人。她往楼下跑的时候，露西拉就跟在她后面。布利克利问完之后，奈杰尔开口道：

"乔治娅小姐，请允许我提一个比较冒犯的问题。你和奥布赖恩先生究竟是什么关系？"

乔治娅死死地盯着他。片刻后，好像他通过了什么考验一般，乔治娅友善地笑了笑，说：

"我们彼此相爱。自从第一次在非洲相遇，我们就爱上了对方——至少，我爱他。但我们直到最近才真正意识到这点。当我——我意识到之后，就想结婚。我总是喜欢把事情做绝。"她嘴角微微浮现出一丝平时那种顽皮的微笑，"但弗格斯告诉我，医生说他时日无多了，他不想拖累我。当然了，我根本不在乎，但他很坚决，说我的天分不该浪费在照顾病人上面。所以我们只是——我们是恋人。"

"我明白了。"奈杰尔沉重地对她笑了笑，"但是——无意冒犯，我相信你所说的——这与露西拉小姐的证词有些出入，呃，也与她平日的举止等相悖。"

"好难开口，"乔治娅说着双手紧握，死死压在膝头，"你瞧，是这样的。她是——曾经是弗格斯的情妇。毕竟她**真的**是位美人。但弗格斯和我——我们反应过来彼此相爱之后，他就想离开露西拉了。虽然有点奇怪,但这是事实。他这次把她请来,就是想要摊牌的——他总是讲求绅士风度之类的,你懂的。但看起来她还没弄清楚他的意图——我的意思是,她现在还穿得像个寡妇一样——不,是我说错话了——她确实很爱他——她这样穿没什么错。哦,真该死!"

乔治娅的思绪又陷入混乱,布利克利识趣地请她回去了,顺便让她把哥哥唤来。门一关上,布利克利便意味深长地瞥了眼奈杰尔。

"这就让露西拉小姐的处境难堪起来了,是吧,先生?"

"我们还不知道那晚奥布赖恩是不是真的和她摊牌了。"奈杰尔回答。但乔治娅的证词无疑给这个案子指出了一个明确的方向。

爱德华·卡文迪什进来了,脸上仍然是那副困惑、疲惫的表情。自昨天早上和奈杰尔在木屋里发现尸体之后,他似乎一直是这副样子。他重重地坐到给他准备的椅子上,看起来比五十三岁的实际年龄更加衰老。布利克利先问了他的住址、职业,然后问他作为奥布赖恩的老朋友,对这起谋杀案的动机有什么想法。

"这你就搞错了,警司。"他说,"我不是奥布赖恩的老朋友。我们今年才认识,是我妹妹介绍的。"

"好吧,先生,那我们就说是'朋友'吧。我感觉你应该挺熟悉他的。"

"并不。他偶尔会在投资方面咨询我的意见,他的资产相当可观。但我们不是一类人,兴趣也大相径庭。"

"诚如亚里士多德所言,为利而友。"奈杰尔悄声念道,透过半闭的眼帘观察着爱德华那张刮得干干净净但很是苍白的圆胖面庞,还有无框眼镜后的那双眼眸——即便是职业商人的含蓄谨慎也遮不住那瞳孔深处的不安。他的额头皱纹密布,写满焦虑,头顶上是抹了发蜡的稀疏发丝,唇角带着几分纵情声色的痕迹,甚至显得有些残忍,而他的整张脸却又挂着一点怪异的稚气,也许就是这神情刺激了他妹妹的母爱本能。

布利克利开始讯问他午饭后的行踪。

"我和诺特斯洛曼打台球到大概三点钟,然后就去园林里散步了。"

"散步的时候有遇到什么人吗,先生?"

"没有,应该没有。多么没有说服力的不在场证明。"他勉强挤出一丝微笑,"我回来的时候大概四点到四点一刻,有位警员和我说了阿瑟的事情。"

"你们打台球的时候,诺特斯洛曼先生一直都在吗?"

"是的。哦不,我想起来了,他出去看时间了。就在我们结束前十分钟。"

"只是去了一趟起居室,然后就回来了。是吗,先生?"

"呃,这我可不敢保证,他出去了至少得有五分钟吧。"

布利克利险些露出惊愕的表情,博尔特的笔也停在了半空。

"你确定吗,先生?"布利克利尽量随意地问。

"当然,有什么不确定的?"爱德华疑惑地看着布利克利。然后,他神色大变,似乎在为自己的关键证词而紧张不安。他舔了舔嘴唇，说道：

"你瞧，警司先生，你确定这是桩谋杀吗？我是说，万一是自杀呢？真该死，我不敢相信这里有人——"

"很抱歉，先生，就我们目前掌握的证据来看，这不可能是自杀。"

爱德华又看了眼布利克利和奈杰尔，好像心里在权衡着什么。他的拳头握紧又松开。

"证据，"他喃喃道，"但要是我——"

可无论他想说什么，这次都失去了吐露的机会。乔治警官突然进来，像古希腊悲剧中带来不详的信使一般，把一张纸摆在了布利克利面前。

"这是在奥布赖恩先生的卧室里找到的，"他对布利克利耳语道，"被折起来当窗楔了。"

布利克利看了一眼那张纸，立刻双眼圆睁，打了蜡的胡须好似电线一般颤抖着。他指着纸条，对爱德华说：

"先生，你认得这字迹吗？"

"认得，呃——这是露西拉小姐的字，但是——"

"乔治，把露西拉小姐请来。"

在乔治警官去找露西拉时，奈杰尔探身看向那张纸条。纸上的手写体既大又潦草：

今晚必须让我见你一面。我们难道就不能忘了那之后的事吗——

等其他人睡下之后,来小木屋找我。求你了,亲爱的,求你。

露西拉

露西拉如女王般走了进来,经过门口时驻足了片刻,似乎在等待掌声停歇。但这次没有爱慕者了。布利克利站了起来,把纸条举到她眼前,喝问道:

"这是你写的吗,露西拉小姐?"

她用一只手抚向喉咙,脸也涨得通红。

"不是的!"她喊道,"不是!不是!不是!"

"但爱德华先生已经作证说这是你的笔迹了。"

她转向爱德华·卡文迪什,身体微躬,手指如利爪般弯曲着。她的声音先是冷酷而低沉的,而后抬高,变成了凄厉而疯狂的尖叫:

"你作证,是吗?你想出卖我,对不对?你嫉妒了,因为我为了更好的男人抛弃了你。你嫉妒!你这个道貌岸然、背信弃义的骗子!装得好一副可亲可敬的模样,其实一直以来——你恨弗格斯。是你杀了他!我知道是你干的!我——"

"好了,露西拉小姐,够了。这字条是你写的吗?"

"是的,是的,**是的**!我写的。我爱他,但我没去那木屋——我没去,我可告诉你了。他不让我——"

她环顾着四周那一张张写满冷漠与怀疑的面庞。

"这是诬陷!"她冲爱德华尖叫,"你陷害我!"她狂乱地指着爱德华，又看向布利克利，说："你聋了吗？他栽赃我。这字条是他今天下午放进我房间的！我看见了。"

"这字条不是在你房间里找到的，露西拉小姐。如果你的其他证词也这么虚假，恐怕你的处境将会非常难堪。"

"等一下，布利克利。"奈杰尔打断道，"爱德华，你今天下午在露西拉小姐的房间？你的证词中没有提到这点。"

爱德华的脸颊烧了起来，好似被露西拉扇了一记耳光。他试图保持庄重，脸上却禁不住现出怒色。奈杰尔脑海中不由得浮现出教堂神父被控诉从募捐箱里偷钱的画面。爱德华开口时努力显得体面，声音中却还是透出了抑制不住的义愤。

"如此甚好。既然露西拉小姐选择作出如此荒谬的指控，就不要指望我维护她的名誉了。今天下午我是去过她房间，我来告诉你们为什么吧。"

"不，爱德华！求你！我是太伤心了，才说出这样的话。你知道我不是那个意思。"露西拉颤抖的声音中满是恳切，但爱德华看都没有再看她一眼。

"今天下午诺特斯洛曼回到台球室，说露西拉——露西拉小姐——邀我去她的房间相见。我一局打完，就上楼去找她。露西拉小姐有一项提议：要么我付给她一万英镑，要么她就告诉警察她曾经是我的情妇。她有我写的信。她说要是我们的关系暴露了，必然会对我造成极大的负面影响。她还说警察很快就会开始调查谋杀动机，因为奥布赖恩是被杀害的。根据露西拉小姐的说法，是奥布赖恩从我身边夺走了她，警方会认为我有充分的杀人动机。我告诉她，我才不会被勒索吓倒。她就发誓说会告诉警察是我杀了奥布赖恩，以便从遗嘱中获利，好解决财务危机并借机复仇。我回答她说，如果奥布赖恩真是被谋杀的，警察一定会调查派对上的每个人，我的财务问题迟早会曝光。自然，我不想把这件事公之于众，所以才说下午去园林里散步了，但实际上我大部分时间都在露西拉小姐的房间里。不过，我之后的确出去走了走。但现在，既然露西拉小姐选择公开指控，我也就没必要掩饰什么了。我不想打击报复，但事已至此，警司先生，我还是建议你问一下诺特斯洛曼，计划中那一万镑的黑钱到底有多少会进他的腰包。"

第八章 悲伤的故事

傍晚，奈杰尔和布利克利驱车前往塔维斯顿。昨夜的积雪已在阳光下消融，化为浓雾，像厚实的羊毛连衫裤套在山丘底部。这叙述并不浪漫，但奈杰尔心中确实是如此描绘的。山丘间的公路蜿蜒起伏，他们时而行驶在清新的空气中，俯视着脚下的雾湖，时而跌入浓雾，除了引擎盖再也看不到更远的地方。开车的警员每每钻进雾中时都仿佛是在豪赌，而每当发现车子从另一端冲出迷雾后还在正道上，他都不禁大声自言自语表达着庆幸之情。布利克利决定晚些时候再和奈杰尔一起驱车回来，眼下的情形令他实在不放心离开现场太久，哪怕这意味着他们不得不再次穿越雾区，而晚餐后的雾气只会更加浓重。但这雾，奈杰尔心想，哪怕是开天辟地之前那笼罩大地的无处不在的混沌冷雾，也无法比拟此时萦绕在他心头的昏沉无绪。

证人们的相互揭发就像暗室里的闪光灯，只会令人盲目。每一条线索似乎都为案情指明了新的方向，但随后又将大家一次次引入死胡同。奈杰尔第五次强迫自己静下心来，梳理这矛盾重重的案情。露西拉·思罗尔否认了爱德华的指控，她承认午饭后爱德华去了她的房间，但发誓说他们只是友好地闲谈了几句。真是闲谈的好地方，奈杰尔想，但又没有证据反驳。露西拉断然否认自己昨晚去过木屋，她不停地重复着这点，甚至有些歇斯底里了，布利克利不得不把她送到乔治娅·卡文迪什那边接受照顾。出于职业的谨慎，他还派了位警员去监视，以防她逃跑。诺特斯洛曼听闻爱德华指控自己参与勒索，顿时大为光火，扬言要采取一些行动——从拳脚上的到法律上的。但冷静下来之后，他又宽宏大量地说自己不会计较，可怜的爱德华老兄已经晕了头，只是在胡言乱语。而可怜的爱德华老兄则坚持着自己的证词，尽管他无法就控告诺特斯洛曼与露西拉合伙敲诈给出令人满意的证明。至于诺特斯洛曼离开台球室的时间究竟有多长，双方也各执一词。

想到这里，精疲力竭的奈杰尔思绪又回到了阿瑟遇袭一事上。除了菲利普·斯塔林，宅子里每个人都有动手的机会。露西拉的作案窗口在下午两点四十五分乔治娅离开起居室到爱德华去她卧室之间，除了诺特斯洛曼去对手表的一分钟（或者五分钟？）。又或者是他们两人合伙下手：诺特斯洛曼负责用那件钝器袭击阿瑟，露西拉负责放哨。至于乔治娅的行踪，从大约三点开始到阿瑟被发现之间没人可以证明。她哥哥也可能在诺特斯洛曼出去之后离开台球室，不过可能性不大，因为他也不知道诺特斯洛曼多久会回来，但他完全可以在离开露西拉的房间后再下手。而诺特斯洛曼，除了可能与露西拉合谋，他也有机会在乔治娅离开书房后下手，然后再去寄信。总体而言，袭击者更有可能是男人。伤口的位置表明使用拨火棍的这个人身量颇高，不过这并非绝对。女人也未必没有足够的力气握住阿瑟的脚踝把他拖进餐具室。几乎每个人都有嫌疑，包括格兰特太太。

可能性太多了。但如果考虑到凶手对周遭的了解呢？奥布赖恩租下道尔别墅只有几个月，在场的客人们也都是第一次来访。所以，除了格兰特太太，其他人都是从头开始了解这里的。通常来讲，女人更容易掌握厨房的环境和格兰特太太的个人习惯，知道拨火棍和焚化炉的位置。但毕竟假设的是这是桩有预谋的行动，男人也完全可以事先打听到这些细节。再就是下手的时机。奈杰尔认为，凶手应该是看着阿瑟出了厨房从弹簧门过来，便立刻跑到厨房里拿起拨火棍，藏在弹簧门后，等阿瑟回来。到目前为止，唯一不争的事实大概就是拨火棍是凶器。内莉从村子里回来之后接受了布利克利的讯问。她先是愤愤不平，继而泪眼婆娑地发誓从未把拨火棍放到过焚化炉里，还说要是她敢动一下拨火棍，严厉的格兰特太太准会剥掉她的皮，这个老娘儿们。这样一来，虽然完全想不通动机何在，但奈杰尔认为理论上的首要嫌疑人应该是格兰特太太。信奉加尔文主义[1]的极端厨娘击倒了从军

---

1 亦称归正主义，是十六世纪法国与瑞士基督新教宗教改革家约翰·加尔文及其支持者的主张，坚持"因信称义"说，即一个人只能凭借信心仰赖耶稣基督而得救，而不是靠个人的善行，并认为上帝早已择定天选之人，这些人即将得救且获得永生，其他人则会永堕地狱。

队退伍的巨人硬汉。精彩。加尔文教徒往往看什么都不顺眼，但也许这根拨火棍的功用勉强令她满意。

这就又回到了动机问题。阿瑟知晓遗嘱的详情是很合理的推测，而他受到袭击是由于某人想要灭口，因为袭击发生在布利克利不慎流露出对遗嘱的兴趣之后不久。如果凶手是因为其他原因忌惮阿瑟，那就大可以在杀掉奥布赖恩的那夜一并除掉他，而不是再等大概十五个小时，冒着对方在这期间说出什么的风险在光天化日之下动手。但也不能盖棺定论。也许是阿瑟早上发现了什么，威胁到了凶手，比如那个新式飞行器设计图，又或者某种感情纠葛，正是这些男女关系造成了眼下他们探寻动机遇到一堆麻烦。再者，有没有可能阿瑟一案和奥布赖恩被害毫无干系呢？一想到可能要同时查两个案子，奈杰尔不禁呻吟出了声。

"真是棘手，是吧，先生？"布利克利说，"但我们着手调查才不到十二个小时，还有大把时间。"

"你知道吗，"奈杰尔说，"我现在越来越觉得，想要攫取本案的核心，我们必须加深对奥布赖恩的了解。这个案子中真正的神秘人不是凶手，而是他。我打算更加专注于这个方向。比如，他的父母是谁，他在战前做什么，从哪里赚到的钱，等等，这些我们都一无所知。"

"我们会查清楚的，先生，我们会的。只是时间问题。我一回总部就去申请调查，重点查查他的律师是谁——如果真有这么个人的话。斯特兰奇韦先生，眼下最令我困扰的是，本案缺少可以被定性为谋杀案的证据。你我都清楚它是，但公诉人可不吃逻辑推理和小道消息这一套。就比如说那些脚印吧,怎么让陪审团相信是凶手在雪地上倒着走留下来的?他们只会认为我们惊悚小说看多了。除非有证据表明下雪之前奥布赖恩先生就已经在木屋里了,不然我们在法庭上可站不住脚。"

到了总部,布利克利便一头扎进刚送来的几份报告里去了。首先,验尸报告只证明了法医早先的结论:死因是心脏受到枪击,而且警方专家也证实子弹是从木屋里发现的那把左轮手枪发射的。验尸报告还表明,奥布赖恩患有不治之症,大概只有两三年的寿命了。法医目前难以在纸面上进一步缩小死亡的时间范围,但私下里还是勇敢地发表了个人意见,认为死亡时间约在午夜十二点到凌晨两点之间。此外,关于尸体手腕处的瘀伤,他承认自己一开始判断有误,并同意瘀痕极有可能是夺枪打斗时留下的。枪把上的指纹与奥布赖恩的相符,木屋中发现的其他指纹则分别属于阿瑟、奈杰尔和爱德华。

去村里调查的警员则报告说,有个流浪汉在圣诞夜造访了教区牧师家。他讨到一些食物,但奇怪的是并未乞求留宿。有人目击到他晚上十一点左右离开村子,往塔维斯顿的方向去了,应该会路过柴特谷园林大门口。牧师说那流浪汉的脑子好像有些不太正常。此人在牧师家灌了不少酒之后,还语焉不详地说起他知道哪里可以发大财之类的。布利克利对这条线索大感兴趣,下令一旦找到此人便立刻带来讯问。就该警员了解,昨晚没有村民去过园林附近。他还查到一件事:这天下午有个长得很像诺特斯洛曼的人急匆匆地来到邮局,买了几张邮票。在这样的英伦小村庄,邮局柜员就如同丛林中印第安人的通通鼓，承担着流转消息的重任。柜员注意到此人的大衣口袋塞得鼓鼓的，随后又在分拣邮件时发现一个很厚的包裹，寄信人的字体很陌生。出于邮政系统最近广受赞誉的机敏、热忱与无私之精神，她甚至留意了收件信息：西里尔·诺特斯洛曼先生收，北金斯顿极乐嘣啪俱乐部，无须即寄。

布利克利和奈杰尔听罢不约而同地立刻想到了一件事。布利克利抓起听筒，拨了个长途电话给苏格兰场，请求明天早上趁投递前将这个邮包截下检查，如果发现内含图纸或公式一类的东西就当即扣下。

"他猜到我们一旦怀疑这是桩谋杀就会展开彻底搜查，斯特兰奇韦先生，他自然得尽快处理掉那些东西。"

"我们不妨再多想一步。甚至在得知我们怀疑是谋杀之前，诺特斯洛曼就去村里寄走了那包裹。这是为什么？除非他早就知道这是一起谋杀案，警方随时有可能展开搜查，不然他为什么这么急迫地要摆脱掉那些东西？他又怎么知道这是谋杀，除非——？"

"老天爷，先生，你说得很有道理。可他这样直接邮递，风险岂不是很大？"

"我们还不知道包裹里是什么，万一是给他姑妈家金丝雀的绣花睡衣呢？但你要知道，他寄信的时候还不知道我们对奥布赖恩的研发或研发尝试有任何了解，也就认为寄出去的邮包不太可能会被检查。"

"可如果他真是凶手，那些恐吓信也一定是他写的了。他肯定认为奥布赖恩可能会把信交给警察，警察则会问奥布赖恩有什么事让别人起了杀心。如此一来，设计图的存在也就曝光了。"

"我认为，如果他是冲着设计图来的，那些恐吓信就不会是他写的。他怕是疯了才会让奥布赖恩警觉起来，即便是以这样一种间接的方式也不可能。而且，我也不觉得他会为了偷图纸而预谋杀人。当然，也不无可能是他偷图纸的时候被奥布赖恩抓住了，被枪指着，不知怎的在近身搏斗中射杀了对方。"

"对，是有这种可能。"布利克利说，"对了，我过五分钟要去见局长，你要一起吗？"

警察局长吐着一朵朵烟圈，亲切地对他们的到来表示欢迎。这是一位不修边幅的大块头男人，颇具独行侠风范，浑身写满了乡绅气质，厚密的白色胡须上染着尼古丁留下的点点黄斑，手指也不太干净。但他又有一种随和的慈父般的气场，给人以安全感。他深受各级下属爱戴，从不媚上欺下。很快，客人的嘴里都叼上了雪茄，手边也倒上了酒。

"十分感谢你和警司准许我参与调查。"奈杰尔说。

"别客气，斯特兰奇韦，你本来就是当事人之一——像大家说的，先下手为强嘛。没有你的鼎力相助，我们也不可能取得现在的进展。不过还是和你打个招呼：我已经给助理警监打过电话了，就是确认一下你是他侄子，心智健全，没传染病什么的，没问题吧？"斯坦利局长热情地笑着，呷了一大口威士忌苏打水，"好了，布利克利，汇报下进展吧，利索点。"

布利克利警司捻了捻胡须（"他是不是睡觉的时候也要给胡子打上石膏定型？"奈杰尔心不在焉地想着），开始详述案情。他叙述的重点主要在于确凿的事实，只有在解释采取某些行动的缘由时，他才引入了一些逻辑推理。然而，从他对待证据的态度上，不难分辨出他主要怀疑的对象。

"这个嘛，"布利克利讲完后，斯坦利局长说道，"布利克利，看来你沉迷于猜谜游戏了。不过，你已经做得很好了，就眼下来说没有什么遗漏，事情会慢慢水落石出的。在我看来，露西拉小姐和那个谁——诺特斯洛曼——这两人嫌疑最大，也不能排除爱德华·卡文迪什作案的可能。问题在于，我们根本没有足够的证据证明奥布赖恩是被谋杀的。斯特兰奇韦，布利克利给我打电话说了你反对自杀论的依据，简直绝了。跟你说一下，我同意你的观点，但陪审团可没聪明到能买你的账。那些人只能接受像茴香籽那样臭得明显的思路，这就是给乡巴佬和黑心杂货商发选票的后果——管他们的，嗨，我又扯哪儿去了？啊对，就算我们能证明这是一起谋杀案，现在也还不能采取行动。露西拉小姐那字条猛一看挺唬人——道尔别墅真是聚了一帮牛鬼蛇神，斯特兰奇韦——但辩方肯定会说：'她要是预谋杀人，有必要写这样一张字条吗？她完全可以口头约对方出来，否则如果没能及时销毁字条，事情就暴露了。'"

"关于字条，我认为有两种可能。"奈杰尔抚了抚自己沙色的头发，接过话头，"如果奥布赖恩在晚餐前收到了字条，那我之前听到的对话就是回应——你们还记得吧，他说：'今晚不行。'这种情形下，他可能只是心不在焉地把字条折起来，随手塞到窗框上了。但我觉得这种可能性不大，那个位置太容易被发现了，奥布赖恩不会如此轻易地曝光一位女士的隐私，他不是那种人。另一种可能就是，他把字条放在口袋里，却被凶手发现了。凶手故意半藏半露，希望在警方怀疑这是谋杀案的时候把嫌疑引到露西拉身上。咳，我说了太多，有点口干。抱歉打断你了，斯坦利。"

"完全不碍事。斯特兰奇韦，我觉得第二种推论很合理。即便是错的，现在对露西拉小姐采取行动也为时过早。你不觉得吗，布利克利？"

"我同意，长官。"

"那么，就爱德华·卡文迪什而言，动机倒是说得过去，可惜我们没有证据。对了，他穿多少码的鞋？"局长懒洋洋地追问，整张脸几乎都淹没在烟雾中。

"和奥布赖恩同一个码，比诺特斯洛曼的大一号，比菲利普大一号半。当然了，女士们的鞋子更小些。"布利克利不无得意地回答，"就身高而言，奥布赖恩先生的手和脚都偏大。"

"啊哈，"斯坦利局长愉快地说，"没抓到你的小辫子。所以他们谁都有可能穿着奥布赖恩的鞋，踩出那些脚印。不过，我们还是得盯着他们，找出第二天早上谁有可能把鞋子放回木屋里。要是真有人拿着双鞋四处溜达，那也太可疑了。当然，那脚印也有可能不是奥布赖恩那双鞋留下的。如果真是这样，凶手就是爱德华了。还有诺特斯洛曼，听着就不像什么好人，可能他偷图纸的时候被奥布赖恩发现了，或者按爱德华说的，是勒索——这人和露西拉小姐也试图勒索奥布赖恩，奥布赖恩决定结果了他或者至少好好吓唬吓唬他，用左轮手枪威胁他，但诺特斯洛曼猛地反扑，枪走火了。不过，别让我这番话影响你们的判断。我现在考虑的是——再来一杯，布利克利——大部分当事人不是本地的，咱们是不是应该上报苏格兰场？我不是质疑你们的能力，就是怕事情太大，咱们兜不住，而且媒体肯定会大肆宣扬的——这是他们从奥布赖恩的传奇生涯上变现的最后机会了。你说呢，布利克利？"

与其说是感到冒犯，布利克利此时更多的是松了一口气。于是，斯坦利局长立刻去给助理警监打电话了，布利克利和奈杰尔则先行告辞。布利克利先回家拿了些晚上用的东西，而奈杰尔借机与布利克利太太攀谈了几句。这位女士看上去好像一座胡乱堆砌的巨型建筑，她端出一把同样巨大的茶壶给奈杰尔沏了茶，同时细数了一番因大雾造成的悲惨交通事故。当布利克利穿着便服、提着拎包从楼上下来时，她用那浑厚而响亮的嗓门说：

"布利克利，这种天气只有蠢货才出门。我刚和这位什么先生来着讲到弗莱西姆角一带有辆大巴车冲下了悬崖——就上个月，雾也是这么大。我管这叫找死。我刚趁打折买了两匹法兰绒布回来，准备给你做新睡衣呢。我说得对吧，这位什么先生来着？"

"行啦，老婆子，别没事找事。我对这段路比对自己的手掌纹还熟。"布利克利制止了她。他响亮地亲了太太一口，领头出门走向汽车。来时开车的那位警员留守警局了，布利克利自告奋勇地坐上了驾驶席。雾的确比之前更浓重，但出城之后他们发现部分路段的能见度还算好。奈杰尔有些陷入恍惚,看着树木和篱笆好像从虚无中向他们扑来,犹如魔法师用咒语召唤出的鬼怪。车灯的光柱无力地探入雾中,踌躇着,又撤了回来,就像水压不足的喷泉。时不时地,会有一丝黄色的微光从前方的灰雾中渗出,布利克利便会开到路边,让对面的车先过。不多时,他们便离开了主干道,开始爬坡。这里的能见度更高一些,他们也可以稍微提速,但布利克利大多数时候还是在凭直觉转弯。奈杰尔不用开车,得以闭眼小憩,对一路上的凶险毫无知觉。他疲惫不堪,却一时难以真正入睡。突然,布利克利的一句低声咒骂和紧急刹车让他猛然惊醒。借着模糊的车头灯光,他们依稀看到一个人正躺在不远处,半截身子横在马路上。

"哦,老天,"奈杰尔低语,"可别又是尸体。这也太离谱了。"

好在他的祈祷灵验了。就在布利克利跳下车弯腰查看的时候,那人颤巍巍地站了起来,显然是个流浪汉。他蹒跚了几步,眨了眨眼睛,叫了起来。那声音虽然沙哑,但不乏绅士腔调。

"老天爷!北极光!"

接着,他揉了揉眼睛,找到了光线的来源,说道:

"不好意思,先生们。我以为又回到了北国寒冬那些和我的哈士奇们在一起的日子。请允许我介绍一下自己,在下艾伯特·布伦金索普。你们看得出吧,我如今怕是落魄了。就像莎翁说的:吾已风光不再。"[1]

---

[1] 书中布伦金索普误以为出自莎士比亚,实出自古罗马诗人贺拉斯(公元前65—前8)的《歌集》第四卷第一首,后英国诗人欧内斯特·道森(1867—1900)用于诗名。

他谦逊地抬了抬头上的圆顶礼帽，那岿然不动的帽身和脱落的帽檐丝毫未影响到他的礼数。

布利克利愣愣地看着他，好像刚中了彩票大奖。奈杰尔立刻捉住了布利克利的胳膊，悄声说："交给我！"

他转向流浪汉，问："我们能有幸载你一程吗？不知道是否顺路？"

"你们去哪儿我大可以就去哪儿。"艾伯特·布伦金索普回答，其姿态完美融合了礼貌与大度。奈杰尔跟着这位衣衫褴褛的乘客和他的包袱一起钻入了汽车车厢。艾伯特·布伦金索普靠在后座上，不知从身上哪个破兜里摸出一截烟屁股点上。他满意地长吁一口气，快活地摆了摆手，然后打开了话匣子。

"就像我刚才说的，我也曾有过风光之日。可现在呢？徒为命运女神增添笑柄罢了。时间与生命曾让我吸吮过那甜蜜的乳汁，却又狠心地将杯盏从我唇边夺走。你们大概会说我是在倒苦水，但我说的都是事实。你们现在见我境况堪忧，但不要太惊讶，以前我也是个富有的人。没错，我现在就可以带你们去莫斯科的某家银行，我有十几万卢布冻结在那里。当年大革命爆发的时候，我刚巧在那边，还帮某位必须匿名的大公逃了出去。那十几万卢布就是他给我的报答——慷慨的老贵族，虽然在咱们的文明标准里仍是野蛮人。不幸的是，布尔什维克们听说了我的事迹。多亏一位迷人的姑娘事先警告了我——她是个芭蕾舞者，对我很是着迷——不然我怕是要丢掉性命。事已至此，我只能离开那个国家，身上只带了几个卢布和一本假护照，还有藏在靴底里的沙皇签名照。我就不拿一个老头子的追忆打扰你们了,这些只是我生命中最普通的篇章,只是举个例子,佐证命运如何将我从头玩弄到尾。"

流浪汉叹了口气,又陷入沉思。

"真是令人心碎的经历。"奈杰尔沉重地说。艾伯特·布伦金索普倏地转过身来,拍了拍奈杰尔的胸口。

"你也可以这么想。但我要问:金钱,**究竟**为何物?"

"这个,"奈杰尔小心翼翼地回答,"金钱不能代表一切。"他显然给出了正确的答案。艾伯特·布伦金索普又放松下来,豪爽地摆摆手。

"再正确不过了。"他说,"一看到你,我就在想:我不知道这个小伙子是谁,也不在乎他的身份。他可能是个老伊顿人[1],也可能是箱尸杀手[2]。这些都不关艾伯特·布伦金索普什么事。但我知道,他有同理心,少年老成。我可会看面相了。是的,起起伏伏大半生,我反复自问同样的问题:金钱,**究竟**为何物?我每次的回答都和你一样:金钱不能代表一切。你知道生命中最重要的事**究竟**是什么吗?"

"我很想知道。"

"是爱情。没有爱情的生命,就像没有主角的《哈姆莱特》。让我用一点亲身经历论证这个真理。五年前,我混迹于戏剧圈,有个年轻姑娘来找我,想试演。她在我的房间里待了不到两分

---

[1] 指伊顿公学的毕业生,伊顿公学为英国极负盛名的公学。
[2] 1934年英国布莱顿发生过两起箱子藏尸案。

钟,我就知道这姑娘前途无量。我倾尽所有为她铺路——她天姿绝色,简直就是为戏剧而生的。不消说,我们相爱了,但美好的时光只持续了几个月,她便不是我能够高攀的了。后来有一天,我正好走在沙夫茨伯里大街[1]上,竟然望见她的名字印在六英尺高的灯箱上。我把名片递进去,想让她看在旧识的情分上再见我一面,但得到的回答却是'X小姐表示不认识什么布伦金索普先生'。你们可以说她忘恩负义,毕竟你们年轻人容易武断。但于我而言,沙夫茨伯里大街上她那闪闪发光的名字只意味着一样东西:爱情。"

布利克利的不耐烦愈发明显,奈杰尔想着得赶快把布伦金索普拽回现实中。

"所以你接下来有什么计划?"

布伦金索普庄重地坐直了。

"这个,我倒不介意向你们透露个小秘密。我现在有机会弄到一大笔钱,只要——"

布利克利清了清嗓子,好像正要发表什么官方声明。可那流浪汉只是向布利克利重重地点了几下头,眨了眨眼睛,刻意对奈杰尔大声"耳语"道:

"不好意思,朋友,你这位伙伴可信吗?"

"噢,十分可信。但他喝醉的时候我就不敢保证了。"

"那好,事情是这样的。我有个好友,是科学界响当当的人

---

[1] 位于伦敦西区,是众多剧院的所在地。

物——当然,眼下我不便透露他的姓名。他发现了——"布伦金索普的"耳语声"更尖细了,"铁矿,就在伯克郡那边。你们不要太吃惊,虽然我一开始也吓到了。亲爱的朋友们,这可是宝藏,真正的生财之道。他想让我过去和他一起开矿。实际上,我正在往那边赶呢。不幸的是,我的路费不太充裕,急需资金。我就直说吧,如果你们身上恰好有一百镑余钱,这笔投资准会叫你们赚得盆满钵满。"

看布利克利的背影,他好像完全泄了气。奈杰尔说:

"恐怕我身上没有这么多。十先令可以吗?"

艾伯特·布伦金索普没有丝毫不悦。他带着感激与不卑不亢的态度接过了钞票。

"我猜你圣诞节一定没好好过吧。"奈杰尔道。

"哪里,我很知足了。我在这附近一个颇有古风的小村落和教区牧师共进了晚餐,他人还不错,只是在摩尼教异端的问题上立场不够坚定。我有个老朋友,马林沃斯爵爷,他就住在村子外面。"

"对,他是我姑父。我们现在借宿在道尔别墅。"

"真的?好,好,这世界真小。我昨晚本想去看看爵爷,但走在园林里就听到了午夜的钟声,这么晚上门拜访未免太失礼了。"

"真可惜你那时候不在道尔别墅附近——对吧,布利克利?——我和我这位伙伴打了个赌,"奈杰尔解释道,"赌十二点半之前某人是否在花园那座木屋里。要是你能证明他在,我赢的钱也该分你一份。"

布利克利面色一黑，这诱导证词的行为未免过于公然。

"巧了，"布伦金索普说，"在这事上我想我确实能出份力。昨晚我确实经过了一座木屋，就在午夜过后不久。记得那时刚开始下雪，我还想着迫于情势，随便找个避风港呢，可惜已经有人捷足先登了。"

"真的？"奈杰尔故作不经意地说，"不知道是不是我们赌的那个人。"

"那人中等身高，有点偏瘦，从身材看应该当过兵。蓝眼睛，硬汉脸。他好像在找什么东西。可能是在玩寻宝游戏。没错，一定是这样。因为没过几分钟他就溜出来了，然后马上又有个家伙进去了——是个小个子，白脸蛋，黑胡子。当时我觉得是时候继续前进了，被发现的话容易引起误会。好运气的是，我后来在园林大门不远处找到了间谷仓。虽然我们这些老兵过惯了苦日子，但在北极圈的经验告诉我睡在雪地里极其危险。"

"那第一个人后来回主屋没有？"

"这我说不上来。我是从木屋背面的窗户看进去的，他出了门就右拐了，淹没在黑暗中。"

"那么，这赌注我赢了，这是你的那份。"奈杰尔又递出一张钞票，然后就把艾伯特·布伦金索普交给布利克利了。布利克利可没有那么好脾气，从后脖颈的颜色来看，他已经处在爆发边缘了，再不打开阀门解解压，怕是随时会情绪失控。

第九章 终止的故事

是夜，奈杰尔·斯特兰奇韦拖着疲惫不堪的身躯回到床上。一整日的奔波与压力在他们的雾中之旅和艾伯特·布伦金索普的意外插曲中达到高潮，奈杰尔眼下早已心智昏沉，像被注射了镇静剂般。他仿佛一位经历了漫长斋戒的苦行僧，人与物在他眼中都无限遥远而且无关紧要。他们进门时大厅里的电灯光线好像扎进了他脑袋里，而乔治娅、露西拉、菲利普·斯塔林、爱德华和诺特斯洛曼则宛如水族馆厚重玻璃幕墙背后的小鱼，动作缓慢而不自然。疲倦地瘫倒在床上时，他想着这一天也并非一无所获，至少让他摆脱了人性的弱点。如果不是专注于这些工作，自己恐怕会闷闷不乐，一边追忆着奥布赖恩的高尚人格，一边因为没能帮到他而陷入无尽的自责。就像可怜的乔治娅。她现在有多么痛苦！但她也很坚强，伤口愈合后应该不会留下任何疤痕。但这样好吗？难道不是只有肤浅的人才恢复得最快最好？比如露西拉·思罗尔，因为其伤心只是表面的？凶手现在肯定也很抑郁，原以为自杀现场伪造得天衣无缝，结果才几个钟头便漏洞百出。他只得孤注一掷，再次行凶，以掩盖第一次的失误。是的，他肯定不好受。也许这里还有像阿瑟一样对他有威胁的人。也许他正坐在床头，脑海中盘算着种种计划，构思着下一幕悲剧，以图在你死我活的对抗中胜出。

想到这里，奈杰尔从床上坐了起来，点上香烟。现在，他的脑袋异常灵活清醒起来，睡眠就先放在一边吧，还得把很多事情做完才配得上安睡。想想凶手。他暗道：布利克利和苏格兰场的人在搜集证物方面比我高效百倍，我的方向应该集中在证人方面。非常好，就让我另辟蹊径吧。

那么第一个问题，这里谁有能力在这种情形下杀人？种种证据表明现场发生过打斗，继而不难推断出这场谋杀不是有预谋的，因为不会有人在杀人计划中允许被害者奥布赖恩接近甚至碰到枪。不管怎样，那枪确实是奥布赖恩的。这说明X一开始的目的并非杀人，却被奥布赖恩用左轮手枪威胁了，可能因为他做了什么不该做的事，或者奥布赖恩怀疑他是恐吓信的始作俑者。而在搏斗中，奥布赖恩不敌凶手。

第一个嫌疑人是诺特斯洛曼，像那个流浪汉说的，他可能一开始没有找到想找的东西，便想趁奥布赖恩在楼上睡觉的时候再回去试一次。又或者是诺特斯洛曼试图勒索奥布赖恩，但得有多蠢的人才会选择奥布赖恩这样的目标下手？这两种推测都不够有说服力。

露西拉呢？她可能想最后一搏，说服奥布赖恩不要抛弃她，结果惨遭拒绝，便勃然大怒，拿起对方的手枪或从对方口袋里掏出手枪开了火。这种推论符合那张字条，看起来更加合理。只有一处说不通：她有力气打得过奥布赖恩并且造成那些瘀伤吗？

那么爱德华呢？他可能去了木屋，或许想找奥布赖恩就露西拉的事直接摊牌，又或者想求奥布赖恩借钱给自己周转。可在那个时间点谈这些实在很奇怪。另一方面，如果奥布赖恩拒绝让出露西拉或者掏钱，爱德华冲动之下的确可能会选择铤而走险。但仔细一想，这肯定还是因为钱，因为早有证据表明奥布赖恩本来就想摆脱露西拉。这套推论很站得住脚，而爱德华眼下紧张不安的状态也是一种佐证。

还有谁？菲利普和乔治娅。菲利普已经被排除了，他没有机会袭击阿瑟，而乔治娅没有足够的动机，她爱奥布赖恩。不过等一下，她也深爱着她的哥哥，有没有可能她为了深爱的一个人而杀掉深爱的另一个人？是啊，如果她知道自己或者哥哥是遗嘱继承人，也许会杀掉奥布赖恩以帮助哥哥摆脱财务危机。但这也太耸人听闻了。只要她开口，奥布赖恩可能并不会吝惜金钱。不管怎样，这都意味着杀人是有预谋的，而本案并非如此。

但真的是这样吗？有何证据表明此案没有预谋？奥布赖恩桌上凌乱的文件、崩断的袖扣和腕上的瘀痕，这些是唯一指向发生过搏斗的线索。哦，对了，还有奥布赖恩的枪曾经开过火。能不能绕过这些证据？文件可能是诺特斯洛曼在奥布赖恩回到木屋之前翻乱的，也有可能是凶手事后想要消除某些证据而弄乱的。袖扣**也许**是奥布赖恩摔倒的时候碰坏的，**也许**是出于和本案完全无关的原因。那瘀痕呢？这点完全绕不过去，奥布赖恩那天又没有和人打过架。等一下，天哪！**他打过**。晚餐之后有过好一阵嬉笑打闹，他和诺特斯洛曼曾经用刀子比试力气，手腕被后者握了一阵子。我真是失了魂，之前竟然没有想起来。但这还是解释不了枪的问题。显而易见，没有人会计划用被害人的枪行凶。不对，等等！如果X策划了谋杀，也许他本就计划将其伪装成自杀。因此，他肯定也安排好了如何拿到奥布赖恩的枪。但在奥布赖恩已经有所防备的情况下，他怎么得手的？除非他是奥布赖恩百分之百信任、绝对不加怀疑的人。也就是说——

奈杰尔泄了气。X=乔治娅·卡文迪什，这无疑是他最不愿意接受的结果。不过，还有那些匿名信。既然X威胁要在节礼日杀掉奥布赖恩，那就不太可能又冒出来一个Y，那么巧地就在预告的当天杀了人。**也许**是有这样的巧合，Y替X完成了任务，但这实在让人难以接受。那么，我们不妨假设这是预谋杀人，且凶手就是恐吓信的作者。既然如此，现有的嫌疑人中谁作案的可能性更大？爱德华，他确实有脑子想出这样的计谋，但未必有胆量付诸行动。再者，信中那莽撞且浮夸的文风不像出自这样一位古板、外表体面的金融家，即便他私底下也不乏污点。诺特斯洛曼倒是有这个胆量，也足够狠辣。但另一方面，他有没有这般头脑呢？再说了，信中那阴沉的幽默也和他标志性的诙谐风趣不相符。此外，他也没理由想要奥布赖恩的命，甚至应该希望对方活得久一点，好从勒索中获利。那做作的文笔倒像是露西拉的风格。她是有激情犯罪的可能，但既没头脑也无胆量预谋杀人。乔治娅？她有勇气，也有智慧，甚至能够驾驭信中那浮夸却冷血的幽默。这案子完全符合她的风格，可她没有动机。奈杰尔心底突然泛起一股可怖的凉意。除非她实际上憎恨奥布赖恩，像克吕泰涅斯特拉[1]那样，亲近他只是为了让他——还有其他所有人——放下戒心。这太戏剧化了，但奥布赖恩的一生都是如此戏剧化。奈杰尔不得不承认，又是乔治娅的嫌疑最大。

不管怎么说，奈杰尔好歹在密林中开辟出了一片天地。像野兽终于在茂盛的草丛中反复踩出了一个巢穴般，他的意识蜷缩起来，伴随着难得的一点明朗睡去了。奈杰尔醒来的时候，天光已经大亮，时钟正指向十一点半。他披着晨衣下了楼，吃了几口冷的香肠。马林沃斯夫人派了一位女仆过来接替阿瑟，所以别墅的日常运转已重回正轨。奈杰尔用餐的时候，布利克利探头进来说阿瑟还没有醒，但至少保住了性命，又说艾伯特·布伦金索普发誓诺特斯洛曼就是那晚他看到的第一个进木屋的人。布利克利还建议暂缓行动，等苏格兰场的布朗特警督前来，此人预计中午抵达。奈杰尔回到楼上，把昨晚睡前作出的推理落在了纸上。这些想法看起来太有道理了，让他深感不安。乔治娅，她的率真爽直，她的小猴子般俏皮的微笑，她的鹦鹉和猎犬——她那古怪的性格偏偏如早上八点十五分的生意人拿着礼帽、雨伞和叠起来

---

[1] 希腊神话中迈锡尼国王阿伽门农的妻子，她在丈夫远征特洛伊时统治迈锡尼。战争结束后，她与情人合伙杀死了阿伽门农。

的报纸那样自然而然。菲利普怎么描述她的神情来着？"街头音乐家身边小猴子的幽灵"。一个凶手肯定无法表现得如此悲痛欲绝。如果她恨奥布赖恩，绝不会是这副模样。"啊，是的。"然而一个冷酷无情的声音低语着，"就算她真的爱他，但如果她不得不在一个将死之人的命和她哥哥的破产之间作出选择呢？真的不可能是她干的吗？这足以解释她那心如死灰般的表情——就像个无法渡过忘川的人，只能徒劳地将双臂伸向彼岸。"

奈杰尔不耐烦地甩脱杂念，觉得自己已经有些病态了，急需人群陪伴。楼下，客人们正闷闷不乐地坐在起居室里。他一进门，众人立刻怀着一丝希冀行起了注目礼，仿佛这是一群海难幸存者，正被困在远离航线的孤岛上，而他则刚从山顶瞭望归来。一阵压抑的沉默，然后爱德华·卡文迪什说："那个，有什么新消息吗？"

奈杰尔摇了摇头。爱德华的状态看上去显然很糟糕，他的黑眼圈很重，且那双眼睛中的痛苦与困惑较昨天更甚。他的样子活像一个小学生，弄丢了课本，也没有预习，却偏偏要在一大早面见校长，因而尤为痛苦。

"等你说还不如报纸上的新闻来得快，"诺特斯洛曼抱怨道，他正坐在火炉旁，用牙齿咬着核桃，"警察也没比你我多掌握什么线索。"

"这麻烦事真是折磨人，"爱德华接口道，声音忧虑而暴躁，"我明天有事要回伦敦，警察却说我必须留下来接受调查，天知道我们还要被关多久。"

"别担心,爱德华。只是晚个几天,再怎样也出不了大乱子。"乔治娅的声音如母亲般温柔,散发出淡然却自信的气场。

"这简直太荒谬了!"诺特斯洛曼喊道,"没人比我更崇拜和敬佩奥布赖恩了,可——"

"恐怕你只是想回你那极乐噼啪俱乐部吧。"菲利普·斯塔林讥讽地打断了诺特斯洛曼,甚至没从《泰晤士报》的头条上抬起眼。诺特斯洛曼投来满是锋芒的眼神,却被《泰晤士报》的纸背无动于衷地挡了下来。沙发上,仕女姿势的露西拉拖着调子说道:

"确实,整件事都令人厌烦。而且这些警察也太蠢了,大概要等我们都在床上被杀掉才能找到真凶。这就是他们所谓的排除法。"

"除了某人,露西。"菲利普客气地提醒道。

"你这话无礼之至,而且全没来由。"诺特斯洛曼说,"你岂不是在指控这里有人是杀人犯?你倒是安全了,毕竟傍上了警方的大腿。不过我这里倒是有那么一两桩小事,或许可以让他们改变对你的看法。"

菲利普从容地放下《泰晤士报》,用极尽傲慢与挑衅的眼神盯着诺特斯洛曼,说:

"这就是你们这些退伍军人的问题所在。光是用极端低效的军队体系把我们的帝国拖累得日薄西山还不够,不是沉迷于赛马就是泡在那些低级夜总会里,退役了还要整天传这些恶毒的流言蜚语。道听途说,说三道四——和老太太一样。啊呸!"

诺特斯洛曼愤慨地站起身。"我的天！该死的侏儒，你这话是什么意思？这——这是对皇家军队的侮辱！你，你，"他顿了顿，为接下来的咒骂寻找点睛之笔，"你这个迂腐的矬子书生！"

"没错，没错，不出我所料：精神上的懦夫一个！"菲利普轻快地说着，径直走到了诺特斯洛曼面前，"只敢仗着人多攻击，典型的卑鄙小人！"他突然伸出手，猛地把诺特斯洛曼的领带从马甲里扯了出来，然后大摇大摆地离开了房间，留下对方在原地目瞪口呆。突然，露西拉迸发出一阵大笑。

"哦，天哪！"她咯咯笑着说，"饶了我吧！真是太精彩了！可怜的诺特斯洛曼，你被**比下去**了。好了，赶紧把领带理好，别搞得像《麦克白》里的第二个凶手似的。"

诺特斯洛曼理着领带离开了，脸上确实带着想杀人的表情。奈杰尔注意到露西拉已经放下了贵族寡妇的姿态，又变回了城里的时髦女孩，这兴许是某种策略。他继续待了几分钟，和乔治娅·卡文迪什交谈了几句。一旁的露西拉则更愿意在爱德华身上寻求慰藉。过了一会儿，奈杰尔收到信儿，说布利克利想在晨间起居室见他。

布利克利警司得意洋洋地为奈杰尔介绍了布朗特警督。此人中等身材，神情沉稳，样貌年轻，头顶却几乎全秃了。他举止干练而不动声色，且礼貌周全，戴着角质眼镜，双眸中毫无感情波动。无论走到哪里，他都容易被认成银行经理之类的人物。布利克利险些控制不住自己，勉强才等到礼节性问好的结束。

"警督有好消息告诉我们，斯特兰奇韦先生。"

"太好了，我们需要好消息。"

布朗特递给奈杰尔一个信封，说："这些是你向助理警监要的报告——目前只能弄到这么多。我可以先说一下其他方面的调查进展吗，长官？"他问布利克利。

"你说吧。"

"首先，我们检查了西里尔·诺特斯洛曼寄往极乐嚼啪俱乐部的包裹，里面有几封爱德华·卡文迪什写给露西拉小姐的信——求爱的那种。"布朗特的目光掠过角质眼镜框的上缘，观察着奈杰尔的反应。然后，他又带着干巴巴的诙谐补充道："恐怕不是图纸或者公式之类的，先生。"

奈杰尔笑了："看来警司和你说了我那些天马行空的想象。"

"不过，包裹里倒是还有一张诺特斯洛曼写给死者的字条，上面说如果奥布赖恩是个正人君子，就该给露西拉小姐一些补偿，因为他玩弄了人家的感情，否则自己就要采取一些手段了。"

"看来这就是他当时在找的东西。"奈杰尔喃喃道，"有意思，他竟然没马上销毁掉。"

"我们也找到并联系了奥布赖恩的律师，他们并不清楚死者有没有立遗嘱。但他们有一个密封好的信封，是十月份奥布赖恩委托给他们保管的，指明要在他过世一年之后才能打开。说不定那里面有遗嘱。"

"真奇怪，他之前和我说遗嘱在保险箱里。不过，我们也不能指望一蹴而就，你说的这些就已经够我们消化一阵了。"奈杰尔说。

布利克利看上去像个摞得快要溢出来的果盘，盛满了好东西，再难控制自己。

"啊，斯特兰奇韦先生，还没完呢。警督把甜点留在了最后。"他匆忙披上仅剩的一点官方外衣，捻着胡须，严肃地朝布朗特点了点头，"请继续，警督。"

"好的，长官。"布朗特的嘴角险些露出了笑容。然后，像宣读年度报表的公司总裁一样，他用一副仔细调校过且毫无感情的声调继续道："我们确认了诺特斯洛曼寄出的东西之后，助理警监建议对极乐嚩啪俱乐部进行一次暗访。我昨晚按助理警监的建议去了那里，装成酩酊大醉的样子，在里面四处查看。调查中，我发现自己误打误撞——"布朗特的眼睛微微发亮，"进了诺特斯洛曼的私人办公室。在那里，我发现了一台打字机。在我被——呃——被扔出去之前，我用它打了几行字。一回苏格兰场，我就把打出来的字迹交给了一位专家鉴定，他认为这几行字所使用的打字机与那些恐吓信用的是同一台。"

"哦，老天。"奈杰尔慢慢说道，脸上是一副混杂了惊讶与释然的好笑神情，"那么，这下拼图似乎总算严丝合缝了。"

布朗特看着他，眼神突然像刀子一样锐利："这不符合你的推理吗，先生？"

"能不能别叫'先生'了？感觉我像个老学究。的确，这与我的推理不符，但我可以调整推论来兼容新的线索。"他专注地思索了一会儿，然后用一种勉为其难的语气说道：

"那么，你们不如看看这个？黑暗的想法诞生于最漆黑的午夜，给了你们，我也就可以摆脱掉这些令人良心不安的猜测了。"

他递出了今早写下的几页推理过程。当布朗特和布利克利脑袋凑在一起读着时，奈杰尔仔细研究了叔叔送来的报告，但那上面的信息并不比无所不知的菲利普·斯塔林提供的更多。报告证实了爱德华·卡文迪什的财务危机，但他本人已经承认了这一点。诺特斯洛曼显然名声不佳，他的俱乐部几番进入警方的视线，但这人总能精明地避免陷入任何严重的指控。报告也提到一些与他有关的敲诈传闻，但只是传闻而已。关于菲利普、露西拉和乔治娅则没有什么值得注意的新发现。约翰·斯特兰奇韦爵士还附了一份奥布赖恩的详细档案，奈杰尔翻了翻，可是最令人感兴趣的反而是它没有提到的部分。1915年，自称二十岁的奥布赖恩在伦敦报名参军，而在此之前他好像根本不存在于人世间。他成名后，有几家报纸曾为他写过人物传记，但他们也没能披露任何1915年之前的信息——连报社都挖不出的那段故事，奈杰尔想，肯定是藏在最深的兔子洞里了。苏格兰场也联系了都柏林的政治保安处，那边对奥布赖恩早年的情况同样一无所知。不过，他当年参军可能用了假名，本来也不太可能查到以前的记录。

"呃，斯特兰奇韦先生，"布朗特说，"你的推理很有趣，但我不确定我们是否应该为此改变对诺特斯洛曼的看法——毕竟，这些都只是理论上的推断。"他简单比画了个道歉的手势。"在我看来，现有事实都表明诺特斯洛曼是凶手，可能是与露西拉小姐合谋的。他写了恐吓信是确凿无疑的。我们也知道，案发当晚，奥布赖恩从宅子里出来的时候，他就在小木屋那边转悠。我的看法是：诺特斯洛曼写了恐吓信，然后——"

"为什么？"奈杰尔打断了他，"凶手犯案之前都喜欢发预告吗？"

"因为他计划把谋杀伪装成自杀，就必须使用奥布赖恩的枪作案，而奥布赖恩又不会整天随身配枪，除非有生命威胁。所以，他只能先吓吓奥布赖恩。"

布利克利面露得意之色，骄傲地扫视了一下布朗特和奈杰尔，好像神童刚刚炫耀了一番天赋。"这点我们可从来没想到过，斯特兰奇韦先生。"他说。

"然后，诺特斯洛曼让露西拉小姐写了那张字条。他们想让奥布赖恩去往小木屋，在那里可以不受打扰地实施谋杀，再伪装成自杀。"布朗特接着说道。

"那为什么不销毁那张字条呢？"

"我认为要么是奥布赖恩当时顺手折起来，无意中塞到窗框里了，要么就是诺特斯洛曼杀掉奥布赖恩后在他身上找到了字条，等伪造自杀现场的事败露之后才放到了那里，想把嫌疑转嫁给露西拉小姐。就我听闻的消息，他这个人非常两面三刀。我猜他当时一定和奥布赖恩谈了至少有十五分钟，不断找机会接近那把手枪，所以谋杀实际应该发生在十二点半左右。伪造自杀以及收拾现场可能要再花十分钟。然后，他看向屋外，发现已经被外面逐渐厚重的积雪困住了。他不敢直接走出去，担心雪停得太早，没办法完全盖住脚印，只得坐下来想法子。最后，他终于想到穿上奥布赖恩的鞋，倒着走回去。"

"唔，"奈杰尔说，"那他一定想了很久。雪是差一刻两点开始变小的，所以脚印应该是一点半左右留下的，否则肯定会更模糊。他这个法子想了得有一个钟头。好吧，虽然这人战时也是个参谋，但我一直觉得他头脑不太灵光。奇怪的是，这案子的其他方面他倒能想得周全。"

"他得把奥布赖恩的鞋放回木屋，"布朗特继续道，"肯定是趁斯特兰奇韦先生次日早晨在那里招待诸位客人的时候放的。"布朗特的声音冷漠无情，但眼镜后面投出的狡黠一瞥拔除了他言语中的钉子，"你有没有注意到诺特斯洛曼拿了一双鞋？"

"我绝对确定他没有拿。"奈杰尔同样严肃地答道，"但他那时候穿了一件大衣，在里面藏点东西很容易。"

"很好。然后就是阿瑟的案子。我勘查过案发现场，认为单人行凶的成功概率不大。当然，还是得做些实验才能确定这点。但要我说，**最简单的**办法就是一个人负责监视走廊和主楼梯，等阿瑟从厨房那条走廊出来，另一个人就跑进厨房，抄起拨火棍，藏在弹簧门后面。起居室门口就是个很好的监视地点。爱德华作证说，玩台球的时候，诺特斯洛曼和露西拉小姐在一起待了五分钟，这足够了。对这个推论，斯特兰奇韦先生，我猜你反对的点主要在于诺特斯洛曼**预谋**杀人的动机不明。然而，你知道，敲诈勒索是很严重的罪行。假如奥布赖恩告诉诺特斯洛曼要把他勒索的事公之于众，这还不足以让他下手吗？也许比起顺从蹲监狱的确定命运，他更想尝试一次冒险呢，哪怕那有可能会把他送上绞刑架。"

"是的，"奈杰尔说，"你的话很有说服力。下一步打算怎么办？"

"警司也同意在找到更多证据前最好暂时按兵不动。无论如何，我们行动之前都应该先征求局长的意见。但我觉得，先让诺特斯洛曼解释一下——呃——证据间的一些矛盾之处，应该也无伤大雅，你说呢，长官？"

"没错，"布利克利说，"我去把他叫来。"

诺特斯洛曼进了屋。他双手插兜，傲慢地瞪着淡蓝色的眼睛。布朗特警督自我介绍了一番，然后说：

"是这样的，先生，你的证词和——呃——我们手上的其他证据有些出入。请你帮忙解释一下。当然，你有权保持沉默，也可以先征询律师的意见。"

诺特斯洛曼突然一改不耐烦的模样，坐在那里仿佛石化了，就像有人用狙击枪在附近的屋顶上瞄着他一样。"哦，让我先听听你们的问题。"他说。

"根据你的证词，案发当晚，你玩台球一直到午夜刚过，然后直接就寝了？"布朗特稍微强调了一下"直接"。

"是的，当然。"诺特斯洛曼警惕地瞪着布朗特，"啊！我真笨！差点忘了。我上床之前出去透了口气。"

"在雪地里，先生？希望你没在外面待太久。"

"没有，就在门口张望了一下，然后就回去了。"

布朗特的声音平静而和蔼，又带着些许挑剔，好似一名银行经理在向客户提起一笔微不足道的透支款：

"我这样问，是因为有证据表明你大概在十二点十五去过小木屋。"

诺特斯洛曼从椅子上跳了起来,用拳头捶着桌子。"都是胡说八道!"他咆哮道,"我受够你们的诬陷了!"

"请随意,先生。"布朗特平静地说,接着,他的语气变得花岗岩一样冷硬,"但这绝不是什么诬陷。我们有一个可靠的证人,"——听到"可靠"这个词,奈杰尔不禁眨了几下眼睛——"他作证说当时看到一个人在木屋里,并认出那就是你。"

诺特斯洛曼鲁莽地瞪了布朗特好几秒钟,然后屈服了,挤出一声难听的笑以示让步。

"哦,好吧,你们这些家伙好像什么都知道。没错,我是去瞅了瞅那木屋。"

"我可以问一下你去那里做什么了吗,先生?"

"不,该死的,你休想让我说出来!"诺特斯洛曼大喊,一时间又回到了暴躁的状态。布朗特却出人意料地立刻换了话题。

"我们截下了一个包裹,是由你寄到自己在极乐嚩啪俱乐部的地址的,"布朗特不紧不慢地说道,"里面有爱德华·卡文迪什写给露西拉小姐的几封信。鉴于爱德华之前指控露西拉小姐和你合伙敲诈,你不如好好解释一下是怎么拿到的那些信。"

诺特斯洛曼眼神闪烁,从布朗特看向布利克利。

"这个,这有点不好回答。"他抱歉地笑了一声,"我向来不喜欢让女人失望,但是……事情是这样的:露西拉——露西拉小姐——昨天给了我一个包裹,委托我把它藏到一个安全的地方。虽然这事透着些古怪,但我根本不知道里面有什么。现在我知道了,她是怕这些信被搜出来。至于敲诈那档子事,真的是子虚乌有，可怜的爱德华老兄，他准是被自己的财务危机压垮了。一个女孩子留着旧情书，这算得上什么罪过，对吧？难道警察现如今连这种事也不允许了？"

"我明白了。"布朗特警督不失礼貌地答道，但他显然根本不相信，"还有件事，你无疑也能够给出一个同样，呃，令人满意的解释。我们发现包裹里还有一张你写给奥布赖恩的字条，要求他给露西拉小姐一些金钱上的补偿。"

"什么情况？我根本没找到——"

"所以**那**就是你当时在木屋里要找的东西。"

诺特斯洛曼的防线彻底崩溃了，惊恐和愤怒的表情中夹杂着困惑和羞耻。

"所以那个小婊子背叛了我！一定是她拿走了字条，夹在了那些信里。我猜也是她叫你们去检查的。我的天哪，在我替她写了字条之后。"

"那么，你现在承认是你写的了？"

"是的，当然。我要是知道露西拉会这样陷害我，当初就应该把右手剁了，省得——我还是先解释一下吧。我挺可怜她的，奥布赖恩对她很不好。说实话，我认为这个男人应该为此付出点代价。也许我的做法是不太合规矩，但我真不希望他搞那种对女孩子毁约食言的勾当。"

"你这动机听上去还挺值得褒奖的，先生，但法律可不会用'不太合规矩'形容你的所作所为。"

"等一下，"奈杰尔插话道，"真的是露西拉小姐建议你去跟奥布赖恩说这些话的？还有，你是什么时候把字条给他的？"

"是的，是她让我做的。圣诞节那天，喝完下午茶我就给了奥布赖恩。"诺特斯洛曼愠怒地说。

"为什么要写字条？为什么不直接找他谈谈呢？"

诺特斯洛曼在椅子上扭了扭："你看，是这样的。我本打算晚些时候再和他谈，但他脾气有点暴躁，你懂的，所以我就想，那个，字条能给他点时间好好想想，冷静一下。"

"你本打算那天晚上和他在小木屋里谈？还是露西拉小姐去谈？这就是她写了**她那张字条**，求他在木屋见面的原因吗？"

"不，该死的，我没打算！"诺特斯洛曼喊道，似乎被刺激得忍无可忍，"我既不知道也不在乎露西拉当时干了什么。"

"既然你去小木屋不是为了找奥布赖恩谈话，那是想做什么？"布朗特继续问道。

"既然你非要问，行吧。我是怕他留着我那张字条，就打算找回来。我想了想，害怕万一那东西被别人看见了可能会造成误会。"

"原来如此。那么，你去了小木屋，但没找到那张字条，可第二天它又出现在你寄出的信里面。这你怎么解释？"

"天知道，大概是露西拉不知怎么搞到的。"

"这说明她也去过木屋，可能在你之前或之后。你知道她写了字条约奥布赖恩在那里见面吗？"

"不知道。"

"那你在木屋里找不到字条，就直接回去了？没有等奥布赖恩出来？"

"我真的没有！你是想把这桩谋杀算到我头上吗？"诺特斯洛曼声音抬高了，有些颤抖，好像快哭出来了。然后，他努力控制住自己，说道："我在木屋里的时候，好像听到主屋附近有什么声音，就赶紧出去了，躲在木屋右边的灌木丛里面。我看到奥布赖恩穿过草坪，进了木屋，就这些。再后来，我就直接回屋睡觉了。信不信由你，这都是实情。我没有什么别的好说了。"

出人意料的是，布朗特接受了他的证词，并让他离开了。此举的目的很明确，布朗特马上让布利克利把露西拉带了进来，不给她和诺特斯洛曼交流的机会。

"那么，露西拉小姐，"布朗特直接切入正题，"你说你在谋杀当晚没有去过木屋，是吗？"

"当然没有。我早早就上床了。"

"即使你约了奥布赖恩在那里见面？"

"你们到底还要我重复多少次？我没去是因为弗格斯说不让我去。"

"没错。昨天，你给了诺特斯洛曼先生一包信件，让他替你存放到安全的地方。是你建议他把这些信寄去他的俱乐部吗？"布朗特话锋突转，令露西拉有些错愕。

"不，我没，我——我不知道他打算怎么处理那些信。哦，天哪，你们不会读了那些信吧？"露西拉倒吸了一口气，仿佛意识到了什么，然后便崩溃了。她竭力否认是为了勒索才存着这些信，也不承认是因为害怕被搜查才不得不处理掉，但这番说辞并不令人信服。她说是在午饭后把这些信交给诺特斯洛曼的。至于诺特斯洛曼写给奥布赖恩的那张字条，她强烈地否认这是自己指使的，还骂他不是个正人君子、自作自受，并表示完全不清楚那字条为什么夹在爱德华·卡文迪什给自己的信里。布朗特说，诺特斯洛曼指控她故意把字条放在了信中，并暗示警方她不知用什么方法从奥布赖恩那里拿到了字条。这番话令她怒火中烧，几近失控。布朗特不得不让她先行离开。

布朗特解释道："留在这里，她也只会编造出更多谎言来报复诺特斯洛曼。这个案子里的谎言已经够多了，简直让人发疯。"

"不过，你至少相当成功地离间了他们两位。"奈杰尔说。

"是的，我们很快就能从他们那里挖出东西了。两只惊弓之鸟。凶手眼下肯定沉不住气，要行动了，这也正是他开始露出马脚的时候。"

凶手的行动确实迅速，只是并非布朗特希望的那一种。六点三十分左右，马林沃斯夫人派来接替阿瑟的女仆，莉莉·沃特金斯，拎着一罐热水走进了诺特斯洛曼的房间。她心里正挂念着某个年轻人，嘴上愉快地哼着小调。但是，当她看到躺在床边地板上的东西时，曲调戛然而止。她丢下热水瓶，尖叫着冲出门去。

第十章

……的故事

奈杰尔和布朗特警督坐在书房里,一开始还在梳理本案的一些关键点,但不知怎的,话题渐渐转到了板球上,讨论起新的腿碰球出局规则来。两人的"学术"讨论渐入佳境,头顶却突然传来一声尖叫,犹如平地惊雷。他们跳了起来,飞奔上了楼。一直在大门口站岗的博尔特也紧跟在他们后面。在楼梯口,他们遇到了莉莉·沃特金斯,这女孩正哭得喘不过气来,只能用手指着诺特斯洛曼的卧室门。布朗特急忙命令博尔特把所有人留在楼下,然后和奈杰尔跑进了房间。一进门,他们首先闻到了一股弥漫在空气中的苦杏仁味,紧接着注意到凌乱的床上,羽绒被和毛毯全都被扯到了一边。然后,他们看到了尸体。诺特斯洛曼仰卧着,一只手紧紧揪着被褥,双颌死锁,嘴角泛着白沫。但吓得莉莉·沃特金斯尖叫着夺门而出的则是他那双淡蓝色的眼睛:瞪得圆圆的，一眨不眨，透着凶光。毋庸置疑，西里尔·诺特斯洛曼已经死了。

布朗特飞快地瞥了尸体一眼，跪下来摸了摸其心脏，然后果断地对奈杰尔说："氰化物中毒。我们来晚了，打电话叫医生吧。"本地的医生碰巧出诊了，奈杰尔只得又打给塔维斯顿的法医，后者答应马上赶到。奈杰尔也和布利克利说了几句话，他下午回塔维斯顿处理日常公务了。"这么说凶手自我了断了，"听筒里传来布利克利的声音，"好吧，看来可以结案了，先生。真可惜我们让他以这种方式溜走了。但亡羊补牢，为时不晚。我到时候跟威尔斯医生和拍照的伙计一起过来。"

当奈杰尔回到诺特斯洛曼的房间时，他看到布朗特满脸疑惑地望着自己。

"怎么了？"奈杰尔问道。

"我还没找到他用什么喝的毒药。"

房间里到处是吃过东西的痕迹，诺特斯洛曼显然不只在公开场合表达他对坚果的热爱。床边桌上有一碟什锦坚果，梳妆台上的盘子里则装着些空果壳，地上也有些碎果壳。但是，除了一个倒扣在红酒瓶上的玻璃杯，房间内似乎没有什么可以用来装毒药的东西。布朗特已经用手帕垫着拿起过玻璃杯，但并未在上面发现异味或最近被使用过的痕迹。

"这种毒药一般都是溶解后服下，我们应该能找到一个小药瓶，说不定已经摔碎了。"布朗特说着开始再一次搜索房间。然而，他没能找到想要的东西。奈杰尔则沉迷在自己的窥探欲中，漫无目的地检视着衣柜，接着又去翻看诺特斯洛曼的衣服口袋。在其中一个口袋里，他摸出了一个小酒壶，里面是半满的白兰地。

"他会不会把毒下在了这里面？"奈杰尔问。

"也许吧，"布朗特干巴巴地回答，"但我觉得他没办法又把它放回口袋里。一般来说，致死剂量的氰化物中毒发作起来就是顷刻间的事，几乎会在瞬间造成肌肉无力。"

"也许没有溶解，是直接吃下去的？"

"我印象中倒是有直接服用氰化钾的先例。但他不可能随意把氰化物装在口袋里，而我也没找到可能的容器。真正的容器上肯定会带着气味。"

"好吧，真可恶，但他的的确确服用了毒药，这肯定会留下证据的。一个自杀的人可不会为了避免乱扔垃圾而跑到后花园把小药瓶埋掉。"

布朗特的眼中闪过一丝光芒。"没错，斯特兰奇韦先生，所以我打算封上这间卧室，再检查一下其他房间。我一般不喜欢把案子往谋杀上靠，"他故作神秘地补充道，"但要是让一个杀人犯就这么从我手上溜了，你叔叔准会叫我吃不了兜着走。现在，你最好下楼去把那些人集中到一起，让博尔特把乔治警官叫到我这边来——他就在附近——再打电话叫个女警过来：那些女士也得接受搜查。男士可以交给乔治负责。与此同时，你也别让客人们闲着，问问大家诺特斯洛曼最后一次出现是什么时候，但别让他们怀疑这不是自杀。你要是能委婉地问出所有人下午茶之后的行踪，那就再好不过了。当然，咱们后面也还有大把时间处理这事。"

布朗特冷静而权威的态度与娴熟的处置能力令奈杰尔刮目相看。他自己则头脑中一团乱麻，不知道该从哪里下手。这几天发生的事情太多了，节奏又那么快。他下了楼，向博尔特交代了任务。客人们已被集中到了会客厅。露西拉、乔治娅、爱德华·卡文迪什、菲利普——奈杰尔不自觉地扳着手指数了起来。莉莉·沃特金斯、厨房女仆内莉和格兰特太太也在，她们都笔直地坐在硬邦邦的椅子上。此情此景，好似维多利亚时期的一家人正聚在一起晨祷。格兰特太太的表情与这画面最相称，她紧抿着嘴唇，双手僵硬地叠在一起，目不转睛地直视着前方，有意与她右手边来自现代罪恶之都的代表保持泾渭分明，也与左手边的下级仆从互为阵营。奈杰尔克制住了叫他们都跪下祈祷的冲动——不过，如果布朗特的怀疑没错，那这间房里的确有个人罪孽深重。

"诺特斯洛曼的事情，我想莉莉已经告诉诸位了。"奈杰尔说到这里，看到六个人都点了点头，"他恐怕已经去世了，服毒身亡。"

每个人都躁动了起来。奈杰尔全神贯注地观察着，感受到一股解脱的气息正席卷而来，几乎切实可感，宛如炎炎夏日里的一阵凉风。这解脱感的产生是因为诺特斯洛曼以实际行动认罪了，众人终于不必再惶惶度日？还是说这里面混杂了某人更加强烈的心安之感，因为这次终于不会再有人怀疑是不是谋杀了？一片情绪起伏中，只有乔治娅·卡文迪什不为所动。她坐在哥哥身旁，透着悲伤的双唇微微噘着，流露出强烈的困惑与危机感，眼神同方才一样有所保留，没有像其他人那样放松下来。

"警督让我来问问诺特斯洛曼最后一次出现是在什么时候。"奈杰尔说道。这番调查没花太多时间。死者当时和其他人一道在会客厅用了茶点，但异常地安静，似乎有心事。下午茶结束后，他邀请露西拉一起散步，但露西拉甚至拒绝和他说话。布朗特给这两人制造的隔阂仍未消弭。于是他便自己出去了，时间为差五分五点。约十分钟后，莉莉·沃特金斯看到他悄悄打开了后门，向外张望着。当时天色已晚，但还不至于黑到看不清院子里正有位警员值守。诺特斯洛曼自言自语地嘀咕了几句，便回了主屋，之后就再没有人见过他了。所有人的回答都看不出一丝犹豫或感情波动。这里至少有一个人将西里尔·诺特斯洛曼视为威胁，其他人则把他当作麻烦，即便是讣告怕也写不出什么溢美之词，而极乐噼啪俱乐部的艳俗、愚昧、嘈杂与奢靡，还有那永恒却虚无的狂热则谱出了他葬礼上的协奏曲。

"有人听到他的房间里传出过响动吗？"奈杰尔问，"他应该是重重摔在了地上。"

"我恐怕没有。"爱德华说，"我喝完茶就去晨间起居室了，不在他的房间下面。"

短暂的沉默之后，乔治娅似乎想起了什么。

"这么说，我们曾听到头上传来一声闷响——大概五点半。对吧，露西拉？"

"我不记得了。"露西拉漠不关心地回道。

"喝完茶后我在自己房间里忙活了一个小时,"菲利普说,"就在他隔壁。大概五点十分的时候,我听到他进了房间。应该是这时间,但之后我就没听到动静了。不过,我当时正在反驳这个月《古典文学》上沃特森关于古希腊语中不定过去时命令式的一个垃圾注解,也没太注意别的事。"

"此间的语法,隔壁的死尸。"乔治娅低语道。

这时,格兰特太太突然叫了起来,但仍是平时阴沉的语调:"罪的工价乃是死。[1]"

内莉不禁噗的一声笑了出来,然后赶紧捂上了嘴巴。这样一来显然没办法继续问下去了,再多技巧也没有用。没多久,奈杰尔看到一辆警车驶入别墅车道。少顷,楼上传来了一阵阵动静。奈杰尔想到上面正在做的事,有些庆幸自己没有在现场。又过了几分钟,博尔特来请奈杰尔过去见布朗特。奈杰尔上楼时和乔治打了个照面。"我们没办法把他们扣太久,"乔治说,"现在就等女警到了。"

法医威尔斯正站在水槽边用毛巾擦手,脸上挂着他惯常那副阴郁与冷漠的表情。布朗特警督则像个银行经理一样死水无波。至于诺特斯洛曼,还好他的脸盖在床单下,看不到是什么样子。

"是氢氰酸[2],"布朗特对奈杰尔说,"见效最快的毒药。威尔

---

[1] 引自《圣经·新约·罗马书》(6:23),主流观点认为其原本由希腊文撰写,故格兰特太太易有此联想。
[2] 又名氰化氢,标准状态下为液体,无论气态或液态均有剧毒。

斯医生说他可能没有服下全部的预定计量，有几滴洒在衣服上了，嘴角的泡沫也表明他不是瞬间死亡。"

"我也没有太多可讲的，"威尔斯医生说，"除非我们能确定他到底服了多少、怎么服下的。我想布利克利会安排做个尸检？"

医生走后，奈杰尔把刚才在楼下搜集到的少量线索告诉了布朗特。而布朗特已经搜查了楼上的三个房间，布利克利正在处理其他几个，目前为止还一无所获。

"我个人认为，"布朗特说，"凶手可能把证据藏在了主屋里的其他地方，甚至是室外。乔治那边正准备从一楼开始搜查。我们没有在卧室里找到盛毒的容器，这说明死者并非自杀。但一般来讲，凶手应该是想伪造成自杀的——这样的话，他为什么要特意藏起容器？"

"我还是想不通凶手怎么下的毒。他总该不会跑到诺特斯洛曼面前说：'喝了这个，味道虽然怪了点，但可以延年益寿。'"

"应该不至于。他肯定把毒下在了诺特斯洛曼迟早要喝的什么东西里，等他咽下去了再拿走容器。"

"也就是说，凶手得不停地出入这间房，看诺特斯洛曼到底喝了没有。这会让他起疑的。"

"好吧，"布朗特有些恼火，"那你有什么更好的解释？"奈杰尔不停地在房间里踱着步，不时拿起某样东西又放下。

"X也许带了两只酒杯之类的过来，邀请诺特斯洛曼一起喝一杯。"

"他也许还带了一束鲜花，用来遮掩其中一杯酒里的怪味道。"布朗特反唇相讥。

"天哪,"奈杰尔喊道,兴奋地在房间里大步走着,"我知道了!是鸡尾酒,鸡尾酒什么怪味道都可以有。噢,这些该死的坚果壳!我老是踩到。"他俯身捡起一地的果壳,丢进了废纸篓里。

"是啊,"布朗特说道,"是啊,有这个可能。两只鸡尾酒杯也不是很好处理。如果他洗了杯子放回橱柜,很可能会被某个用人看见,我去查查。"

这时,乔治进来说救护车已经到了,随车还来了一位女警。于是,布朗特和乔治下楼告知众人需要搜身。几位警员进来抬走了诺特斯洛曼的遗体,无人哀悼,无人注目,也无人赞颂。然后就只剩奈杰尔一个人了。他点上一根烟,却顿时又闻到一股苦杏仁味。先前房间里的味道几乎已经完全消散了,眼下突然又浓郁了起来。他茫然地环顾周围,没有发现味道的来源。他又把烟含入唇间,一股轻微的窒息感立刻袭上了他的咽喉。那味道在香烟上——还有他的手上。有人给他的烟下毒?真有种廉价恐怖小说的感觉。不对,那味道肯定是先沾到他手上的。最近碰过什么?肯定不是尸体。真让人抓狂。他肯定拿起过沾了毒药的东西,就在几分钟之前。奈杰尔冥思苦想着都碰触过什么。这时,他看到了废纸篓,眼睛一亮,走过去从里面捡出了几个坚果壳。没错!就是它了!虽然看起来是普通的核桃壳,一闻却有股苦杏仁味。

但奈杰尔的欣喜很快便消散了。这未免太离奇了。你还不如说诺特斯洛曼是被曼巴蛇或眼镜王蛇[1]咬死的，总比被核桃毒死更现实。他小心地把果壳一块一块地摊在手帕上，好像它们是些拼图散片，拼好了就能解开谜题。他最先注意到的是壳的厚度，这对于核桃来说未免太薄了。同样一眼可见的不寻常之处还有：这个果壳只碎成了很少的几块。另外，有几块核桃壳的下边缘相当笔直，就像拼图中带有直边的散片一样引人注目。借着放大镜，奈杰尔发现这些碎壳笔直的边缘上似乎涂了东西。他耐着性子设法拼上了一部分碎壳，然后便可以明显看出这个核桃曾经被人锯成了两半，之后又用胶粘了回去。再仔细一看，他还发现壳上钻了一个很小的孔，又用油灰堵上了。

现在，问题已经解决了一半。凶手先将核桃锯成两半，多半是为了去掉果核以及用砂纸磨薄壳的内部，使其中一部分区域薄如蛋壳。他为什么要这样做？也许是为了减轻重量，否则装了毒液之后可能会引起诺特斯洛曼的怀疑。打造好内部结构之后，凶手又用胶将两半核桃粘好，在壳上钻了个孔，用注射器将毒液注入，最后填上小孔。

目前都算合理，但奈杰尔很快想到两个绕不过去的新疑点。凶手怎么知道这个特制的核桃会毒死诺特斯洛曼，而不是其他人？而且怎么确定他会中毒？一般来说，捏开核桃时毒液会流到受害人手上，除非手上有伤口，否则并不会致命。氢氰酸气体当然也很危险，但核桃里的剂量还不足以致死。

1　均为剧毒蛇。

奈杰尔想了又想，仍旧毫无头绪，正当打算放弃时，一个画面却不经意间跃入了他的脑海：午饭之前，在起居室，诺特斯洛曼微仰着头，用牙齿咬着核桃。有了！所有谜题都得到了解答。奈杰尔记起来，虽然诺特斯洛曼在晚宴上有时会用核桃夹，但私下里总是用牙齿的。凶手肯定知道这一点，也确信其他人没有这个习惯，所以即便别人拿到下了毒的坚果也不会受到伤害。凶手也许有意将这个特制的坚果放在了诺特斯洛曼床头的盘子里。之后就只是时间问题了。把壳磨薄还有一个原因：不这样做的话果壳会很容易从胶合的地方直接裂成两半，事后让人起疑。此外，如果壳像正常的那样硬，也很难一下便咬碎。若只是尝到一点苦味，诺特斯洛曼肯定会立刻吐出来。按照凶手的安排，诺特斯洛曼有力的牙齿会直接把纤薄的果壳咬碎，毫无戒心的他肯定无法在惊讶中立刻呕出毒液，而后仰的脑袋则会帮着将大部分毒液送入咽喉。也许他能吐出一点点毒液和碎果壳，但为时已晚。

布朗特警督回到这里时，看到奈杰尔正抽着烟，呆呆地把玩着几块碎核桃壳。一时间，布朗特以为这惨剧让他脑袋坏掉了，但他说话时却是完全清醒的：

"不用再找了，警督，我知道谜题的答案了。"

"你这家伙真知道了？"

"是的，一切尽在这果壳中。"

奈杰尔讲了整个过程。布朗特先是礼貌地听着，接着脸上写满了不可思议，然后表情依次变得专注、得意和惊恐万分。

"老天，斯特兰奇韦先生，你真是太了不起了！但我不喜欢这种情况，相当不喜欢。这凶手，怎么说呢，严谨得冷血，下手就取人性命。我们最好能尽早抓住这家伙。"

"我们也没有别的选择了。"奈杰尔缓缓说道。

"是的。但还好，应该花不了太长时间了。我希望阿瑟能好转，也许他掌握着重要信息。医生说他还是很有希望恢复的，但可能会昏迷好些天，而且脑袋上挨了这么一下也有失忆的风险。所以，我们不能指望他，得继续查下去。我马上把宅子里这些人的相貌描述送往药剂师那边。购买氢氰酸可不像买黄油那样简单，凶手登记时不大可能冒险用假名，即便用了，幸运的话我们还可以借助相貌信息识别出他。我的手下们还在搜查，但我觉得不管凶手是谁，应该都不是在这里处理的毒核桃。那么，斯特兰奇韦先生，不知道你可否抽出一小时左右的空当，我想梳理一下——"

"别，别，"奈杰尔严肃地打断了对方，"凭你的职业素养也许可以不吃不喝地工作，但现在晚饭时间已经过了很久了，我只想大吃一顿，掏空食品储藏室。你不如一起吧，我要叫莉莉把这房子里所有能吃的东西都送到晨间起居室去。"

奈杰尔饱饱地享用了一磅多的冷牛肉、十个土豆、半截面包和一大块苹果派，完全没有接布朗特的"职业性"话题。最后，他意犹未尽地放下了空空如也的啤酒杯，挡了挡嘴，说道：

"继续，我听着呢。"

"首先，我认为现在基本排除了自杀的可能，诺特斯洛曼要自杀肯定不会用毒核桃这么麻烦的方式。"

"完全正确,要我说,推理得很好。"奈杰尔已经因喝多了啤酒而变得嘴碎,思维也轻飘飘的。

"现在再查所有人今天下午的行踪已经完全没有意义了,毒核桃可能是之前某一天放在那里的。格兰特太太说,自打诺特斯洛曼入住那一天起,他床头的盘子就一直续得满满的。所以,这起毒杀案可能与前两个案子有关,也有可能是独立的。"

"小问题,但值得探讨。"奈杰尔喃喃道。

"如果二者无关,我们就得假设这房子里有两个凶手——"

"不同的凶手,同一个目的。对不起,你继续。"

"这些案子之间极可能还是有联系的。没错。那么显然诺特斯洛曼知道些什么,且对凶手而言是重大的威胁。究竟是什么呢?"

"与奥布赖恩被害一案有关,我猜测。"奈杰尔将双腿跷到靠椅的扶手上,点了根烟,像斯坦·劳莱[1]那样把头发抓得乱蓬蓬的。

"和我想的一样。我们知道,奥布赖恩遇害不久前,诺特斯洛曼就在木屋附近。也许他看到有人跟着奥布赖恩进了木屋,第二天就得知奥布赖恩被谋杀了。他这种人下意识的反应肯定是借机捞一笔,先不告诉警察。他勒索凶手,所以被灭口了。"

"为什么不早点?为什么凶手要等两天才下手?"

"啊,我也想到了这点。直到今天下午,诺特斯洛曼才知道自己被当成了嫌疑人。如果想摆脱嫌疑,他就只能承认那晚他看

---

[1] 斯坦·劳莱(1890—1965),英国喜剧演员。

到 X 跟着奥布赖恩进了木屋。他犹豫了，因为告发凶手等于自断财路。当然，也有可能是怕我们不会轻易相信他。我想诺特斯洛曼把这招留作了底牌，要确定我们不是虚张声势之后才会使用。但今天下午，凶手发现我们在怀疑诺特斯洛曼了——可能是后者告诉他的，也可能是自己观察出来的。凶手担心诺特斯洛曼扛不住压力向警察告发自己，于是就立刻用毒核桃除掉了他。"

"某种程度上很有道理。但这样一来，毒核桃的制作会不会太仓促了？"

"或者凶手早就准备好了核桃，带在身上。这也许是除掉奥布赖恩的备选方案，也有可能只是一种保存毒药的安全手段，以备急用。"

"或许还有第三种可能：X 就是要除掉诺特斯洛曼，因为他被勒索了，而勒索的缘由并非奥布赖恩之死。于是，他带着碰运气的心态带上了毒核桃。当诺特斯洛曼成了犯罪嫌疑人时，他出手了，期望借机让人认为诺特斯洛曼畏罪自杀。一切水到渠成。"

"是的，合情合理，斯特兰奇韦先生。你的推理指向爱德华。除了我们手上的证据，他本人也暗示过曾被诺特斯洛曼敲诈。他也很可能就是杀死奥布赖恩的凶手。据我观察，他的行为十分可疑，看起来紧张不安，忧心忡忡，但所有人似乎都认为这是因为他的财务问题。"

"在这桩不同寻常的案件中，爱德华的表现倒的确是最为怪异的地方。"奈杰尔低语道。布朗特若有所思地摘下角质眼镜，拿在右手中把玩着，身子探向奈杰尔。

"好了，先生，你这话什么意思？肯定是有想法。"

"抱歉，我说不上来，因为我自己也还没有理清楚。这两天我一直在仔细观察爱德华，他的行为举止实在太像一个心态马上要崩溃的凶手了，已经出乎我的预料。他的负罪感太重了，反倒不真实。这让我很疑惑。"

布朗特有些失望，又靠回了椅背上："我觉得你多虑了，以我的经验，凶手——我是说受过教育的那种，不是流氓恶棍——他们的行为举止通常就会暴露自己。那种扑克脸的魔鬼纯粹只存在于小说之中。"

"嗯，希望你是对的。"

布朗特目光锐利地瞥了奈杰尔一眼，而奈杰尔似乎正盯着布朗特那稀疏的头顶，表情呆滞而迷离。

"有趣，"奈杰尔说，"我以前没有注意。是毕加索的，对吧？"

他站起身，走到布朗特身后，端详着墙上的一个小画框。

"斯特兰奇韦先生，你刚才说，"布朗特追问道，"希望我是对的，所以你还在怀疑其他人？"

奈杰尔转过身，疲惫地滑回椅子里。"只是替爱德华·卡文迪什说句公道话，"他说，"我们得承认现在还有很多其他可能。比如，今天午饭前，诺特斯洛曼和菲利普·斯塔林起了些争执。当时，诺特斯洛曼嚷嚷着说他知道某些事，会让警方改变对菲利普的态度。事先声明，我很了解菲利普，他百分之百干不出谋杀这种事。还有——"

"他的问题，"布朗特插话道，"就在于没有机会袭击阿瑟。但存在第二个凶手的说法也是有可能成立的。不过,我还是得找格兰特太太谈谈,确认阿瑟那天下午两点半之前是一直待在厨房那边的。"

"对于我刚才提到的,你也不必太认真。我只是想说爱德华并非河边唯一湿身的人。再比如露西拉,她之前刚和诺特斯洛曼吵过架。人们说,无赖喜欢逞口舌之利,而毒药就是女人的武器。她可能与诺特斯洛曼合伙杀害了奥布赖恩,随后发现这个同谋快撑不住要招认了,便为了自保而投毒。格兰特太太也有可能,作为女人——虽然少了些女人味——她说不定也是个潜在的投毒者。也许她年轻的时候为了爱抛却所有,走上了错误的道路。然后,她只得到了一个没有爸爸的孩子(呸!),一辈子卖力工作,供他上学受教育。结果,诺特斯洛曼发现了她的秘密,还勒索她。'我唯一的愿望就是要把他培养成一位绅士。'误入歧途的厨娘抽泣着。不是这样?你不同意?好吧,其实我也不同意。我实在看不出格兰特太太还能扮演误入歧途的可怜女孩。还有那个园丁呢?杰里迈亚·佩格勒姆——这种名字,难免让人往最坏的方面想。他大部分时间都在马厩里沉思,但你要是读过 T. F. 波伊斯[1]的书就会知道,谋杀实乃英国乡村冬季的主要消遣。茫茫冬夜即将来临,买一把永不变钝的斧头吧。老少皆宜,包装精美,自带说明,只需七先令六便士。还有毒药套装,毒芹、鼠见愁、天仙子和颠茄随意组合,只要再添六便士。"

---

1 T. F. 波伊斯(1875—1953),英国小说家,主要写乡村生活,风格冷峻。

布朗特警督从容地站起身来。他的面部肌肉露出微微松弛的迹象，这对一个苏格兰人来说意味着奈杰尔的笑话获得了空前成功。"我会牢记你的宝贵意见，斯特兰奇韦先生。"他用最正经的官方腔调说完便离开了。奈杰尔也很快回到了床上。虽然故作幽默，但他内心并不认为此事有多滑稽。实际上，他的脑袋刚刚碰到枕头便做了个噩梦。梦里，乔治娅·卡文迪什对他露出了责备的微笑，而她肩上的绿鹦鹉则像扩音器般朝他尖叫起来。那鸟喙越张越大，音量也愈来愈高："毒药是女人的武器！**毒药是女人的武器！**"

第十一章 探险的故事

后来，当奈杰尔罕见地肯与人谈起这桩离奇而充满矛盾的"柴特谷血案"时——恰如当时报纸上命名的那样——他总会说此案是由一位古希腊文学教授和一位十七世纪剧作家协力侦破的。无论这句声明背后的真正含义是什么，它都为讲述这起神秘至极的疑案起了一个高深莫测的引子。当然，每个坚持读到本书结尾的人都不会吝啬给予奈杰尔·斯特兰奇韦本人其应得的荣耀。

十二月二十八日早上，奈杰尔起床之后仍然看不到任何结案的希望。这个早晨是那种天空在为人的堕落而无望痛哭的天气，而眼前这个堕落的人则忧郁且惭愧地盯着剃须镜中的自己，琢磨着一刀划开颈部左动脉会不会是更好的选择。灰蒙蒙的天空笼罩着柴特谷园林，好似希腊诸神纵情声色之后宿醉般阴郁。迷雾模糊了周遭山丘的轮廓。花园里，常青叶被高处树枝上滴落的雨水敲打得痉挛般一垂、一抬，仿佛有双无形的手在生疏地敲着打字机。杰里迈亚·佩格勒姆正在花圃里忙碌，显然觉得这天气正适合他从常待的马厩里出来。他的肩上扛着一个袋子，脸上是坚毅的神情，好似一位希伯来先知。

奈杰尔剃须时，过去三天发生的种种正缓缓地在他脑袋里乱舞。他愈发坚信，只有关键人物的秘密解开了，其他拼图散片才能归位。奥布赖恩就是那个关键，如若不能加深对他的了解，奈杰尔就只能继续胡乱摸索，有如在黑暗中解锁一扇陌生的门。诚然，乔治娅是提供线索的最佳人选，如果她愿意的话。但问题在于，如果将本案拆解成若干零件，就会发现每个部分都与乔治娅密切相关。可反过来看，乔治娅的整体形象却又与这桩案件的凶手完全不相符。"我这番胡思乱想还真是别出心裁。"奈杰尔自言自语道，"我只是太喜欢乔治娅了，宁可无视其他所有可能性，也要把她的嫌疑解开。"无论如何，当务之急都应该是和乔治娅开诚布公地谈一谈。如果她是无辜的，那我可以借机得知很多关于奥布赖恩的事情；如果不是，那么她说话时难免会犹疑不决或自相矛盾，这足以使她露出原形。

餐厅里只有菲利普·斯塔林一人。他正仔细检视着一片吐司，脸上挂着明显的憎恶，好像看到了一篇差等生的作文。

"这个水平的吐司，"他挥舞着面包片，对奈杰尔说，"简直不像话！大学里这种情况倒很常见，我那些同事的眼睛都被高等批判[1]、

---

[1] 《圣经》批判的一种，着眼于考证底本、作者、写作日期等。

布克曼运动[1]以及其他一些同样令人生厌的脑力自残行为给糊上了,完全忽视了物质享受的重要性。但在私人宅邸里,尤其是这样一个烹饪水平较为不错的地方,吐司至少应该是酥脆的。"

说着,他往那不讨喜的吐司上抹了厚厚一层果酱,然后才带着享受的表情咀嚼起来。

"也许是最近的意外事件让厨房的人心慌了。"奈杰尔说。

"你是说那几个谋杀案?我怎么听出了指责的语气?亲爱的奈杰尔,我们得分得清主次,你出于不从国教者的良知,把死亡看得过重了,牺牲了太多现世的愉悦。我就和你不一样,我觉得生比死重要,所以发生了谋杀案也不是让吐司软塌塌的借口。且不论这个,为什么诺特斯洛曼的死会让人心慌?我实在参不透。他的死应该让家里的用人干劲十足才对。还有,臭小子,讲到谋杀,你还没破案吗?事情简直一团糟。昨天我被一位警官搜身了,那体验可真不好,我还挺怕痒的。现在我出门也有个警员跟着,好像我要去海德公园闹事一样。教师休息室那些家伙要是知道我假期在柴特谷,我这名声就要完蛋了。还有,这一阵子的晚饭时间也太不规律了,我的胃简直备受煎熬。"

"晚饭,"奈杰尔若有所思地说道,"晚饭。这倒提醒了我。我本来要问你什么事情的,该死,是什么来着?哦,我想起来了。那天,你是想告诉我奥布赖恩在圣诞节晚宴上做了或者说了什么吧。当时你说:'你有没有注意到,那天晚餐时奥布赖恩——'

---

1 又称道德重整运动,是由美国基督教牧师布克曼于1921年在牛津大学发起的信仰复兴运动,主张通过改造个人品德来解决社会矛盾。

然后我们就被阿瑟·贝拉米的事打断了。"

菲利普·斯塔林有些茫然,但很快眉头便舒展开了:"是他背诵的那句话——春蚕为你黄丝吐尽,他暗示这是韦伯斯特写的,但实际出自图尔纳的剧本。一开始我也没留意,后面才想起来。很奇怪,我以为他是个博览群书的人。"

奈杰尔有些失望,他本以为可以挖出更有价值的信息。一小时后,他来到晨间起居室,看到乔治娅·卡文迪什正在写信。她穿着山羊皮大衣和亮红色的裙子,那只鹦鹉端坐在她肩头。

"要不要出去走走?"奈杰尔问,"我想和你聊聊。"

鹦鹉投来一个暴戾的眼神,字正腔圆地高声叫道:"你这个讨厌的臭婊——"

乔治娅笑了起来:"我替内斯特向你道歉,它是在海船上长大的。当然,我很乐意。但先让我写完这个,把内斯特放回笼子里再去,好吗?它不喜欢淋雨。"

几分钟后,乔治娅来到了楼下,裹着一件骑兵披风式的宽大雨衣,但雨衣上并没有帽子。"你这样不会淋湿头发吗?"奈杰尔问,他脑袋上塞了一顶已经没了型的毡帽——这帽子实在有年头了,恐怕连最不挑剔的鸟儿在里面筑巢前也会三思。

"我喜欢让雨淋在头上,只要你不介意我看起来像美杜莎就好。要是侦探戴上了可以隐形的黑帽子,那该有多方便。"[1]

"我介意的,因为我帽子的那种黑是可以摸到的,没法隐形。"

---

[1] 在希腊神话中,珀耳修斯将蛇发女妖美杜莎斩首后戴上隐形帽逃离了。

乔治娅高兴地笑了起来:"我很开心现在还能遇到讲双关语的人。这代表着性格中有纯真和孩子气——比方说查尔斯·兰姆[1]和某些地方原始部落的人就是这样。"

"恐怕你对我这纯真与孩子气的评价维持不了多久。我的内心简直是疑心病的洼地。"

"啊,要是能一睹疑心病洼地的真容,也值得失望一回了。"

"只是学究所说的移就修辞法[2]罢了。言归正传,我请你出来是想打听些消息。"

乔治娅·卡文迪什没有答话。奈杰尔没能看到她插在大雨衣口袋里的一双小拳头突然握紧了。实际上,奈杰尔已经给乔治娅打了满分,因为她没有说"我以为你是不想让美丽的我孤身一人"这种话——很少有女人可以抗拒这种诱惑。第一回合的交锋结束了,她那毫不妥协的沉默令人有些心生怯意。奈杰尔深吸一口气,说道:

"我想知道关于奥布赖恩的事,所有你能说得出来的。"

乔治娅默然片刻,然后开口道:"你是在以官方身份要求我这样做吗?"

"我在这里并没有官方身份。相反,我要是知道了什么关键信息,也得毫无保留地交代给警方呢。"

"好吧,你至少还算诚实。"她说话时眼睛看着地面,脸上因踌躇不决而出现了皱纹。

---

[1] 查尔斯·兰姆(1775—1834),英国散文家,文风幽默。
[2] 指将属于一个事物的修饰词或描述性短语移置于另一事物上。

奈杰尔冲动地继续道:"根据纸面上的推演,你是最有可能犯下这两起凶案的人。但事实上,我很确定不是你干的。"他猛然打住,暗想自己为何要如此急促。在昏暗而潮湿的橡树林里进行理论上的指控,还真是给一段双方都无法预见走向的关系开了个非凡的好头。乔治娅停下脚步,把脚尖塞进湿漉漉的落叶堆里。最后,她终于抬起头看向奈杰尔,脸上有一丝笑容一闪而过,开口道:

"很好。你想知道什么?我都告诉你。"

奈杰尔永远也忘不了这次散步。在阴郁的园林里,尘封的故事长卷终于展开。他们头上阴云密布的天空和乔治娅故事里炽热的非洲图景之间形成鲜明对照,但他记忆最深刻的始终是乔治娅——那宽大雨衣中的瘦小身姿,那慵懒却又不失活力的独特步态,雨水顺着她瘦削的棕色脸庞滑落,那面容好像船首的破浪神般坚毅,又似夏日狂风中的大海般活泼。

"我想知道你与奥布赖恩是如何相识的,以及之后所有的相关经历。关于现在在这里的客人们,他曾经都和你说过什么。这些都至关重要,不然我也不会来打扰你。或许你说出来了也会好受些。"奈杰尔的语气中散发着一丝发自本能的同情。

"那是在去年,我前往利比亚沙漠探险。当时有我、高尔顿中尉和我的一位表弟亨利·刘易斯。那是亨利的第一次探险。他很紧张,但还算个好样的年轻人,充满热忱。我们想找到泽祖拉——传说中尼罗河畔失落的绿洲。人们前仆后继地寻找它,但迄今为止都无功而返。那是个像亚特兰蒂斯一般引人入胜的神秘之地。我们改造了两辆四缸福特，以适应沙漠作业，还准备了两个月的干粮、足够的水和汽油，好让旅途轻松愉快——至少我们是这么想的。呃，我就不给你上地理课了，你只要知道那片沙漠中哪里都是一个样子就好：目之所及只有漫漫黄沙，沿途除了炎炎烈日之外也没有什么景致，只有到了南边霍瓦干河[1]一带能偶尔遇到绿洲。很多人都认为这不是个开车的好地方，没过多久我也不得不同意这点。大约是在第十二天吧，我们遇上了一场该死的沙尘暴。这原本不是什么大问题，你知道的，但如果不习惯的话人就很容易精神紧张。亨利很不习惯。他被吓坏了，之后又中了点暑，他就吵闹着要离开这个可怕的大熔炉。如果没有经验，这确实有点难。是我不该带上他。有一天早上，我和高尔顿正在记录观测数据，离车大概有二十码——太近的话车辆会干扰到罗盘，就在这时，我们听到了其中一辆车发动的声音。是亨利，他崩溃了，要开车回家。高尔顿冲上了车，关掉了引擎。亨利见状开枪击中了他的腹部，然后就开始又叫又笑，用左轮手枪对着另一辆车的汽油桶和水罐一通乱射，打坏了五个。我别无选择，只能开枪打穿了他的心脏。他挺走运的，"乔治娅平静地说，"高尔顿熬了三天才死。"

奈杰尔的胃里泛起一种绝望又恶心的感觉，像他这样缺乏运动的城里人还是第一次亲耳听到这种亡命之徒般的行径。他张开了嘴，却无论天上地下都找不出合适的语句可以应对，索性点

---

[1] 位于现苏丹共和国及乍得共和国境内。

了根烟。但烟卷几乎立刻就被雨水浇灭了,且慢慢在他嘴里散了形。乔治娅继续说道:

"事发时,我们正在乌韦纳特[1]和霍瓦干河之间,离后者大约一百五十英里。我可以选择返回预定集合点,在那里等驼队从塞利玛[2]送水和汽油等补给过来,或者继续经霍瓦干河前往库图姆和法希尔[3]。但驼队还得好几天才到,而且高尔顿生还的唯一希望似乎就是去库图姆,然后送他飞往喀土穆[4]医治。我尽可能让高尔顿在车里躺得舒服些,然后把没被亨利毁掉的水罐和汽油桶绑在车顶,就出发了。实际上我们没有多少水了,高尔顿需要的还很多,车也不能开得太快,否则会加剧他的痛苦。但到了傍晚,我们还是成功穿过了霍瓦干河。我以为转运了,但并没有。第二天,我们进入了半沙漠地带。这是最不适宜驾车的地形,到处都是坚硬的土堆、一丛丛杂草以及雨水冲刷后留下的不计其数的干涸沟壑。我把车速降到了七英里每小时,但高尔顿还是很不好受,我不能责怪他。于是,我停下了车。高尔顿让我别管他,继续走,但我觉得这些意外都是我的错,而他也虚弱得无力抗议。第二天,他死了,我设法安葬了他。虽然不知道能有多大用处,但这是我唯一能做的了。那里的土太硬,我没办法挖得太深,而那附近又有成群野狗出没——我曾在霍瓦干河见过——还有狮子之类的。

---

1 山脉名,位于埃及、利比亚及苏丹境内。
2 地名,撒哈拉沙漠中的绿洲。
3 均为苏丹地名。
4 苏丹第一大城,独立后为首都。

"之后,我又往前走了一段。赶上这一桩桩事情,水只剩下半罐了,汽油还有一桶,弹簧也不停地崩掉。说真的,我讲的这些好像有点跑题,希望你没有觉得太无聊。"

奈杰尔清了清干涩的喉咙,向她保证自己并不觉得乏味。

"当时我也有点焦虑了:水的存量太少。而且,我肯定是开得太快了,因为车的后轴断了——你也知道福特,别的不说,只要别压榨得太过分,轴承不会轻易断掉。我离库图姆还有大约一百英里,但村庄间会有些缩短距离的小路,所以我将水一饮而尽,开始步行。还好沙漠里没有人管乱穿马路,不然我一定是乱穿马路之王。结果我刚走了不到半英里就踩到了一团干草丛,扭伤了脚踝。我勉强爬回到车上,毕竟如果**真**有人路过,肯定更容易看到一辆车而不是一个人。如果训练过,一个人喝饱了水之后可以撑很久,但三天半之后,我就感觉自己已经到头了。我不知道你有没有见过渴死的人,那场面可不怎么好看,反正我是拒绝让事情发展到那个地步的。每次探险,我都会随身带一剂毒药。氢氰酸,又快又狠的好东西。就在把玩那个小瓶的时候,我突然听到了飞机引擎的声音。当然,我一开始以为是幻听,毕竟命运就喜欢在人们弥留之际创造点幻觉来捉弄人。但过了一阵,我勉强抬头看了看——没错,**真的**是一架飞机,活生生的、在天上飞的飞机。

"我大概有气无力地挥了挥手,飞行员也向我打了个招呼。我盘算着他可能要先飞回去,再找辆车来接我,怎么也得十个小时吧,这大约也是我的极限了。但是,那飞机没有返航,而是在离地只有一百英尺的高度盘旋起来,似乎在找地方着陆。我当时想,这也太傻了,简直是浪费时间。那种铁疙瘩怎么可能在这种状况的地面降落。我挥着手,示意他离开,但我太虚弱了,实在没法激烈反对。然后那家伙真的开始降落了,这就是那种弗格斯会做的匪夷所思的事。当我意识到他真的要着陆时,就努力把自己撑了起来,瞪大了双眼。一个人在最后的时光里,还能指望什么更好的娱乐活动吗?如果这傻子决心扭断自己的脖子还浪费掉我最后的求生机会,那我好好欣赏一下这一幕又有什么不对?他抬高机尾,开始向地面滑翔。我想就算活到九十岁我也再难见到这样的奇景。那飞机在他手里就像一株蒲公英。他用的是平坠降落法[1],但着陆那一瞬间的时速得有五十码。飞机像袋鼠一样在杂草丛之间弹跳了几下,停在了离我的汽车引擎盖不到二十码的地方,起落架撞得一塌糊涂。然后,那家伙就跳了出来,咧开嘴笑着朝我走来,说:'是乔治娅小姐吧?'

"相信我,我当时比他激动得多。实际上,我记得自己哇的一声哭了出来,而且竟然哭得停不下来。弗格斯很贴心地从飞机上拿了水给我,让我就着一点白兰地小口小口慢慢喝,还很不合时宜地讲了一个关于贵妇去野餐的冗长故事。之后我就睡着了。等我醒来,天已经亮了,弗格斯正在摆弄他的飞机。他做了早餐,自我介绍了一番,还说了是怎么找到我的。是驼队到达了预定的集合点,等了我们一段时间后便赶回塞利玛报警。有飞机出

---

1 一种紧急迫降技术,从低空直接降落而不是用轮子滑行。

来找我们，但搜寻范围显然太偏北了。他们找到了另一辆车和亨利·刘易斯的遗体，还发现了我的车往南行驶的痕迹，以为我们安然无恙，便停止搜寻了。他们返回时，弗格斯正在喀土穆。他提出要来霍瓦干河附近找我们，确认我们没遇到什么困难。就这样，他成功找到了我。

"当天我还是很虚弱，所以就躺在那里看弗格斯修理起落架。对了，我还问过他为什么这么莽撞，竟然试图在这样的地面上着陆。他回答说，除了大主教的法冠，那是他迄今为止唯一没有着陆过的地方了，他很想试试能否成功。典型的弗格斯风格。他说，现在还不是挑战大主教法冠的时候，等他哪天活腻了再去，如此一来临终时也能沐浴圣洁的芬芳。我告诉他不必费劲修理飞机了，因为他们很快就会派人来找他的，我的身体也已经没问题了，而且他总不可能再把这破铜烂铁开上天吧。他说，第一，他喜欢修飞机；第二，他以前从未被别人救过，以后也没这个打算；第三，我的身体并非没有问题，越早去医院治疗越好；第四，他带的水不够，等不到喀土穆某位官小瘾大的行政人员从公款吃喝的宿醉里醒来后屈尊派个搜救队；第五，飞机既然能在这里降落，就能从这里起飞。就是这样。

"等他忙完，就过来坐在我支在车旁的帐篷下面，打听我的各种事情。显而易见，他想让我从，呃，从最近的事件中走出来。而且，他对什么都感兴趣，这也是他了不起的地方。到了天黑的时候，他已经知道了我一生的履历。我以前从未意识到我的生活竟然如此精彩，他是那种能让你对自身产生极大兴趣的人——这只有伟人能办到,或是你的爱人,而那时候他还不是我的爱人,完全不是。就这样,在关于我的话题穷尽之后,他又问起了我的家人。我就说了父母和爱德华的事情。我父母在我很小的时候就去世了,只剩下爱德华与我相依为命,所以我对他总是过于溺爱。弗格斯马上就察觉到了这点——他的直觉异常敏锐,于是就让我告诉了他关于爱德华的一切。战前,爱德华每年夏天都会去爱尔兰,我们有亲戚在那边。于是我顺势说了玩笑话,问弗格斯是否在那里见过爱德华,好像爱尔兰就是个小村子或者学术会议厅似的。弗格斯问我爱德华在那边住哪里,我告诉他是韦克斯福德郡的梅纳特别墅,他说自己很熟悉那地方。

"接着,他说万一我哥哥结婚了,我岂不是会很孤单,所以催我也赶紧结婚。我告诉他爱德华现在已经抱持独身主义了,我隐约知道他在爱尔兰爱上了某个姑娘,但人家抛弃了他。弗格斯对此很感兴趣,但我说不出来太多,因为爱德华也从未向我提过这件事。他说想找个时间会一会爱德华,我说如果我们能逃离这该死的沙漠,他俩当然应该见见。

"然后我问起了他的情况,他就给我讲了很多他在战时和战后浮夸的冒险故事。如果是别人说起这些,那纯粹就是吹牛,但我之前听过很多他的事迹,知道那些大概都是真的,或者至少是基于现实改编的——你知道爱尔兰人有多擅长给真实的事件添油加醋,只为了让故事更加可口。在这方面,弗格斯可是货真价实的艺术家。我也问过他战前的生活,但他闭口不谈。不过,他倒是曾提过他不知道父母是谁,以前干过农活。关于弗格斯战前的事情,我只知道这么多了。

"第二天,弗格斯又开始修理起落架。我们设法把飞机顶了起来,他弄了几个汽车的部件还有天知道什么就组装出了一个结构复杂的丑东西,还说这玩意儿可以帮助我们起飞。他那双手绝对天赋异禀。我说那东西随便撞到哪个土堆就会散架,也就是说在这里跑不过五码,但他说我们得建一条跑道。好在我那时候体力基本恢复了,于是第二天一整天和第三天的大部分时间我们都在用铁锹铲除那些该死的杂草,再把它们堆到干涸的沟壑里,就这样铲了一百多码长。我们起飞了,还挺顺利的,但飞机在跑道尽头撞到了什么硬东西,肯定伤到了临时起落架。当我们在开罗降落时——弗格斯坚持要去那里,因为他说那边的医院比喀土穆的要好——飞机撞散了。弗格斯狠狠摔了一下,而我觉得自己得在床上躺一个星期,所以最后我俩都进了医院。哦,忘了说,我们离开前,弗格斯在车上钉了张告示,一面写着'从双脚泥泞到漫天繁星'[1],另一面则是挑衅喀土穆当局的极端言论。第二天,搜救队找到了那东西,我后来听说这事在当地政界引发了一些骚动。"

"啊,这个,十分感谢。"沉默良久,奈杰尔才开口道。他想不出更好的回答。

"别客气。能帮到你我也很开心。"乔治娅的客套话里颇有嘲弄的意味。然后,她说:"我是说真的。你一定是个极富同情心的

---

[1] 原文为拉丁语 Per Ardua Ad Astra,英国皇家空军座右铭。

人，我还从来没有向其他人吐露过这些事。自从弗格斯被害，我第一次感觉稍微轻松些。"她说这番话的声音带着感伤、审慎和试探性的勇气，就像一位渐渐痊愈的病人第一次下床走动。奈杰尔凝视着前方，眼前却不是那一丛丛湿漉漉的山毛榉，而是沙漠中一位年轻女子正在朝发疯的同伴开枪的画面。她就像在射杀一只疯狗，不带更多的愧疚，也并非完全冷漠无情，这是一个生死存亡的问题。可同样的问题有没有可能鬼使神差般地发生在她和奥布赖恩之间呢？他仿佛又看到同一位年轻女子把玩着装氢氰酸的瓶子。"又快又狠的好东西。"一念天堂，一念地狱。奈杰尔的语气反常地严肃起来，吓了乔治娅一跳。

"你之前提到了氢氰酸？"

"是吗？啊，对。怎么了？"

"太巧了。"奈杰尔闷闷不乐地回答，"诺特斯洛曼就是被这东西毒死的。"

乔治娅在这趟散步中好不容易才恢复了些许的笑颜须臾消失。奈杰尔感到自己刚刚撕裂了她才开始愈合的伤口。然而，他还是得继续。

"你不去探险的时候，这些毒药怎么处理？"

"我一般锁在家里，有时也直接倒掉。"

"你家里现在有吗？"

乔治娅犹豫了一下，然后有些不确定地低声道："是的，应该有。"

"我也很讨厌问你这些问题，但你也知道，这种毒药只能从医生那里合法取得。我权且当你是合法取得的吧，这样的话警方根据购买记录查到你只是时间问题。很快就会有警察来盘问的，到时候为了你自己和其他人，最简单的方法是立即告诉警方毒药在哪里，并允许他们去你家搜查——我是说，只是为了证明你家的毒药没有被使用过。"

"不，不，我不能——我不敢那样做！"她喊道。

"不敢？"

"是的，你听我说，"她急切地解释着，"上次我是从一个药剂师那里弄来的——是我一位很好的朋友。我直到启程前一刻才想起没准备毒药，他当时没有看处方就直接开给我了。我要是说了，他的麻烦就大了。"

"有多少人知道你有过——有这东西？"

"我想大多数朋友都知道。但你这是白费功夫，没人知道我把毒药藏在家里什么地方。"乔治娅看起来紧张不安，面色苍白。奈杰尔不忍再这样问下去了。他说：

"请相信我。我知道你有能力射杀一个男子，也知道你有毒死诺特斯洛曼的那种药剂，但我比先前更加确信不是你杀了他们两人。"

乔治娅向他投以感激的微笑，但眼眸中仍心事重重，其中的秘密远非这位业余侦探的殷勤所能触及。奈杰尔感到一阵苦涩与失落。在此案中，他已经抛却了侦探的守则，毫无理智地相信乔治娅所说的每一句话，可这番信任却仍让她无动于衷。她察觉到了什么，把手放在了他的臂弯上。

"你对我太体贴了，我现在确实好受多了。但有些事情我真的没办法向你开口求助。好了，你还想知道什么？"

"奥布赖恩和露西拉是什么时候在一起的？"

"就我所知，是今年早些时候，在他从开罗回到英格兰之后。他是在我们家遇见她的，那时露西拉还和爱德华在一起。"

"你觉得奥布赖恩为什么会和她在一起？她不是奥布赖恩喜欢的那种类型，对吧？"

"这个，他是个男人，而露西拉是个再周正不过的女人。但我觉得他只是在让露西拉陪他消遣，心中显然并没有那份柔情。不过，有时候他对女人的态度挺古怪的。"她放低了声音，"我觉得他甚至并不在乎我——我的意思是，不是那种全身心的。他总有一部分魂魄好像神游在外一样，让他有种非人之感，即便对我也是如此。一个魔鬼情人。听起来也许有些不可思议，但他有时就像被附身了，被一些我看不见摸不着的东西驱使着。我敢说，古希腊人准会觉得他在被欧墨尼得斯[1]追杀。"

"那诺特斯洛曼是怎么掺和进来的呢？我一直认为他是奥布赖恩最不屑于打交道的那种人。"

"这个，露西拉算是他那个俱乐部的高级托儿，带着爱德华去过不少次，有一次就跟弗格斯提到了那里，还说老板是诺特斯洛曼。弗格斯说想去见识一下这些残存于文明脸庞上的面疮。他们今年夏天去过那里一两次，但我也很诧异会在这里见到诺特斯

---

1 希腊神话中的复仇三女神。

洛曼。"

"你知道奥布赖恩的钱是从哪里来的吗？他和我说过他很有钱。"

"有趣，我也问过一次。他说钱是从一个印度王公那里敲诈来的。我觉得这就是他常讲的传奇故事之一，大概只有内核是真实的。他战后的确去过印度，可能真的为哪位有权势的人服务过。那些人对金子毫不吝啬，也许会不假思索地送他几箱。而且，弗格斯是个精打细算的人——他挺惜财的，和他不惜命的程度一样，不知这是什么怪癖。"

"最后一个问题：你哥哥知道奥布赖恩打算甩掉露西拉吗？"奈杰尔瞥了一眼乔治娅脸上的表情，急忙补充道，"算了，当我没问。"

"我们能回去了吗？"乔治娅的声音微弱，有些颤抖，"我——我的鞋都要湿透了。"

奈杰尔挽住她的胳膊。"好的，亲爱的小姐。要知道，我一点也不觉得你是个坚强的人。"他说。

乔治娅咬住自己颤抖的嘴唇，想说点什么。随后，奈杰尔发觉她正在自己的臂弯里抽泣，便不由自主地在她那已被雨水浸湿的发丝边低语道：

"这个案子似乎已经超出我的掌控了。"

第十二章 过去的故事

这句话不完全对，奈杰尔稍后在卧室相对平静的氛围中反思着最近这一系列事件。"与其说这个案子超出了我的掌控，不如说我必须重新找准对案件的把控。我现在变成了人们所说的'利益相关者'。乔治娅情绪崩溃，这也许对她自己来说倒还好，但对我而言简直是惊天大事。哦，我的老天爷！我是个多么糟糕的侦探，竟然爱上了头号嫌疑人。不过我真的爱上她了吗？这属实是个攸关人性的问题，但还是以后再分析吧。当务之急是让乔治娅从布朗特的魔爪中逃脱。有意思，我之前从来没意识到自己竟然不大看得上布朗特，大概是因为他的头太秃了。但我担心的不仅仅是乔治娅，还有她那讨人厌的哥哥。他要是出了什么事，乔治娅准会伤心欲绝。此案中有一点毋庸置疑，那就是乔治娅非常害怕是她哥哥杀了人，从一开始她就暴露了这个信息。第一天早上，她在木屋里看他的眼神；昨晚诺特斯洛曼被害后，她谎称当时听到头顶有声响，给了自称在晨间起居室的爱德华不在场证明；她还生怕别人不知道她可能是遗嘱的受益者，从而转移她哥哥身上的嫌疑。她是知道些什么吗？还是只是在怀疑？

"行吧，这也是一种推测。我也得想办法证明她哥哥的清白，可这样就只剩露西拉了。虽说眼下不乏针对露西拉的证据，但我总不能因为不想让乔治娅受伤害，就把所有事情推到别人身上吧。更何况，我不想弄出大逃杀似的恐慌。现在想想，说乔治娅的脸像小猴子也不完全对——虽然是只很有魅力的小猴子。不对，压根就不像猴子。去他的猴子，猴子哪来的那么挺翘的鼻子、那么可人的眼睛——"奈杰尔那脱离了专业的赞美被布朗特警督的进门打断了。警督的双眼在角质眼镜后面轻快地闪烁着，就连光秃秃的头顶也罩着一层自鸣得意的光彩——像头嗜血的猎犬，奈杰尔极不公正地想着。

"我看到你和乔治娅小姐一起在外面散步。问出什么了吗？"布朗特说。

"没有什么有用的，"奈杰尔冷冷地答道，"我们大部分时间在谈奥布赖恩。"

布朗特越过眼镜投来了好奇的一瞥，但落在奈杰尔眼里却出奇地令人不快。

"我又去找格兰特太太了。她反复对天发誓，说阿瑟遇袭那天一直在厨房里外待到两点半，所以可以排除菲利普先生的嫌疑了。"

"是排除了他在阿瑟一案中的嫌疑。"奈杰尔没好气地说。

"嗯哼。我还和爱德华·卡文迪什聊了几句,挺有意思的。我明确说了他现在的处境很尴尬,最好赶紧把该交代的事情都说清楚,又暗示了他在两起案件中可能存在的动机之类的。他一开始还气势汹汹的,后来却松口了。他很不情愿地说,他最近之所以心烦意乱、紧张兮兮,就是担心他妹妹在这起案件中所牵扯的比他认为的还要多。"

"哦,他真这么说了?"奈杰尔叫道,被激起了火气。

"嗯哼。他提到了一起被尘封的意外事件:乔治娅小姐在非洲时曾开枪打死了一位亲戚——自称是出于自卫。他还说当他得知诺特斯洛曼是中毒而死时,一度极其心绪不宁,因为他知道妹妹家里就有毒药。我问他是什么毒药,他说是氢氰酸。我还问了他妹妹是出于什么动机要杀害自己的挚爱和另一个几乎完全不相干的陌生人。这时候他又强硬了起来,说自己从未暗示妹妹是杀人犯,只是担心警方发现某些事情后可能会将她与命案联系在一起。至于动机,虽然不是很有说服力,但他声称妹妹完全没道理要杀奥布赖恩和诺特斯洛曼,太荒谬了。不过,他还说既然警察能创意十足地替他找出各种可能的动机,那么就算没有他的帮忙,警方也能给妹妹同等待遇。"

如果爱德华·卡文迪什能看到奈杰尔现在的神色,一定会后悔跟布朗特说了这些。奈杰尔一缕沙黄色的头发垂落于右眼前,突出的颧骨上泛着愤怒的潮红,双目中尽是无情与残忍。爱德华的卑鄙程度已经越界了。现在,除了能让乔治娅开心,已经再无道理让爱德华置身事外；但相比于乔治娅的性命之忧，谁还顾得上她哥哥。奈杰尔脑海中突然浮现出一个清晰的画面，是那天早晨爱德华在他前面跑向木屋的身影。这其中有不对劲的地方。是的！天哪！就是这样，这么明显的事情，他之前竟然没有注意到。

布朗特还在说着："和爱德华·卡文迪什谈过之后，我又去看了看你的笔记。从爱德华的证词来看，你对他妹妹的推断还是很有说服力的，斯特兰奇韦先生。你说过只有她与奥布赖恩足够亲密，可以让他在预料会遭人袭击的情况下允许对方接近——是的，这点真的很有启发性。"

"我现在认为这点同样适用于露西拉·思罗尔，她也和奥布赖恩足够亲密。还有，顺带说一下，乔治娅小姐今早和我提了毒药的事。她只有外出探险的时候才会带着，以防遇上最糟糕的情况。她对此很坦诚。"

布朗特挠了挠下巴，狡黠地望着奈杰尔："看来你最近改主意了。也是，这又不犯法。但我还是得找乔治娅小姐好好谈谈，也许她愿意告诉我的会比在你面前更多呢。"布朗特的挑衅有些笨拙，但奈杰尔并无太多感触，他正全心全意地围绕爱德华在他前面奔向木屋的身影归置其他各项证据。找出奥布赖恩的更多信息比以往更显重要了。他想起了诺特斯洛曼曾提起的退役军官吉米·霍普。他住在哪里来着？哦，对，斯泰顿，就在布雷治西附近。

"我想借用奥布赖恩的车，"奈杰尔说，"可以吗？"

"当然。你有什么打算?"

"我希望回来之后能给你讲个惊心动魄的故事,不过在那之前你先忍一忍吧。还有,看在老天的分上,可别逮捕乔治娅·卡文迪什,那只会让你在释放她的时候显得蠢笨……"

一小时后,奈杰尔坐在了某处平房那凌乱不堪的起居室里。吉米·霍普正在便携式汽化煤油炉上烧开水,热情地坚称他总是在四点钟沏茶,以防老战友路过拜访。吉米·霍普身材高大,一身古铜色的皮肤,举止充满活力但略带紧张,看上去稍显老态。他穿着无领衬衫和套头毛衣,下身配了一条脏兮兮的卡其布马裤和厚厚的羊毛袜子。他给奈杰尔端了茶和几块不怎么新鲜的司康饼,给自己倒上一杯威士忌。

"劣质酒精罢了,"他自嘲地说,"打仗的时候,我们总会在起飞前来上几口,现在已经成习惯了。但可怜的'老拖鞋'的惊人之处就在于他好像从来不需要这东西。好啦,好啦,你想打听啥来着?不管是谁害了他,迟早要遭报应——最好多遭点报应。他那种人,你根本无法想象他还会有死掉的那天。不过我上次见到他的时候,那张脸确实气色不好。"

"哦?你们最近见过面?"

"那可不,他八月份的时候请我过去来着,就在他搬来柴特谷不久。我当时就觉得他看着像个死人,但精神还挺好的。他说他正在立遗嘱,打算留一半的财产成立一个基金会,支持针对参谋老爷们的无痛灭绝计划。实际上,他还让我做公证人。"

"真的吗?那遗嘱牵涉到很多问题。所以说,公证人是你和阿瑟?"

"不,不是阿瑟。是个臭着脸的女人,好像是他家厨子吧。"

奈杰尔一言不发地消化着这份棘手的情报,这排除了阿瑟遇袭最明显的原因。他们早该想到的,奥布赖恩肯定会留些遗产给阿瑟,不会让他公证遗嘱。这么说,奥布赖恩遇害很可能也与遗嘱的事无关。还有一点很奇怪,布利克利应该是问过格兰特太太的,但她从未提起过她是遗嘱公证人。

"奥布赖恩有没有和你说过他要怎么处理遗嘱?是送到律师那里,还是?"

"没有,他没和我说过。你们案子查得怎么样了?快破案了?还是说不能问?"

"这个,也算取得了一些进展吧。我们现在的问题在于查不到奥布赖恩入伍前的经历。"

"你们要是能查出来才是走大运了,反正我们从没查到过。我没记错的话,那是在1915年末,他和一个叫菲尔的小伙子一起来了我们中队。这俩人活脱脱就是大卫和约拿单[1]在世,我怀疑他们都没到最低入伍年龄。菲尔也是爱尔兰人,来自韦克斯福德郡,是个富家子弟,经常和我们聊起他的父母和家里的大房子什么的,但唯一绝口不提的就是奥布赖恩的事。我们问得很频繁,因为奥布赖恩从来就不搭腔,但菲尔也守口如瓶。最后我们索性也就不问了。后来有人传谣言,说奥布赖恩是匆忙逃出来

---

[1] 《圣经》中的两位英雄,其友情广为传颂,是莫逆之交的代名词。

的——什么他躲在树篱后面朝一个他不喜欢的家伙开了一枪之类的。典型的爱尔兰做派，我们没当真。但就算是真的，我应该也不会太惊讶，看他送那些德国佬归西的方式就知道了。可真是凶恶极了——他从不在乎自己会怎么样，只要能把对方击落就行。"

"他从一开始就这样吗？"奈杰尔问。

"这你问到点子上了。他一开始不是这样的。说真的，他在飞行这方面一直就是个天才，但起初的风格还是很小心谨慎的。后来有一次，他驻扎国外一周左右，就突然要请假离队。我从没见过哪个人如此等不及的，闹得天翻地覆非得要走。但没用。当时天上全是德国佬，军队里早就不允许请假了。得有两个星期吧，奥布赖恩就像丢了魂一样。后来有天早上，我在食堂看见他和菲尔一起读信，他俩的表情就像飞机失事了似的。那之后，奥布赖恩就发疯了，见什么打什么，我们一致认为他恐怕是想自杀。但他有那该死的天分，只要在飞机上就没人能把他打下来，死的总是对方。说实话我们都有点怕他了，他那眼神就好像地狱里爬出的厉鬼。"

"那菲尔呢？"

"他也是个数一数二的飞行好手，但要是没有奥布赖恩，他也活不到那时候。奥布赖恩在天上就像当妈的一样护着他，菲尔有几次朝他发过飙，说能照顾好自己。但他们分开没多久，菲尔就牺牲了。"

"怎么回事？"

"他们当时都有自己的中队了。我那会儿回老家了,也是后来才听说的。菲尔带队低空扫射时被击落了,那应该是1917年末的事。我记得就是在同一星期、同一区域,奥布赖恩也失去了他的整个中队。好一场屠杀。他们说,自从没了菲尔,奥布赖恩一有空就起飞,把时间都花在了朝卑鄙的德国佬泄愤上面。他们都以为他被七恶魔[1]附身了。"

"啊,我得走了。十分感谢你提供的信息。"奈杰尔说。

"恐怕我也没帮上什么大忙。我这人一讲故事就停不住。走之前再来杯茶吧,不要了?好吧,干杯。等你的侦探活儿忙完了再来找我。除了老母鸡,这里都没有谁陪我说话,有点孤单。"

奈杰尔驱车飞快地赶回柴特谷。与吉米·霍普的一席谈话未能挖掘出更多关于奥布赖恩的信息,但基本澄清了遗嘱的问题。奈杰尔尝试着将刚得到的线索拼到他心中逐渐明晰的案情框架中。很好,完美契合。他狂喜地踩了一脚油门,吓得一群鹅四散逃开。这时,"韦克斯福德郡"这个地名浮现在了他的脑海中。奥布赖恩和一个来自韦克斯福德郡的年轻人一起入伍——这个年轻人的父母住在一栋大房子里。乔治娅也说过,爱德华·卡文迪什战前每年夏天都会去韦克斯福德郡的某座大宅小住。她还认为爱德华爱上了那里的某个女孩。这样一来,战前的奥布赖恩和爱德华之间就有了某种联系。这种联系只是地理上的吗?不论是爱德华还是奥布赖恩,都不曾承认在乔治娅介绍他们认识之前就

---

[1] 天主教教义中有七宗原罪,每种罪对应一个恶魔。

相识。他必须去一趟才行——那地方叫什么来着？梅纳特别墅，立刻出发。如果没法证明两人在那里见过面，这就只不过是一次无功而返的旅行而已。而如果他们**见过**——那么，他应该能挖掘出奥布赖恩被害的深层次动机。即使挖不出动机，爱德华谎称之前没见过奥布赖恩也相当可疑。

回到柴特谷，奈杰尔发现布朗特警督有事找他，而马林沃斯夫人也打来过电话，留言说希望奈杰尔方便时移步柴特塔庄园，有重要情报相告。布朗特说尸检报告送来了：诺特斯洛曼的死因是服用了六十格令[1]无水氢氰酸。他挣扎了大概十到十五分钟——但现在这点已经不重要了。有些奇怪的是，布朗特严肃地说，一个做事如此干净利落的凶手竟没有想着清理掉那些有毒的碎果壳。不过，也许是风险太大，不值得为此花时间。奈杰尔告诉了布朗特关于遗嘱的新发现。布利克利之前恰好在和布朗特一起开会，他们便把他架出了房间，询问他是否就遗嘱问题调查过格兰特太太。布利克利表示，格兰特太太说过她对遗嘱一无所知。于是，布朗特马上去尝试唤起格兰特太太的记忆了。

奈杰尔说他得去一趟姑父家，布利克利表示想要同行。布朗特警督之前跟布利克利暗示过打算进一步讯问马林沃斯爵爷及其夫人——考虑到夫妻俩在案发前几个小时曾与奥布赖恩共进过晚餐。布利克利多少有些不快，与其说他是厌恶别人质疑自己的工作效率，倒不如说他是介意布朗特表露了对贵族地主阶级的不

---

1 格令：英美制重量单位，1格令约等于64.8毫克。

敬——几乎可以说是亵渎了。

出门的时候，他们在起居室遇到了乔治娅。奈杰尔停下脚步，想问问她与布朗特警督谈得如何。但他还没来得及开口，乔治娅便先说话了，言语之间没有丝毫的责备或自怜，却加倍地令人心碎：

"我没有想到你会告诉他们毒药的事。"

她的声音很微弱，是就事论事的语气，只在"你"上加了那种最轻的重音，却像在伤口里扭动了刀刃。奈杰尔经常在想象中演习这样的场景。有多少次，他对某本书、某场戏或某部电影中的男女主人公耐心耗尽，只是因为他们把愚蠢的误会无限延续到后续的章节、幕次或画面中，哪怕是只消一两句话就能解释清楚的事情。他无数次地对自己说，虽然不太可能，但如果有一天我也处在这种戏剧化的境地，自然应该立刻澄清误会，就像任何理智的人都会做的那样。然而此刻，他恼火地发现自己的舌头根本不听使唤，连一个字都吐不出来。"说啊，说啊。"一个理性的自我在他耳边低语着，"告诉她你没有出卖她。现在不是自恃身份和展现骑士风度的时候，何况她很快就会知道真相的。"但另一股力量出人意料地在他心中涌起，呆笨而固执地抗争着："我不能说是她哥哥揭露了她。这样不好。我拒绝。"虽然对自己固执的那一面倍感愤怒，奈杰尔还是不由自主地沉默着走出了房间。又一次，原始本能战胜了文明理智，他苦涩地向自己宣布。

当奈杰尔与布利克利站在柴特塔庄园正门前时，天已经黑了。管家请两人入内，并根据他们的社会地位予以不同礼节的招待。奈杰尔作为一位绅士得到的是不冷不热的殷勤,而布利克利作为普通人只听到一声冷冰冰的欢迎。然后,他们被领入了会客厅,马林沃斯爵爷和夫人正在里面坐着。这里是名副其实的传家宝与族谱的森林,其布置也颇费马林沃斯夫人的心血。即便已到了这个年纪,她仍能在家谱树上敏捷地爬上爬下。每个年代贵族的审美演变在这里仿佛地层剖面一般清晰可见,十八世纪的摆设优雅地昏睡着,对面是维多利亚时代古董家具那俗艳又镇定的目光。层层叠叠的亲属画像或是目空一切地挂在金框里,或是自以为是地裹在天鹅绒中,完全遮住了爱德华时期的壁纸,令人称道,否则那深红、紫色与橙色交织的花纹甚至能吓住患有震颤性谵妄[1]的老兵。如果访客被一排排挂满勋章的祖先画像上那凸起的眼睛和怪异的目光吓到,想要逃往房间的其他地方,就会发现自己被一群小岛一样的圆桌包围了,而桌上则挤着画像上这些绅士从军驻外后带回来的珍奇物件。马林沃斯夫人对这个房间感到十分骄傲,而她的丈夫经过长期摸索也学会了如何在这迷宫中穿行。房间中萦绕着丝缕的白檀与薰衣草香气,也许还漂浮着历代用人的鬼魂,都是些累死在除尘岗位上的可怜人。

马林沃斯夫人从容而愉悦地向奈杰尔致意。至于布利克利警司,她立刻便判断出这是一位颇值得尊敬的底层人士,便屈尊纡贵地轻声打了招呼。她的丈夫则审视着布利克利,那养尊处优但有些苍白的面庞与某幅赛马冠军肖像画里他的曾祖父无比肖似。

---

[1] 又称酒毒性谵妄,指因戒酒而引起的谵妄状态,表现为震颤、出汗、神志不清、胡言乱语等。

这画像就挂在爵爷背后的墙上，旁边围绕着一枚彩绘的家族盾徽、一幅精心装裱的原本画着勒克瑙解围[1]的场面但如今好像一大块太妃糖的油画、一幅惠斯勒[2]的作品和一张几个年轻女子玩槌球的照片——看起来像是在午夜的教堂墓地里嬉闹。

"据我所知，"马林沃斯爵爷敲着手边一张快散架的小桌，桌子随着他手指叩击的节奏激动地颤抖着，"据我所知道尔别墅又发生命案了。"

"我们必须阻止事态继续恶化，布利克利先生，"马林沃斯夫人说，"这件事在郡上已经被传为丑闻了。我印象中，上一次发生这样大的骚动还是德伦泰家那个不幸的姑娘和一个药剂师助手私奔的时候。"

"倒不只是个药剂师助手，亲爱的。如果我没记错的话，那个小伙子从事的是科学研究，很值得尊敬。剑桥的本科毕业生。我对诺特斯洛曼的可悲结局深感痛心。也许他的品格尚欠雕琢，但对于一个曾在战场上为国家抛头颅洒热血的人来说，这是可以宽恕的。"

"胡说，赫伯特，"老夫人激动了起来，"我最看不惯你这种宽容了，他就是一个讨厌的家伙。他的军功也不能为他当妓院老板开脱。"

布利克利吓得一哆嗦，马林沃斯爵爷则不以为然地喷出一口鼻息。

---

1 指1857年印度民族大起义期间，发生在印度北部城市勒克瑙的一场重要战役。
2 詹姆斯·惠斯勒（1834—1903），印象派画家。

"哦,得了,得了,伊丽莎白。那不是——呃,那是家俱乐部,我记得应该是这个词。诚然,现在的年轻人总是沉溺在我们这一代认为有点儿古怪的娱乐活动中虚度光阴——石油带来的变化翻天覆地——但我们对他们不必太过苛责,毕竟我们也曾年轻过。警司,伊甸园中亦有蛇的踪影[1],你说呢?"

"也许是的,阁下,"布利克利小心翼翼地说,"但我此行的目的——不知道可否占用您几分钟时间,帮忙澄清本案的几处疑点?尊敬的阁下,呃,大人?"

"当然可以,我亲爱的朋友,悉听尊便。"马林沃斯爵爷像唱歌一样说道,"夫人应该不会介意我们移步到我的小书房去——不是什么好地方,但只属于我自己[2],就像莎翁说的。"

他领着困惑的布利克利穿过迷宫般的会客厅,门在他们身后关上了。

"那么,姑母,"奈杰尔说,"你有事情告诉我?"

"你之前让我回忆曾经在哪里见过奥布赖恩先生——"

"老天!你想起来了?"奈杰尔打断了她。

"好啦,别催我,亲爱的奈杰尔。"马林沃斯夫人责备道,她纤长的手指正紧攥着一本相册,"记住,我年纪大了,经不起催促。今天早上,我正好在翻老照片,追忆年轻时的自己,于是看到了这个相册。这是一次爱尔兰之行的纪念册,时间就在战前

---

1 原文为拉丁语,常用来喻指伊甸园等美好的地方亦有死亡与邪恶的存在。
2 英语俗语,原文为 a poor thing but mine own,出自莎士比亚的戏剧《皆大欢喜》中的台词 An ill-favoured thing, sir, but mine own。

不久。多么迷人的国度呀，可惜落到了一群亡命之徒[1]手里。这位是我母亲的一位堂兄，弗恩斯子爵，宅邸在韦克斯福德郡。他家现在应该已经被烧毁了，就像那边所有漂亮的老房子一样。那年，你姑父和我在那里待了一个星期。主人热情得让人消受不住，我记得你姑父当时还说，如果咱们英格兰的政治家都能受邀去那些乡间别墅住两周，爱尔兰问题恐怕就不复存在了。有一天，我们想着应该去拜访一下最近的那家邻居，姓菲尔的，住在梅纳特别墅，离我们七英里远，我们就开车过去了。多么有魅力的一双夫妇！还有他们的女儿，叫什么名字来着——啊，对，朱迪思，多么讨人喜爱的小女孩——假小子似的，但美得让人陶醉。我记得他们还有个儿子，但当时不在家。他们极力推荐我们去黑台阶山上野餐，就在他们的别墅后面。于是我们一起整装出发，女士们骑着驴——他们那边管驴子叫阿斯——多么古典的方式，我一直这么觉得。你着急也没用，奈杰尔，这个故事得按照我的节奏来讲。说到哪里了？哦，对，骑驴。菲尔先生很是心善，看出来我不太习惯与这样一只动物相处——人们总是把驴子和马盖特[2]沙滩上的乡下人联想到一起，但在爱尔兰这当然是完全不同的。总之，他派了名用人照看我。我想应该是个园丁吧，但真的是个很体面的年轻人，讲话也文雅，还很风趣。我和他相处得极其愉快。我记得那次探险之后，赫伯特还就此事打趣

---

1 指老爱尔兰共和军（1919—1922），反抗英国统治，曾发动爱尔兰独立战争，后因分裂发生内战。
2 英国海边小镇，是度假胜地。

我，说我被这年轻人勾了魂。菲尔先生给我们拍了一张合影，我敢说你肯定很感兴趣。"

老夫人递过了相册。奈杰尔看向她所指的那张照片。他的姑母顶着恨天高的女帽，昂首挺胸地坐在一头疲惫至极的驴子身上。一个年轻人正牵着驴子的短缰绳，他身穿马裤和诺福克夹克，头顶的帽檐低垂。这个人脸上没有胡须或伤疤，但那兼具灵动与朴实的神采，好像随时要讲出夸张笑话的顽皮表情，还有那深邃的双眼——这是弗格斯·奥布赖恩。

"这，我简直——"奈杰尔叫了出来，"你太了不起了，伊丽莎白姑母！你在相貌方面的记忆力一定超群！"

"赫伯特总说，我在这方面只比皇室成员差一点。不过，我一开始也没有把奥布赖恩先生和梅纳特别墅的那个小伙子联系到一起，直到看到这张照片。我敢肯定他当年不叫奥布赖恩。"

"你知道那家人后来怎么样了吗？要是还住在那里，我想过去找他们谈谈。"

马林沃斯夫人叹了口气："那是场悲剧。弗恩斯子爵1918年来英格兰的时候和我提起过，菲尔家的儿子战死了。这成了压垮那个家庭的最后一根稻草，菲尔夫妇伤心欲绝，不久就双双亡故了。我听说，菲尔原本是个很有前途的小伙子。"

"最后一根稻草？"

"哦，是的。他们家女儿之前不幸溺水身亡了，好像就在我见到她一年之后，有天早上，她可怜的父亲在宅子的湖边发现了她。太惨了。她那么活泼，那么甜美可爱。"

"你这里还有他们家其他人的照片吗?"

"恐怕没有了。赫伯特本来想给朱迪思·菲尔拍张照片,他很喜欢她。但朱迪思是个害羞又任性的小家伙,她直接笑着跑掉了,迈着那两条长腿。"

这描述在奈杰尔心中竖起了一个愈发清晰的形象,几乎让人无法呼吸。他觉得自己像是认识她,更对她的去世感到痛彻心扉。

"好的,不胜感激。我现在必须去趟爱尔兰了。这张照片可以借给我吗?"

奈杰尔匆忙赶回道尔别墅,查了火车时刻表。如果现在开车去布里斯托尔[1],他还能赶上八点五十五的火车,然后在纽波特[2]转乘爱尔兰邮政专车前往菲什加德[3]。他跑上楼,往手提箱里胡乱塞了几件东西。还要带什么?照片。奈杰尔找到了布朗特警督。

"听着,布朗特。我终于找到了一点奥布赖恩战前生活的线索,今晚要去一趟爱尔兰,去听人说是他战前最后生活过的地方。我觉得这次能有重大进展。但在我回来之前,你能暂缓行动吗?还有,我想要这里所有人的照片,无论死活。"

布朗特一言不发地打量了他片刻,然后说道:"塔维斯顿那边有他们的照片,你可以路上顺道拿一下。但让我推迟逮捕行动的话,总得有个理由。"

---

1 英格兰西南部城市。
2 威尔士东南部港口城市。
3 威尔士西南部港口城市,与爱尔兰韦克斯福德郡隔海相望。

"乔治娅·卡文迪什？"

布朗特点点头道："所有证据都指向她。你知道的，奈杰尔先生，这是你自己的推理。是你坐实了她的罪名。"

奈杰尔内心叫苦不迭。"那么，"他说，"格兰特太太呢？她怎么解释的？"

"关于遗嘱问题，我已经对她严加盘问过了，但她只是一抿嘴，说布利克利问的是她是否知道奥布赖恩遗嘱的情况，她否认了，因为她确实什么都不知道。这意思是说，她对遗嘱的内容不知情。布利克利又没问她是不是公证人，所以她就没有说那方面的事。她说她可不想掺和这些邪恶血腥的勾当。真是个麻烦的女人，唉。"

"呃，她这套诡辩太离谱了。她掺和在这里面的程度反而可能比她以为的要深。瞧，我现在必须得走了。要想赶上布里斯托尔的火车，我得借一下奥布赖恩的拉贡达轿车。在我回来之前不要动乔治娅，相信到时候我能给你切实的理由。但这边还有功课要做。我们发现奥布赖恩尸体的那天早上，雪上只有一行从游廊走向小木屋的脚印。假设爱德华和我当时都没有意识到发生了谋杀案，那么也就没有理由采取任何行动，只会走直线去小木屋，踩掉那串脚印。但是，走在我前面的爱德华却好像故意绕开了脚印，而我也不假思索地跟在了他后面。那么，爱德华为什么要小心避开那些脚印？除非他是想让脚印留下来。**而他为什么要把脚印留下来？除非他就是穿着奥布赖恩的鞋踩出那些脚印的人，是想掩盖谋杀的真相。**你就尽情嘲笑吧，看你怎么回答我这个问题！好了，加油！后天见。"

奈杰尔奔出了屋子，徒留布朗特警督挠着下巴，冥思苦想。

第十三章 保姆的故事

第二天早上七点半,奈杰尔在爱尔兰的恩尼斯科西站下了火车。他走到站前广场,看到两辆老款福特停在那里,旁边是两个衣衫褴褛、面色凶狠的年轻男子。奈杰尔感到自己与这里格格不入,想想还挺荒诞的。他走近那两辆车之中相对不那么旧的那一辆,问司机是否能打出租。

"你要去哪儿呢,老板?"

"哦,我要去一个叫作梅纳特别墅的地方,在黑台阶山附近,不知道那边有没有村子?"

"那地方可太远了。干吗不去醋山呢,我说?"年轻人朝镇子尽头的小山丘歪了歪头,山顶上的建筑落在奈杰尔这个没见过圆塔的人眼里,就像个倒扣的花盆。"那上面的景色可好了,真的,老板。半个克朗,我送你过去。"年轻人迸发出一个突如其来而又耀眼的笑容，奈杰尔费尽了力气才抵御住其中催眠似的力量。他清了清喉咙，尽可能坚定地喃喃道：

"不行，我真的必须去梅纳特，我有重要的事情要办。"

年轻人看起来十分惊讶，有些不可置信地说："好吧，拉你过去倒也没啥。你肯付多少钱？五镑多不多？"

另一个司机一直颇有兴致地旁观着他们，这时突然粗声打断："你可别上弗拉纳根的车，老板，不然你永远到不了那儿。我四镑十五便士就可以拉你去。"他也朝奈杰尔释放了一个充满催眠力量的耀眼笑容。

"你滚远点，威利·诺克斯，小心我给你一下子。别听他的，老板，他满嘴跑火车。四镑十便士，就这么定了。"

奈杰尔急忙敲定了这桩生意，生怕发生什么流血事件。然后他问能不能在出发前先让自己吃个早饭。他的司机咋了一声，转头对抢他生意的那人说：

"听见了吗，威利？这位老板想吃早饭，这才七点半！怎么办，老板，大家都在睡觉呢，上帝作证！"

"要不你去敲敲凯西家？"

"嚯，他会把我的皮剥了的，他绝对会。我可不敢。"

奈杰尔坚持要吃点东西。弗拉纳根沉思了片刻，然后用刺耳的声音尖叫道：

"吉米！吉米·诺兰！滚出来！"

一个红脸蛋的肥胖男子打着哈欠从车站里钻了出来。他戴着一顶站长帽，但除此之外没有一点工作人员的样子。

"过来,我告诉你这位老板怎么回事!"弗拉纳根高声喊着,"他一路从英格兰过来,一口饭都没吃上,马上就要饿死了!要么你给他口早饭吃,要么他就死在我们这儿了。"

"不就是早饭吗?"站长哼哧着,亲切地说,"来吧,先生,你吃过苏打面包吗?我敢打赌英格兰可没有这玩意儿。"

奈杰尔在这奇怪的情势面前太过茫然,压根没顾得上反抗就跟在他身后走了。进车站的时候,奈杰尔转过身,朝司机喊道——大喊大叫好像在这一带传染——"我半个小时就回来!"

"慢慢来,老板,慢慢来!"弗拉纳根也喊道,"你吃得饱饱的,老板!"随后他躺倒在车的后座上,双腿跷在前排,小憩了起来。

整整一个小时之后,奈杰尔蹒跚着出了站长家。他被不间断地塞了一大堆食物和关于"大城市"的问题,以至于脑子和肚子都有些消化不良。他爬进车里,踏上了凶险的旅途。一路上,福特车沸腾着,颤抖着,像是发高烧的病人。男男女女从家门口出来,给他们加油鼓劲。那些在臭水沟里玩耍的孩子是奈杰尔此生见过最美、最脏,也最健康的小东西。很快,他们驶入了乡间,鲜亮的绿色波涛汹涌着,远山如黛。奈杰尔有些等不及了。他感到呼吸困难,并且有些反胃,就像要去会情人一般。每过三英里,老福特就会猛地抛锚。弗拉纳根就会下车,挠挠头,掀开引擎盖,小心翼翼地鼓捣一番。每一次,车子都会重新发动起来。整套程序就像罗马天主教会一般,带着信仰与仪式糅合而成的必胜信念。

十点半的时候,他们抵达了那个叫作梅纳特的小村子。弗拉纳根并未费太大力气便从奈杰尔那里挖出了他此行的任务。即便是比奈杰尔更坚定的人，怕也难以抵挡弗拉纳根那种家伙用在陌生人身上的厚颜无耻、天真耍赖和隐约带着阴险暗示的恐吓。这个年轻人知道实情后奉上了一整套的建议和心照不宣的哑谜。一到梅纳特村，他就直奔一栋白灰泥墙的房子。这栋房子临街的橱窗里摆着黏土烟斗、一罐罐看起来令人作呕的糖果和风景明信片。他只进去了几分钟，但出来的时候已然成了一大群人的中心，那群人好像是凭空闪现的，而非陆续聚集于此。一个短会随之召开，由弗拉纳根主持，奈杰尔因而得知：

（1）梅纳特别墅已经在爱尔兰的暴力冲突中被烧毁。

（2）车里的这位老板是个举止得体的安静男子，外套价值不菲。

（3）帕特里克·克里维昨天看到他的一头牛从篱笆里跳了出来，当时他就猜到很快会有陌生人来村里。

（4）而他，奈杰尔·斯特兰奇韦，是从大城市来的律师，来此地寻找菲尔家的遗族，因为这家有个叔叔刚刚在美国去世了，还是个百万富翁——这是弗拉纳根贡献的点子，他向奈杰尔保证，但凡和警察有关系的都捞不着好果子吃。

（5）如果想问菲尔家的事，最好去找寡妇奥布赖恩。

然后，会议场所便转移至村庄尽头的另一栋白墙小屋前。一群人抬高了声音，叫寡妇出来，听听这位一路从美国跑来的老板要说啥——上帝保佑，他口袋里装满了金子。这时，弗拉纳根凶狠地驱散了围观的人，像嘘走一群鹅。然后他捉住奈杰尔的胳膊，用一种能算作学院派的戏剧腔调耳语道："别暴露你的警察身份,记住,不然老太太会拿斧头砍死你。"

不过,寡妇奥布赖恩看起来并没有杀人倾向。她是个胖胖的小个子女人,蓝眼睛已然浑浊,面庞像核桃一样又皱又圆,头顶盘着一条红色的头巾。她向奈杰尔屈膝行礼,侧身将他让进了小屋。屋里弥漫着劣质泥煤的味道,熏人的气息仿佛迟迟不愿逃出房顶上那个算作烟囱的洞口。奈杰尔坐在一张三条腿的圆凳上,不停地眨眼睛和咳嗽,尽量适应着室内昏暗的光线。一只母鸡想要攀上他的膝头,还有一只山羊从半扇门背后用鄙夷的目光检视着他。寡妇奥布赖恩在黑暗中忙活着什么,然后掏出一只茶壶,倒了两杯茶。

"来杯茶吧,先生,大老远过来。"她优雅而礼貌地说,"很浓的茶,真的,老鼠踩在上面都能跑过去呢。"

奈杰尔莫名地希望能从前胸口袋里掏出一只活蹦乱跳的老鼠,就像喜剧里经典的童子军角色那样机智敏捷。不过,他只是吞了一口茶水,开启了话题。在此地着急忙慌几乎难以想象,尽管能否守护住乔治娅就看他这一趟了。

"我来是想问问菲尔一家的事情,就是之前住在梅纳特别墅的那家人。大家说你知道的最多。"

"是那个菲尔吗?"奥布赖恩太太倚在一把摇椅里,不慌不忙地说,"确实,我知道很多他们的事。自打我丈夫死后——上帝保佑他——我就一直住在那个大宅子里,直到警卫队[1]那帮混

---

1 指爱尔兰独立战争(1919—1921)期间镇压爱尔兰共和军革命的皇家爱尔兰警队后备队。

蛋一把火把它烧了。他们都是体面人，菲尔先生和太太。就算你光着脚丫子从这儿走到都柏林去，也找不着像他们那么好的人家了。"

"奥布赖恩太太，你是他们的管家吗？"

"我不是，"老太太很高兴他这样问，觉得自己受到了恭维，"我在大宅子里当朱迪思小姐的保姆，从她还是个小婴儿的时候就开始了。啊，她是个多么可亲可爱的小宝贝啊。至于她哥哥德莫特，倒也是个正直的年轻人。不过胆大包天！"奥布赖恩太太抬起双手，两眼一翻看向天空，"有多少次我把那孩子放在膝头——还有朱迪思小姐，用拖鞋抽他们的屁股。淘气的小家伙们，比赛似的把这里的每一个人都折磨得痛不欲生。但你没办法生他们的气太久，真的。他们会用石头砸穿温室玻璃，或者搞些把马涂成蓝色之类的恶作剧，可紧接着又抬起脸蛋，朝你露出天使一样的笑容。"

"能在这样的地方自由自在地撒野，他们一定成长得很好。他们长大之后一定很令你骄傲吧，奥布赖恩太太？"

老保姆叹了口气："是啊，他们活着的时候确实如此。德莫特少爷成了个正直的小伙子，全韦克斯福德和威克洛的姑娘都追在他屁股后面。他是个优秀的骑手，赢了东南部所有的障碍赛，还从都柏林捧回了一个赛马展会的奖杯。可他还是野性难驯，一刻也不肯安静待着，最后还要为英格兰打仗。他和那个恶魔小鬼头，杰克·兰伯特，有一天突然不告而别，也许只有朱迪思小姐知道他们去了哪里。他母亲，可怜的人儿，急得快把头发揪光了，两天之后才收到一封儿子的信，说他和杰克加入了英格兰的军队，到时候要从柏林给她带个战利品回来。"

"谁是杰克·兰伯特？"

"宅子里的园丁，是弗恩斯子爵介绍给菲尔先生的，干活很卖力——我可以作证，除了和德莫特少爷一起捣蛋的时候。不过，他在这里只待了一年，然后他和德莫特少爷俩人脑子一热，就去英格兰参军了，好像在这儿的日子还不够刺激似的。至于他后来怎么样，我就不知道了。就在复活节起义次年[1]，德莫特少爷在法国战死了。他爹一直没能走出来。老爷以前是个多么强壮、固执的人哪，上帝保佑他，可那次却要了他的命，第二年他就死了。可怜的菲尔太太之后也没活多久，她是菲尔家最后一个走的人。我觉着你根本找不到比他们还不幸的人家。"

"朱迪思小姐也去世了吗？"

"是啊。死在她哥哥前头，小可怜。对我来说，就像是亲生女儿没了一样。最让我心碎的是，她死的时候多么难过啊。她是自杀，你知道吗，一年之前她还整天快活得像个小太阳似的。你根本想不到有什么会伤害到她。"

老保姆沉默了。奈杰尔的眼睛刺得生疼，却不是煤烟的缘故。很荒谬，他竟会对一个从未谋面的女孩的遭遇感同身受。从未谋面？他灵光一闪，两个形象在脑海中突然重叠。

"再坐会儿，我去沏壶新茶，"奥布赖恩太太说，"然后我和你

---

[1] 即1917年。

讲讲整个故事。"

她像女巫一样在炉火前来回忆碌着。奈杰尔站起身想要伸展一下筋骨，却撞到了梁上挂着的一条熏肉，只得慌忙坐了回去。

"朱迪思小姐长成了一个可爱的大姑娘——她爹的心头肉。大家都爱她，马啊牛啊听见她的呼唤都会飞奔过来。她那么好心眼，甚至会把换洗的衣服送给乞丐。她也是个小疯子，像她哥哥一样，但又像圣母一样甜美而纯洁。太纯洁了，我有时候会觉得她甚至不属于这个世界。唉，说起来，老爷有个亲戚，叫爱德华先生，之前每年夏天都会过来住。他第一次来的时候，朱迪思小姐还是个小丫头，也就不到十三岁。他们在一起玩过，小姐叫他爱德华叔叔。那是个体面的正经人，什么昂贵的衣服和汽车之类的他全都有，这点在附近一带挺稀罕的。在这地方，连老爷们都很穷，就算现在也是，饿极了能把抬棺材的把手扒下来吃掉。过了几年，朱迪思小姐觉得自己爱上了他，而他老得能当小姐的爸爸了，像故事书里写的一样。注意，我可不是说他坏话，那是个绅士，虽然就爱尔兰人的标准来说有点古板。朱迪思小姐经常变着法子捉弄他，他还挺享受。最后，他也爱上了小姐。你要是见过小姐，就不会怪他的——那可是个夺走了韦克斯福德郡所有姑娘风头的美人。而且，就像我刚才说的，她觉得自己爱上了这男人。可她爹太严厉了，脾气像魔鬼一样，就算她再叛逆也有点害怕。她知道如果和爱德华先生的事被发现，她爹会大发雷霆。她还那么小，在她爹眼里才刚学会走路呢。而且她读了很多书，脑子里满是年轻姑娘那种浪漫的想法，知道这段宝贵的恋情必须要保密才行。她会给爱德华先生写信，再叫我偷偷溜出宅子去寄，我怀疑她爹有点儿知道这事。但凡这丫头真想干点啥，只消竖起一根漂亮的手指头就能把我指使得团团转。而爱德华先生会把信寄到朱迪思的朋友那里，再由朋友转寄给她，这样她爹就不会有机会认出信封上的笔迹。

"多么美好的傻事。我经常和朱迪思小姐说他们不会有好结果的，但她听了只会发疯。可事情的最后不是那么发展的，我说的那个杰克·兰伯特出场了。"

"奥布赖恩太太，那是什么时候的事？"

"小杰克是1913年被菲尔先生雇用的。我记得他来的时候是秋天，就在爱德华先生刚走后不久。没过几个月，他就把朱迪思小姐完全迷住了。啊哟，那可是个胆大包天的小魔鬼，那条舌头能让圣彼得眼睛都不眨地交出天堂大门的钥匙。他就用他那双小妖精似的深蓝色眼睛看着你，搞得你事后只想拿一钵圣水泼他。我还记得那天——在第二年春天，年轻姑娘最难熬的时候——朱迪思小姐找到我，一会儿哭一会儿笑。'噢，姆妈，'她说，'我太开心了，我好爱他。我不知道怎样才好了，我该怎样才好？'

"'耐心点，我可爱的小羊羔，'我说，'今年夏天他一定会来的，到时候你就十八岁啦，兴许你爹会给你订婚呢。'

"'啊，'她说，'不是那个人啦。我爱的是杰克·兰伯特。'她说这话的时候既骄傲自大得像个皇后，又担惊受怕得像个在羊肠小路上捡到装满了钞票的钱包的小姑娘。

"'我的上帝啊，'我说，'怎么是那个小流氓！他只是你爹爹

的园丁。'

"可好说歹说她都听不进劝。甭管园不园丁,她爱杰克,还要嫁给他。但小姐也害怕,等夏天爱德华先生一过来就会什么都知道了。小姐心善,不愿意伤害他。不过爱德华先生最后也没来。那时候开始打仗了。但他一直给小姐写信,小姐也回,却不那么频繁了,更不敢坦白说自己不爱他了。那阵子,她总是偷溜出去和杰克·兰伯特幽会,或者和他一起在乡间骑马——老爷让杰克当了她的马倌。而他俩不在一起的时候,小姐心里想的也全是他。除了她爹那种呆子,任谁都能看出问题来。

"一年就那样过去了。但后来朱迪思小姐的相思病越发严重,她发誓要嫁给杰克,如果她爹不同意就私奔。我知道老爷不会同意的,那么骄傲、固执的一个人。他宁可小姐露宿在阴沟里,也不会愿意让她嫁给普通人家,这还是看在他爱女儿的分上。所以我觉得最好给爱德华先生写封信,让他过来看看是不是能让朱迪思小姐清醒过来。我写完信那天,小姐正好过来,告诉了我一个秘密:德莫特少爷和杰克要去英格兰参军,这样就没问题了,因为杰克会成为军官,功成名就,老爷就没什么可反对的了。

"那好像是我最后一次看到她开心的样子。也许她离开杰克确实没办法活下去吧。一开始她还挺活泼的,但几周之后就苍白、沉默了起来,做什么都没啥兴趣。她那可怜的妈妈以为她是苦夏了,但我知道不是。朱迪思小姐成天独自散步,像个鬼魂一样。不知多少次我看见她静静地盯着湖水,好像一棵树。那么安静、苍白、忧伤,你都没办法分辨到底哪个是她自己,哪个是她的倒影。那时候，爱德华先生给她写了一两封信，但一点也没让她振作起来。一天夜里，我发现她对着他的信哭。虽然她飞快地把信藏起来了，但却不会骗我。'噢，姆妈，'她说，'我该怎么办？这不是我的错。他对我为什么如此残忍？如果爹爹发现了——'

"'圣母在上，'我说，'你该不会说你怀孕了吧，朱迪思小姐？'

"她听了这话几乎失控了，半哭半笑的。'哦，傻傻的老妈妈！不，当然没有。不过我多希望这是真的。'她从不撒谎的，上帝保佑她的灵魂。然后，她就完全冷静了下来，倒把我鸡皮疙瘩吓了出来，生怕她失心疯了。'我绝不会背叛杰克。我要写信给杰克，他知道该怎么做的。我要让他回来。他必须回来。我难道不是他心中的至爱吗？'她带着那种沉重、严肃、好像故事书里的样子对我说。然后她就起身写信去了。那几天，她几乎又恢复了原来的自己，盼着杰克随时乘风破浪来到她身边。但他没有，这个无情无义的小魔鬼。一周之后，他们把她从湖里捞了出来。她那可爱的小脸蛋上全是水，好像还在哭一样，可却已经死了大概七个小时了。"

小屋里一阵漫长的沉默。老保姆用袖子抹着眼睛，奈杰尔喉头堵得说不出话。他眼前全是一个女孩子怔怔地看着湖水的画面，那么安静、苍白而忧伤，仿佛她才是那个倒影。片刻之后，他问保姆是否有朱迪思·菲尔的照片。奥布赖恩太太起身去橱柜的抽屉里翻找起来。不一会儿，她把一张照片递给了奈杰尔。奈杰尔拿着走到门边，想要看得更清楚——其实只是为了确认，答案已然在他的脑海中。在褪色的相纸上，一个黑头发的女孩看向他，嘴角挂着狡黠的笑容，眼中则是飘忽的忧伤。她有一副消瘦的、精灵般的脸蛋，美得惊人，同时兼具慷慨和危险的气息。是那个女孩，丝毫不用怀疑，这就是奈杰尔抵达道尔别墅当天在奥布赖恩的小木屋里看到的照片上的女孩。这时再把姑母骑着小毛驴的照片拿出来几乎有些多余了，老保姆立刻便认出来那个年轻人正是杰克·兰伯特。拼图完成了，这也是某人的绞刑架。

奥布赖恩太太惊讶地发现那个野性难驯的小流氓杰克·兰伯特借用了自己的姓氏，还成了伟大的飞行员弗格斯·奥布赖恩。他的形象被脸上的伤疤和内心不知从何而来的厉鬼迅速改变了，所以即便照片出现在报纸上并被这个偏僻小地方的人看到，也没有人认出他来。但这仍然很奇怪，奈杰尔对老保姆说，竟然没有人披露过弗格斯·奥布赖恩早年在爱尔兰的生活。难道他没有亲戚吗？没有同学？他来到梅纳特别墅之前是做什么的？

保姆露出惊讶而兴致勃勃的表情，就像老太太们分享感兴趣的八卦时那样。

"告诉你也没啥，你是菲尔家的朋友嘛，而且所有当事人都埋在土里了。附近有人传言说杰克·兰伯特是弗恩斯子爵的私生子。麦克迈恩那边曾经有个姑娘，是个农夫家的女儿，后来突然去了都柏林。谣言说呢，那家老爹是弗恩斯子爵的租户，子爵经常去串门。那女孩从那以后就没了消息，她爹也不肯再提起她的名字。杰克·兰伯特过来的时候，是子爵让菲尔先生把他收留在宅子里的，大家就都传开了，说杰克和子爵像一个模子里刻出来的。当然啦,我可不知道真假,但子爵是个孤独的老男人,一个孩子也没有,也许会想要那小子留在身边吧,哪怕是私生子。上帝保佑他。后来,子爵成了个可怜的小老头。梅纳特别墅被警卫队烧了之后,他就让我在他家侍奉。他很擅长园艺,不过总是用那些你听都没听过的异教名字叫那些花儿。我记得很清楚,金鱼草是他的最爱,引得周围所有人都来参观。内战那会儿,有一次子爵在英格兰,国民军和共和军[1]在花园里打了一架,真正动手的那种。打完了之后,詹姆斯·克兰西,也就是那时候的园丁头儿,还带着两边的人参观了花园,他说那些人特别佩服子爵养的金鱼草。"

奈杰尔不情愿地和老保姆告了别,承诺回去后给她寄伦敦最好的茶叶。他从一群人里揪出了弗拉纳根,这家伙当时正和那些人在墙头上一声不吭、满怀敬意地看着一头硕大的黑色母猪。两人回恩尼斯科西的旅程很顺利。就在奈杰尔搭乘的火车快要进站时,站前广场爆发了一场可怕的骚乱。一驾堆满了邮包的驴车突然出现在车站门口,驾车的邮差狂乱地摇着黄铜铃铛,大声和站台上的每一个人打着招呼。火车已经出现在一百码之外的隧道口了,这时,驴车猛地冲下斜坡,又穿过铁轨,从另一侧攀了上去。驴子沿着站台信步向前,所有要寄信的人一边把信扔进车里,一边大声鼓励着驾车人。待它走到站台另一端时,邮政车厢恰好停在驴车的一步开外。所有人都热烈庆贺爱尔兰邮政的准

---

[1] 爱尔兰内战(1922—1923)时期,一方为支持有限自治的国民军,一方为争取完全独立的共和军。

时。奈杰尔感到这个国度给了他一个隆重的告别。

　　船过海峡时随着狂风摇摇晃晃，奈杰尔则在脑海中忙着将新发现的重要信息整合到案情中去。幸好奈杰尔对语言有着几乎完美的记忆力。他把自己锁在船舱里，回忆着自他抵达柴特谷后发生的每一句对话。一旦发现某处很重要，便在笔记本上写几个字。于是，案件的轮廓缓缓浮现，光芒逐渐渗入，像是晨光钻进舷窗，照亮了之前的一大片漆黑。最后，只有一处还没有被点亮。爱德华·卡文迪什射杀了奥布赖恩这一点已经毫无疑问，所有证据都指向这个结论。然而，谋杀的动机却需要变换并追溯到过往，与奈杰尔最初在黑暗中摸索时推测的大相径庭。就剩一处疑点游离于已经紧密连接的线索之外，非常顽固，难以撼动，却以巨大的存在感让他感到分外恼火：部分是因为它对于全局而言似乎并不紧要，而另外一部分原因则是它本可以轻易得到澄清。一艘爱尔兰邮政渡船上不大可能配有某本知者寥寥的十七世纪戏剧，但正是因为没有——奈杰尔稍后才意识到——他才没能完全理清整个案件，导致最后那场激烈得令人眩晕的悲剧终结了一切。

第十四章

「我们度尽的年岁好像一声叹息」*

---

* 引自《圣经·旧约·诗篇》(90:9)："我们经过的日子都在你震怒之下；我们度尽的年岁好像一声叹息。"

当奈杰尔还在南威尔士的地界上断断续续地打着瞌睡时，道尔别墅的客人们已经醒来，并得到布朗特的通知说这也许是他们留在这里的最后一天了。空气中弥漫着轻松和解脱的氛围，像是学校放暑假前的最后一个早晨。即便他们还没有完全洗清嫌疑，能离开道尔别墅也已经很令人高兴了。这里仿佛监狱一样，而走出监狱总归是种解脱，尽管他们只是作为客人而来，尽管他们之中的某人出去后也许将径直走到绞刑架上。

但对于正在布置早餐桌的莉莉·沃特金斯而言，她那漂亮的小脑瓜可没有被这些猜疑难住。她惦记的是某个稳重的农家小伙、春天，还有她崭新的礼拜日裙子。她也在算计，比如能从这些先生小姐那里收到多少小费，以及作为第一个发现诺特斯洛曼尸体的人能收获多少关注。

而格兰特太太像往常一样，除了那些记录人间善恶的天使，没人知道她在想什么。她俯身煎着熏肉，即便在这个姿势下也尽力挺直了脊梁，并且抿着双唇，得意地盯着肉片，仿佛在看一群地狱之火里备受煎熬的罪人。

露西拉·思罗尔打了个哈欠，以一种仔细研究并勤加训练过的慵懒伸展着曼妙的肢体，尽管她的确半梦半醒。然后，她完全清醒过来，变得肌肉紧绷，目光警觉——只要再坚持几个小时就好了。

菲利普·斯塔林正脚步噔噔地在自己的房间里逡巡，衬衣下摆散落在裤子外面，闪亮的脸上满是活力，嘴里念叨着正在构思的那篇文章——定能揭露那个不学无术的编辑关于古希腊诗人品达作品的谬误。等修改得满意了，他喃喃自语道："好了，现在没人敢说我没见过世面了。"

爱德华·卡文迪什正在刮胡子，但刀片在他手里颤抖得难以控制，而那满是血丝的眼睛里所流露出的神色，如果叫股东们看见了一定会心烦意乱。

他妹妹的眼神则更难读懂。愤慨、苦涩、恐惧、踌躇，凝为某种不顾一切的决绝，随之又软化成了某种很不一样的美丽表情，好似面颊被爱人的手抚过。

乔治娅·卡文迪什是奈杰尔午饭前回到别墅时见到的第一个人，当然，除了守门的警察之外。

"告诉我，"她说，"爱德华，是他——？"她说不下去了。

"恐怕确实是他射杀了奥布赖恩，"奈杰尔缓慢地说，好像在挑拣措辞以减缓打击，"他现在的处境不乐观。我——"

"不，不用再说了。奈杰尔，警督告诉了我关于——关于毒药的事，是爱德华告诉他我有毒药的。是我问的，我一直不相信你会说出去。我——你人太好了。"

她捧起奈杰尔的一只手，双唇飞快地在上面拂过。然后，她犹豫不决地看着他，嘴唇颤抖。再然后，她叫了出来："噢，简直是地狱般的折磨！"说完便转身飞奔出了房间。奈杰尔傻傻地盯着自己的手背，脸上露出似有若无的笑意。片刻后，他回过神来，去找布朗特警督。警督正和布利克利一起，在宅子的后部巡视。三人移步晨间起居室，奈杰尔讲述了在爱尔兰探听到的全部有意义的信息。布利克利激动得瞪大了眼睛，胡子像天线一样颤抖不休。布朗特则相对冷静地听着，但眼镜后面的双目却机敏地捕捉着每一条讯息。

"既然这样，斯特兰奇韦先生，"他等到奈杰尔说完，开口道，"差不多可以定音了。我很高兴自己收了手。你之前关于爱德华·卡文迪什和脚印的推理已经成功让他的妹妹退到一边，而将他置于主要嫌疑人的位置上了。你干得很好。"

奈杰尔谦虚地垂下眼帘，盯着自己的鼻子。他掏出一盒香烟，递了一圈，然后说：

"在我们将新线索整合到案件中之前，你们是否介意我从头梳理一遍爱德华·卡文迪什作案的证据？我昨晚在船上仔细回想了一遍，找到很多有说服力的线索。我倒不是想在咱们的秘密会议上出风头，"他加了一句，"可是有些事情只有我知道，因为只有我恰好在现场。我之前没有意识到那些事情的重要性,所以一直没有提起过。"

"你说就是了,斯特兰奇韦先生。"布朗特说。

"那好。保险起见,就从一开始说起吧。我们发现奥布赖恩尸体的那天早上,当我下楼在游廊上遇到爱德华先生的时候,有些细节值得注意。事务缠身的商人出来呼吸一下新鲜空气,这很正常。但心地阴暗的多疑之人大概会认为他是在等人出来,然后不着痕迹地保护雪地上的脚印。首先,当我说要去小木屋看看奥布赖恩起床没有的时候,爱德华先生犯了严重的错误,没有作出正确的反应——实际上,他没有任何反应。"

布利克利有些困惑。布朗特本也一样,但又突然激动地拍了一下自己那光秃秃的脑袋。

"你是说,他根本就不应该知道奥布赖恩睡在小木屋里?"

"正是如此。他应该面露惊讶之色才对。他本该以为奥布赖恩正在别墅的卧室里。既然他没有解释过知道奥布赖恩在小木屋的原因,那么只能说是他前一晚亲眼见到了。第二,他不仅让我不要破坏脚印,当其他人出现在游廊上时,他还很着急地提醒我有人来了,不要让他们踩乱脚印。就一个门外汉来说,看到朋友陈尸眼前还能如此理智,着实不易。还有鞋的问题。爱德华当时穿着大衣,足以遮掩着把鞋子带回到小木屋里。而且,比起其他人,他有更充裕的时间把鞋放回现场。当时,他曾用一条手帕擦额角,无疑那就是他防止在鞋上留下指纹的工具。我猜他本想立刻就把鞋放下,但没有找到合适的时机。我很确信当我四下检查的时候鞋子还不在那里。然后其他人就过来了。我的注意力全用在观察他们的反应以及确保他们不乱碰东西上面，这时他才能从容地把鞋子丢下——也许就在露西拉表演晕倒的时候。这就是目前我掌握的情况。"

一阵短暂的沉默。然后，布利克利拍了一下膝盖："天哪，先生，我想到了别的事。你一说爱德华，我才把它们联系起来。你们还记得阿瑟说他早上如何睡过了头吗？他本打算夜里去小木屋值守，但困得睁不开眼，甚至早上都没能正点起床。那么，有人记得乔治娅小姐的证词吗？"他舔了舔大拇指，翻起笔记本检索着。"'我去了哥哥的房间，'他用单调的官腔读着，'想要一些安眠药，因为药在他的行李箱里。他还没睡，起来帮我拿药。'听见了吗，先生们，"他胜利般地靠回椅背上，"这说明什么？"

"这我能猜到了，"布朗特不动声色地回答，"说明爱德华给阿瑟下了安眠药，以便去小木屋动手的时候没人打扰。"

"或许他也给我下了药。我本想守夜的，但却睡着了，而且醒得很晚。可能是加在了晚餐后的那杯咖啡里。"奈杰尔说。

"那意味着他不知怎的发现了你是受奥布赖恩委托前来调查的。"布朗特说，"长官，可以把你的笔记借我看看吗？"

布利克利把笔记本递给了他。

"所以乔治娅小姐说完这番话之后，她哥哥声称自己十二点刚过就上床了，但一直睡不着。而当乔治娅小姐差一刻钟两点去他房间的时候，他还醒着。谁也不会随身带着安眠药当装饰物，既然他睡不着，为什么不早点吃药？这说明他在妹妹过来之前不久才刚回房间。"

三人同时靠回了椅背,仿佛某种心照不宣的默契。推断爱德华犯案的第一步看起来已经完美成立了。布朗特警督又点上一支香烟,接过了话头。

"斯特兰奇韦先生,你说的这些对咱们意义非凡,但在法庭上说服力不强。再说说动机吧。就我看来,基于你提供的新消息,咱们可以将奥布赖恩先生的遗嘱排除在主要因素之外了。咱们不知道爱德华到底是不是继承人之一。如果他知道自己是,并且为财杀人,那么就不应该假装不知道遗嘱的内容。否则一旦遗嘱曝光,他装出来的不知情就会立刻引人怀疑。另一方面,如果他的动机是借遗嘱获利,那就绝不会毁掉它。当然了,也有另一种可能:他知道妹妹是继承人,也知道不管自己想要多少她都会拿出来,于是就计划杀了奥布赖恩。不过,不管怎样,我认为咱们可以达成共识:即便遗嘱是动机之一,也是次要的。

"显然,爱德华的主要动机是复仇。这符合恐吓信的内容,也符合他早年在爱尔兰的经历。他爱上了那姑娘——朱迪思·菲尔。这样一个富裕、有名望的男人,竟愿意通过那姑娘的朋友书信往来,如此孩子气且不合礼数的行为足以证明其爱恋之情。"

"他妹妹也和我说过,"奈杰尔插嘴道,"他在爱尔兰的时候曾经被一次失恋狠狠地打击过,所以至今未婚。"

布朗特用长辈般的严肃目光看着奈杰尔。"那就进一步证实了。"他不动声色地说,"爱德华很快就发现菲尔小姐的信越来越平淡,渐渐没了爱意。最后老保姆来了一封信,说小姐爱上了一个园丁。无论对他的恋情还是自尊而言,这肯定都是沉重的打击。保姆恳求他前往爱尔兰控制一下事态,但他过不去,只能给朱迪思·菲尔写信,而且无疑在信上强烈要求她不要再发疯了,回到旧情人身边来。他的语气非常强硬,朱迪思说他'残忍'。而那要求对困境中的小姐来说是火上浇油,作为一个涉世未深的小姑娘,她实在难以承受。"

"你说的'困境'指什么?"奈杰尔打断布朗特华丽的演讲,问道。

"哦,不用怀疑,她应该是怀孕了。苍白的气色,反常的举止,还有最后做的事,都说明了这点。或许她和保姆说没有,但那么一个敏感的姑娘很可能对老姆妈也不敢坦白。无论怎样,爱德华听到的下一个消息就是她投湖自尽了。想想爱德华会怎么看吧:那个小流氓不仅抢走了自己的女人,还在那姑娘最需要他的时候抛弃了她,变相逼得她去死。而爱德华什么也做不了。杰克·兰伯特消失了,没有人知道他就是弗格斯·奥布赖恩。但二十年来,复仇的火焰从未熄灭。一天,奥布赖恩被乔治娅·卡文迪什带回了家,爱德华不知怎的发现了那就是杰克·兰伯特。咱们必须证明他是如何发现的,不然很难在法庭上站得住脚,可这太难了,除非让爱德华自己认罪。很有可能是他听到朱迪思的死讯后,详细打听过杰克·兰伯特的样子,所以即便时间改变了对方的样貌,他还是认了出来。

"接下来就是最后一根稻草。二十年前从他身边夺走朱迪思·菲尔的人又来劫掠他了。露西拉·思罗尔，他的情妇，离开他去了奥布赖恩身边。即便他之前没有下定决心，此刻也有了杀意。于是他写了那些恐吓信。虽然确实很戏剧化，但整件事情本身就很戏剧化，对奥布赖恩的恨意已经让爱德华半疯了。他是诺特斯洛曼俱乐部的常客，便用那里的打字机写了信，这样就不会有人查到他头上来。当被邀请参加圣诞派对时，他的机会来了。他将第三封信寄出，并作好了准备。他知道妹妹那里有毒药，便把毒坚果备好，当作第二道攻势。第一道攻势则是射杀奥布赖恩，并伪装成自杀。这也是他那样写第三封信的原因之一：确保奥布赖恩带着枪。

"到达柴特谷之后，他发现小木屋是理想的作案场所：离主屋够远，还隔音。下一步是把奥布赖恩弄过去。毫无疑问，他本想找借口把奥布赖恩哄骗到小木屋，但实际上没有必要，因为奥布赖恩本就打算睡在那里。也许爱德华猜到了他出于安全考虑会这么做。他给你和阿瑟下了药，以确保那晚没人干扰，这样才能抓住机会。然后他便静静地等着——"

"在哪儿等？"奈杰尔打断了他。

"游廊，最有可能的地方。"

"赌奥布赖恩万一有可能会从床上爬起来，转移到小木屋去？爱德华未免太乐观了。"

"呃，"布朗特有些恼火，"也许爱德华约了奥布赖恩在小木屋见面，或者发现露西拉小姐约了奥布赖恩在小木屋见面。稍后我可以请露西拉小姐澄清一下新出现的几处疑点。关键在于奥布赖恩**的确**去了小木屋，而你证明了爱德华也到过那里。在这一点上你总不会反悔吧，斯特兰奇韦先生？"

"不，不，当然不会。抱歉打断了你。"

"爱德华也许用了非常合情理的借口约奥布赖恩到小木屋，但我不认为奥布赖恩会轻易卸下防备。他们交谈了一阵，然后爱德华扑了上去，并在扭打中掉转了奥布赖恩的枪口，射杀了他。发生扭打是爱德华计划中的第一个失控之处，所以才留下了证据——手腕上的伤痕，还有掉落的袖扣——引起了你对自杀表象的怀疑。爱德华肯定本想哄骗奥布赖恩放下戒备，以便能轻松拿到手枪。他失败了，但幸运地发现了露西拉小姐约奥布赖恩在小木屋会面的字条。也许是从奥布赖恩的口袋里找到的，也许是从桌子上。他留着字条以备不时之需，好在自杀的伪装被揭穿时将嫌疑引到露西拉小姐身上。接下来他清理好现场，准备离开，却惊恐地发现外面的地上积了厚厚一层雪。于是他坐下来开始思索逃脱的办法。最后，他穿上奥布赖恩的鞋，倒退着走回主屋，从表面上看，一切都妥当了。"

"但诺特斯洛曼看到他去小木屋了。"布利克利指出。

"啊哈，也许他看见的不止这一点。无论如何，第二天早上，爱德华把鞋子放回了木屋，自认为料理得很干净。但很快他的幻想就破灭了：警方怀疑是谋杀。于是他把露西拉·思罗尔的字条放在奥布赖恩的房间里，想让警察发现。但更坏的情况发生了：诺特斯洛曼和他说前一晚看到他在小木屋，并索要巨额封口费。爱德华绝望了。他的财务状况不佳，诺特斯洛曼开出的金额会害他破产。他表面上妥协了，但暗下决心要除掉诺特斯洛曼，便在诺特斯洛曼床边那盘坚果里放了毒核桃。他举止焦虑且心不在焉，是因为他不知道诺特斯洛曼是否会在吃到那颗致命的坚果之前就把事情抖落到警察那里去。雪上加霜的是，露西拉也加入了勒索的行列。她威胁要向警察告发爱德华谋杀奥布赖恩的动机，除非拿到一笔封口费。也许正是因为这个，爱德华才把字条放进了奥布赖恩的房间。无论怎样，他的处境都很艰难，但他还是聪明地先下手为强，主动向警方坦白了他的动机。"

"另外一张字条呢？"奈杰尔问，"诺特斯洛曼写的那张，说如果奥布赖恩不肯补偿被抛弃的露西拉，他就要采取行动？"

"虽然诺特斯洛曼不承认，但我敢说他确实是在小木屋里发现了那张字条，然后夹在包裹里寄了出去，好摆脱嫌疑。"

"可为什么不立刻烧了呢？那字条没有再利用的价值，不像爱德华的那些求爱信。不如假设是阿瑟·贝拉米发现了它。"

奈杰尔的推测让两位警官惊讶地抬起了头。他继续说道：

"我一发现奥布赖恩的尸体，就让阿瑟在小木屋里四处查看是否丢了东西，他很有可能找到了字条。他对主人绝对忠诚，也有报仇的能力，而这张字条引起了他的怀疑。那天上午晚些时候，他和诺特斯洛曼对峙起来。诺特斯洛曼知道那字条落入警察手里会给自己带来危险，便要争取时间。于是他与露西拉合谋除掉阿瑟并抢走字条。午饭后，露西拉在起居室，按铃叫来阿瑟。诺特斯洛曼则准备好拨火棍，藏在弹簧门后，在阿瑟回厨房的路上袭击了他，然后拿走字条，藏起了倒地的阿瑟和拨火棍。"

"可你的问题还是没有解决——为什么他不把字条烧掉呢?"

"因为他必须下手很快,他是借口从台球室出来对表的,匆忙中只能把字条塞进口袋里。记得露西拉说过,那天午饭过后她曾把爱德华的信交给诺特斯洛曼,所以那些信很有可能也在他的口袋里,不难想象那张从阿瑟身上夺走的字条是怎么混进了他口袋里某个信封中的。和爱德华一打完台球,他就去晨间起居室打包了信件,匆忙去村子里寄了出去。在那之后,他才发现字条不见了。倒霉的老诺特斯洛曼。"

"没错,没错,"布朗特若有所思地说,"很可能就是这样。但这太他妈难证明了。"

"不用担心。"奈杰尔看起来有些冷酷,"布利克利,可否请露西拉小姐下来一趟?比起你们这些家伙,我们业余人士有一点好处,那就是偶尔可以采取些下作的手段。"他又对布朗特说:"你事后最好假装什么也不知道。"

露西拉·思罗尔摇曳着走进了房间,美丽又警惕,仿佛一只油亮的豹子。奈杰尔从面前拿起了一张纸。

"诺特斯洛曼不幸离开我们之前,"他说,"留下了一份认罪书。其中有一点,他说是**你**策划了针对阿瑟·贝拉米的袭击。所以——?"

他没必要说下去了。露西拉可爱的脸蛋已涨成紫红色,双唇间迸出一阵咆哮。

"这个贱人!"她尖叫道,"一开始就是他的主意要——"她突然停下来,用手捂住嘴。但太晚了。布朗特急忙逮住了奈杰尔创造的这个突破口，露西拉只得放弃抵抗。没过多久，他们便拿到了一份签字署名的证词。露西拉在阿瑟一案中的角色和奈杰尔的推测极为相似。据她所言，诺特斯洛曼向她保证，那纸条在阿瑟手中对他们两人都有危险，因为警察会认为是他们怕勒索一事败露而杀害的奥布赖恩，就像阿瑟早些时候对他暗示的那样。诺特斯洛曼告诉她，阿瑟非常凶狠地威胁了自己，说如果让他发现任何其他证据，他就要不客气了。但诺特斯洛曼保证只想把阿瑟敲晕，拿回纸条而已，之后这事怎么说就是他们和阿瑟各执一词了。当她听说阿瑟险些丧命时，简直吓坏了。奈杰尔和布朗特闻言各自得出了相似的结论：诺特斯洛曼把阿瑟的威胁当真了，决定先下手为强，而且是下了死手。但露西拉始终坚称自己对诺特斯洛曼勒索杀害奥布赖恩的凶手一事毫不知情。

随后露西拉便被遣退了。布朗特板着脸朝奈杰尔摇了摇头，左眼皮微微耷拉着。"斯特兰奇韦先生，你这个方法未免太不正经了。"他说，"好吧，至少咱们把阿瑟一案了结了。诺特斯洛曼倒是很聪明，当咱们拿着字条去对质的时候，他承认了自己在小木屋里找过，但没找到。这句话害得咱们忽视了字条和阿瑟遇袭之间的联系。极有可能是爱德华害怕诺特斯洛曼告发自己去过小木屋，因而痛下杀手。我怀疑诺特斯洛曼不会让露西拉参与此事，以免封口费被人分一杯羹。现在嘛，没错，咱们掌握了爱德华犯下两桩案子的动机和时机，不过，当然了，第二桩案子的动机成立的前提是他犯了第一桩案子。咱们还得好好调查一番，尤其是爱德华在伦敦的住所。不过我认为眼下已经有足够的证据申请搜查令了。你觉得呢，斯特兰奇韦先生？"

奈杰尔怔了片刻，然后梦游般地说："抱歉，我完全沉浸在你叙事的魔力中了。"

"别闹了，斯特兰奇韦先生。你在开我玩笑吗？"

"怎么可能！当然不是。我认为你的案件综述非常令人钦佩。但我这里有些证据，可以让咱们无须进行更多调查了。是在一本书里，顺带一提。我觉得奥布赖恩的小木屋中会有这本书，如果可以借我钥匙一用，我应该立刻就能取过来。书的名字你们可能不会惊讶，是《复仇者的悲剧》。"

奈杰尔站起了身。当他正要从布朗特手里接过钥匙时，一声尖叫忽然传来，紧接着又是一声，然后他们听到什么东西滚下楼梯的动静。奈杰尔抢先冲出门去。那是乔治娅的声音。一阵剧烈而绝望的绞痛摄住了他的心房。三人挤作一团跑到了楼梯脚下。在大门口执勤的警员已经赶到了，弯腰探查着乔治娅的状况。奈杰尔一把推开警员，跪在她身旁。

"乔治娅！亲爱的！我的上帝！你还好吧？怎么回事？"

他看到乔治娅眼睑微微颤动，荒唐地像是朝他眨了眨眼。然后，那双眼合上了。又过了一会儿，她的头微侧，睁开了眼眸。

"噢，亲爱的，"乔治娅茫然地说，"我感觉差点摔到了地狱里。"

就在这时，他们听到敞开的大门外传来一阵引擎的轰鸣。布朗特和布利克利立刻向外冲去。他们看到奥布赖恩的拉贡达一个甩尾，沿着拐弯的车道绝尘而去，而握着方向盘的正是爱德华·卡文迪什。布利克利疯狂地吹响警哨。一辆警车从后院冲了出来。"打电话!"布朗特朝布利克利大喊,"全员追捕!你知道车牌号!"

乔治娅捏了捏奈杰尔的手。"去吧,"她说,"做你该做的事。我没关系的,只是要给他创造一个机会。"

奈杰尔飞快地俯下身,吻了她,捏了捏她那光洁的棕色脸颊,然后跑出了主屋。乔治娅坐在楼梯脚下,双腿以极不淑女的姿势叉开着,脸上却带着满足的奇怪微笑。警车正蓄势待发,奈杰尔勉强够时间钻到后座上。布朗特从前座上扭过头来。

"该死的,他妹妹摔下楼的时机也太巧了,这女人!"他说。

"是啊。"奈杰尔眼观鼻、鼻观心地说,"我猜他可能恰好在大门旁边的盥洗室里,趁着执勤的警员离开岗位,偷溜出去逃跑了。这个老爱德华,真是个投机分子。"

布朗特恼火地看了他一眼:"看着吧,他绝不可能跑得掉的。畏罪潜逃,非常明显。"

轮胎尖叫着,他们已经冲到了车道尽头,但园林大门已经关上了。布朗特跳下车,拽了拽那道门,可门被锁住了。驾车的警员把喇叭按得震天响,像瓦格纳歌剧里的演员在歌唱。门卫出现了,动作十分迟缓。

"把门打开!快点!警察!"

"那位先生说爵爷让把门锁上。"那人犹豫地咕哝着。

"打开门,立刻!不然我就以妨害公务罪把你投进监狱。这就对了,他往哪边走了?"

门卫指了个方向,他们再度飞驰上路。损失了一分钟时间,这对于追一辆拉贡达的人来说意味着落后了一英里。道路两旁高耸而密实的树篱飞速后退,让奈杰尔感到自己像是在加农炮里,要被发射出去。不,不是加农炮,他正想着,一个急转弯将他推到了后座另一个角落里。肯定不是加农炮,是某种更加蜿蜒曲折的东西。是诗人托马斯·哈代所喜爱的一种铜管乐器:蛇号!

地狱里为你留了位置,
坐在巨蛇的膝头……[1]

他忧伤地哼着,但一根树枝像是一条湿毛巾一样朝他脸上打过来,歌声戛然而止。万物都在模糊、摇晃、瓦解,也许这一切都只是一个行将醒来的梦罢了。但他仍留在其中。他们到底在做什么?在萨默塞特的乡间小路上追捕一个受人尊敬的金融家?西部牛仔片!有什么可着急的?他又逃不掉。我们要是逼得他狗急跳墙,那可就犯下了致命的错误。奈杰尔发现自己的牙齿在打战,双腿在颤抖。他太兴奋了,沉浸在狩猎的乐趣之中。萨默塞特的血腥消遣,呸!

不久,警车在一个岔路口停下,布朗特下车检查着路上轮胎的痕迹,并在左手边那条路上几码之外的一摊泥泞里找到了想要的线索。他们又上路了。"走这条路!"布朗特吼道,"看样子他是想去布雷治西。"警车像黄蜂群一样轰鸣着冲上一道斜坡,路

---

[1] 引自童谣"Dives and Lazarus"。

在坡顶陡然向下,他们又呼啸着往坡下冲了三英里。远远地,他们看到了主路上的电线杆。在乡间小路上,爱德华还可以曲折往返,故摆疑阵,可一旦上了主路,他就只能全力往前冲了,而警察一定已经开始在路上巡逻了。他们以五十英里的时速转过一个死角,主路就在一百码之外。不幸的是,前面还有一头牛,就在离他们二十码远的地方。驾车的警员死死踩住刹车,但他们还是以三十英里的时速撞上了那头牛。像是某人被一拳打在肚子上一样,那头牛被车的散热格栅撞飞,倒在了一旁。他们跳下了车。地上到处都是碎玻璃,车头灯已被撞歪了。警员打开引擎盖,发现风扇的一个叶片已经完全断裂。

布朗特朝主路跑去,奈杰尔紧随其后。他们到了主路上。几乎就在他们正对面,马路的另一侧,那辆拉贡达正停在路边,但爱德华·卡文迪什却已不见踪影。紧接着他们看到有一张广告贴在左手边草地的简易围栏上。

飞机场

五先令,五分钟

他们跑进了草地,那里似乎只有一栋小屋,一个风向标和一个小个子、棕色脸庞的工装男子。他和那则广告一样惜字如金。当布朗特问是否看到开拉贡达的那人时,他竖起大拇指,指向天空。布朗特看到远远的高空中有一个小黑点。"警察办案!"他喘息着说,"我们得追上去。你们还有别的飞机吗?或者电话机?"

"电话没有，"棕脸男子面无表情地嚼着口香糖说，"不过伯特开的那架倒是回来了。"

另一架飞机安静地滑过他们头顶，在前方亲吻了大地，停向草地另一头。他们飞奔着追过去。布朗特像机关枪一样下达了一串命令，两位乘客困惑地从飞机上爬了下来，刚才那个机修工则被指挥着去呼叫最近的皇家空军基地，并提供第一架飞机的牌照号。

"汽油够吗？"布朗特大声问。

飞行员点头肯定。于是他们手忙脚乱地爬进敞开的机舱。飞机朝草地另一侧滑行，然后迎风冲向地平线，发动机剧烈轰鸣。为什么还不起飞，奈杰尔想，但往下看的时候却发现大地已然在下降、后退，仿佛一条绿色的长河向远方奔去。他们拐了一个急弯，好像舞者手部优美的慢动作。天空中那个小黑点已经不见了，但今天晴朗无云，他们应该很快就能再次找到它。天尽头的另一端发生了什么？爱德华的五先令飞行时间耗尽后，他会怎么做？他买通了飞行员，要去更远的地方吗？天空无言地面对着他们凝视的目光。但答案已经不重要了。

十分钟之后，那个小黑点再度出现在视野中。他们在往大海的方向飞。也许爱德华想逃到法国或者西班牙去。

> 向往着法兰西或遥远的西班牙，
> 你需跨过水做的大地，
> 若想再看到你的脸，

我需征服那海面……[1]

奈杰尔声音沙哑地哼唱着。他的歌声被发动机的声音淹没，又被疾风撕扯成碎片。布朗特在飞行员耳边大吼：

"能追上吗？！"

飞行员沉默地点点头。布朗特怒气冲冲，烦躁不安。天空好像无穷无尽，在他们和南面的那个小黑点之间延展。向下望去，几乎看不出飞机在移动，脚下一块块田地不情不愿地向后爬着。再看前面，上帝，他们**快要**追上了，那个小黑点已然变成展着双翅的小飞虫。极缓慢而冷酷地，时钟的分针追逐着时针，他们在天空那张苍白而茫然的脸上慢慢靠近着猎物。布朗特转身朝奈杰尔打了个手势。奈杰尔一边诅咒着自己的近视，一边从机舱里探出头去看。狂风拍打着他的眼睑，他赶忙在眼皮被吹掉前缩回了头。飞行员朝后排喊道：

"弗雷德看到我们了！他在减速！"

是的，他们很快就要追上了，正在迫近另一架飞机的右上方。但当只剩四分之一英里时，猎物似乎又加快了步伐。他们很快就发现了原因。飞行员压下机头，俯冲逼近对方，机身的每一部分都在疯狂地尖叫着。现在他们更近了，足以看到对方机舱里的两个人影。更近了，布朗特甚至可以看到爱德华抵在飞行员背上的手枪。这段下降逼近让他们的轮子离爱德华的头顶不到五十

---

[1] 改编自爱尔兰民谣"Snowy Breasted Pearl"。

英尺。爱德华抬起了头。奈杰尔此生永远也忘不了那张脸上的表情。突然,奈杰尔喊了起来——但那几个字还没飘到布朗特的耳边就被大风吹散了——还挥舞着手帕,好像在示意休战。而爱德华仍用手枪指着飞行员,同时绝望地爬出了机舱。他站着,摇晃着,斜了身,似乎要在那里静止到永久,但最终他坠了下去。他的双臂和双腿摊开着,仿佛掉下去的是个假人。下坠,下坠,下坠。他似乎落了一辈子那么久。那具身体从他们的视线里消失了几秒钟之后,海面溅起一片小小的白色水花,好似有人扔出了一颗小小的石子……

第十五章 故事的重述

"所以，终于有人替她报仇雪恨了。"奈杰尔说。

时间已经过去一周了，爱德华指使那架飞机所进行的长途奔逃仍令人心头震撼，只是不知他可曾料得这场旅途的终点。奈杰尔、他的叔叔和菲利普·斯塔林正坐在奈杰尔位于城中的公寓里，啜饮着雪利酒，权当为奈杰尔答应要讲的故事开胃。菲利普对最新的事态一无所知，约翰爵士则看过档案和布朗特警督的案件综述，但有几个疑点想在今晚找侄子澄清。布朗特也收到了邀请，但他推说公务缠身没有出席，奈杰尔便也没有强求，尽管这与他好客的天性颇为不符。菲利普·斯塔林心满意足地盯着他那杯雪利酒，微斜着玻璃杯，噘起嘴唇，说："啊哈。多么适口的酒体。牛津好歹教会了你这个，臭小子。"而约翰爵士则比平时更像一条刚毛猃犬。他有一种独特的本领，即便坐在很深的扶手椅里也能摆出一副警觉的样子,仿佛随时准备跳出椅子,起劲地小跑起来,还竖着耳朵,鼻翼翕动。奈杰尔说那句话的时候,约翰爵士正把酒杯举向唇边,但杯子在半空定住了。他仰起头,说:

"终于替她报仇雪恨了?可奥布赖恩两周之前就死了。"

"噢,他确实等了很久。大约二十年了。我认为'终于'用得没什么不妥当。"奈杰尔戏谑地回答。

他的叔叔仔细地打量着他。"不对,"片刻之后,约翰爵士说,"你别想蒙混过关。你这是想要发表你那自恋狂式的谢幕演讲了。我还不了解你?爱出风头嘛。哈!好,开始吧。这雪利酒还不错。"

"是还不错,"奈杰尔说,"不过需要浅尝细品。好吧,我还是进入正题吧。你知道这案子的基本事实,我也告诉过菲利普一些关键内容,他应该能想象出剩下的部分,尤其是在他以这种速度灌雪利酒的时候。对了,是他提示了我最终解答是什么。所以你们两个算是同等起步。"

"提示了你?你说的什么鬼话?难道是指赫丘利和卡库斯的故事?所有人都——"

"小学生都知道。"奈杰尔打断了他,"不是,我说的不是这个。约翰叔叔,你觉得布朗特的案件综述怎么样?"他明显转移了话题。

"我?呃,想象力很丰富,但证据方面还得多下功夫弥补。倒不失为对所有实证的最佳解释。无论如何,爱德华飞机失事之后也能结案了。况且,布朗特还发现乔治娅小姐的毒药不在她藏的地方了。你为什么这么问？"

"只是，从推理方面来说，我认为布朗特的解答糟透了。"奈杰尔一边说一边若有所思地盯着天花板。约翰爵士从椅子上蹦了起来，喊道：

"等等，天哪，我还以为你同意他的推理。瞧你，害得我把雪利酒都弄洒了，你这该死的炫耀癖。"

"我确实同意他的几点推断——实际上，都是那些无关紧要的部分——但关于案件的主线和骨架，我却远远不能苟同。当时，我正要给出自己的剖析，却被爱德华·卡文迪什那冲动的逃跑计划打断了。"

"不，等一下，"约翰爵士恼火地说，"布朗特说你同意是爱德华朝奥布赖恩开了枪。"

"噢，对。我现在也同意这一点。"

"让我猜猜，"他的叔叔用一种造作的嘲讽语气说，"你是打算告诉我，虽然爱德华朝奥布赖恩开了枪，但他不是凶手？"

"你的猜测非常正确。"奈杰尔鼓励道，"这正是我要说的话。"

菲利普·斯塔林呻吟起来："噢，天哪，又是猜谜。就像每年校友招待会之后我们学院那个牧师爱干的。我不奉陪了。"

他躺回椅子上，又给自己斟了一杯雪利酒。约翰爵士则用急切到可以杀人的目光紧盯着奈杰尔，仿佛侄子在他眼前变身成了一条海蛇。

"我先梳理一下布朗特推理中的薄弱之处。"奈杰尔说，"首先，我从未怀疑是爱德华那晚去了小木屋，并且伪造脚印以支撑自杀的骗局。毕竟，这本就是我提出的观点。我也倾向于认为诺特斯洛曼看见他去了小木屋，且稍后以此勒索，尽管这点已经无法证实。但要说爱德华是凶手，或说他有能力犯下这样的谋杀案——不，我真的不能接受。"

"你是说爱德华到小木屋的时候发现奥布赖恩已经死了？"约翰爵士问。

"某种程度上吧。"奈杰尔隐晦地回答，"至于布朗特，我认为有一点他说得很对，即奥布赖恩的遗嘱只能作为次要动机，或根本不能成为动机。复仇，他认为这才是爱德华的首要目的，也符合恐吓信的内容。这就是他的第一个错误，也是最核心的错误。菲利普，你了解爱德华：一个能干、传统、自视甚高而且毫无幽默感的商人。你相信他能写出那样的信吗？"

奈杰尔把恐吓信递了过去，然后焦躁地在屋里徘徊着，等待菲利普·斯塔林读完。

"不能。压根不是可怜的老爱德华的风格，不是吗？我无法想象他热衷于这种戏剧化的措辞。还有那句说奥布赖恩会死在节礼日，就像好国王温塞拉斯一样，这根本不是那老小子能力范围内的俏皮话。就内在的一致性而言，这些信不可能出自爱德华的手笔，我同意。"

"这就对了，"奈杰尔得意地说，"菲利普是文体方面的专家。但如果信不是爱德华写的，那他也就不可能事先策划谋杀。毕竟不会有两个人不约而同地计划在同一天杀死奥布赖恩，这未免太巧了。还有心理方面。根据布朗特的推论，爱德华先通过恐吓信促使奥布赖恩带枪;然后,在知晓奥布赖恩有所准备,而且会果断朝入侵者开火的前提下,爱德华于午夜跟踪目标至小木屋;之后,他和奥布赖恩寒暄,找准时机出手,并在搏斗中掉转枪口射杀了奥布赖恩。好了,我问你,在奥布赖恩这样一个以勇猛出名的战士面前,究竟有谁会疯狂到做出这种事?布朗特竟然敢把它安在爱德华身上。**爱德华!**他是这么一个人:自从奥布赖恩的尸体被发现的那一刻起就忧虑得连刮胡刀都握不稳,布朗特稍微施压便精神崩溃,以至于慌张地暗示妹妹作案的可能性,甚至不待定罪就草率出逃了。而布朗特竟然神经大条到声称这样一个畏首畏尾的人会把脑袋送到雄狮嘴里去——他推理出的爱德华的作案手法不就相当于此吗?我得说,在这一点上,我对老布朗特有些失望。"

"但警督坚信爱德华是用表面上无害的借口把奥布赖恩骗到了小木屋,不知怎的让他卸下了防备。"约翰爵士反对道。

"午夜之后单独在没人的小木屋里见面,这还真是让人卸下防备的好办法呢。收到那些信之后,奥布赖恩随时处于准备和敌人拼个你死我活的状态——如果信是爱德华写的,那他应该知道这一点。无论如何,如果你真的认为爱德华敢从一个危险分子手上抢夺一把上了膛的手枪,还将自己计划的成败压在这上面,那我无话可说。"

"你前面的比方打得不怎么样,奈杰尔,但目前为止你说得还算有道理。"

"很好。那么还有安眠药的问题。布朗特正确推理出乔治娅来要安眠药时,爱德华刚回到房间不久,并以此坐实了关于他去过小木屋的推论。给阿瑟下药很好理解,但给我呢?他怎么知道我是潜在威胁?我从未让自己的名字出现在相关案件的新闻里,只有最亲密的朋友才知道我从事这个行当。"

"不过,他有可能恰巧发现了。"菲利普说,"总是接触到血腥的人,很难不沾染上任何味道。"

"好了,好了,菲利普,别这么刻薄。现在我们跳过这点,下面是更加难以攻克的坚果问题,虽然这对诺特斯洛曼而言不成问题。布朗特的推测是爱德华把下了毒的坚果当作备选方案,以免第一计划失败。但是,奥布赖恩从不用牙咬坚果。而如果爱德华只是用坚果当容器,为什么要把果壳磨得这么薄,甚至可能在口袋里碎掉?我几乎立刻就意识到坚果不可能是为奥布赖恩准备的。那么,是为了诺特斯洛曼吗?如果爱德华因为谋杀奥布赖恩一事被诺特斯洛曼勒索而想动手,为什么会在动手之前好几天就备好了毒坚果,难道仅仅为了杀人时可能被撞破并随之被勒索这种小概率的事件吗?只能解释为他随身带着毒药,在诺特斯洛曼威胁告发他之后才加工了毒坚果。而布朗特和我都认为,这在道尔别墅很难做到,因为警察一直在里外不停地巡逻。另外,如果他想杀掉诺特斯洛曼以阻止其向警方告发自己,为什么要采用这种凭运气而且生效慢的方式?他完全无法确定诺特斯洛曼是否会在向官方检举之前吃到某颗特定的坚果。所以,唯一的解释是爱德华因为露西拉一事被诺特斯洛曼勒索,而打算除掉他。理论上不是没有这种可能。但我已经证明了爱德华心理上不具备谋杀奥布赖恩的条件，这就意味着我们小小的圣诞派对上有两个杀人犯，各扫门前雪，彼此不相干。这个说法我可不太认同。"

"你的推理思路清晰，很有说服力。"菲利普·斯塔林宣布。

"很荣幸。"奈杰尔说，"还有其他细微的不妥之处。比如，布朗特的推论基于爱德华认出了奥布赖恩，但爱德华只听过二十年前对杰克·兰伯特相貌的描述，并没有见过他本人。这样看，爱德华还挺聪明的。而且，在我和乔治娅·卡文迪什的长谈当中，她从未提及她哥哥对奥布赖恩表现出任何特别的兴趣。当然了，她本来也不会说，因为她很害怕真的是她哥哥杀的人，而且不愿意出卖他。但我从她的话中感觉到是奥布赖恩对她哥哥很感兴趣，想要见他。可如果奥布赖恩当年真的从他身边夺走了朱迪思再将之抛弃，又为什么会想见他？朱迪思爱上奥布赖恩后，肯定跟他说过爱德华的事情，而乔治娅也和他提起过哥哥曾经在梅纳特别墅小住，所以他肯定意识到了朱迪思的第一个爱人就是乔治娅的哥哥。这就意味着如果奥布赖恩曾经做过对不起朱迪思和爱德华的事情，肯定会特别防备爱德华。"

约翰·斯特兰奇韦爵士皱了皱眉道："我明白了。不过你是想说朱迪思·菲尔的事情和本案根本没有关系吗？"

"不，不是，此事关系重大。下面就说说这点吧。布朗特的推测是杰克·兰伯特，即奥布赖恩，从爱德华的身边夺走了朱迪思，引诱她，害她怀孕，离开她，收到她的求助信后拒绝回来，迫使她自杀。这确实给了爱德华很强的动机。但事情可能有另一种完全不同的解释。首先，我们了解奥布赖恩。而基于我们对他的了解，他不可能这样对待一个女孩。他年轻的时候无疑性子是很野，但从未做过无赖的事。而且，有很多证据表明他深爱那女孩。"

"那个保姆可不这么想。"约翰爵士说。

"因为她有偏见。势利的老一辈罢了。爱德华是个体面人，而杰克·兰伯特不是。她和布朗特警督作出了同样的错误解读，但即便如此，她也还是相信朱迪思小姐说的没有怀孕。杰克·兰伯特没有'抛弃'那女孩，他去参军，是为了有足够的筹码向她父亲请求娶她。保姆亲口说过，他刚走的时候朱迪思恢复了活泼，**然后才变得苍白、沉默、心不在焉**。这不是因为怀孕，'她从不撒谎'，老保姆是这么说的，我也相信是这样——老保姆比布朗特更了解朱迪思·菲尔。也不是因为杰克·兰伯特抛弃了她——他没有。那么在他的离开和她的自杀之间发生了什么？**朱迪思收到了爱德华的信**。保姆发现她对着信哭，还说：'我该怎么办？这不是我的错。他对我为什么如此残忍？如果爹爹发现了——'保姆以为她说的是奥布赖恩，但**我确信她说的是爱德华**。保姆给爱德华写过信，告诉他发生了什么。我认为是爱德华回信给朱迪思，让她放下杰克·兰伯特，回到自己身边，否则就要把他们两人的事告诉她父亲。我认为这一举动完全符合我们认知中爱德华的性格，也完美解释了朱迪思在保姆面前的哭诉。她父亲是一个严厉的人，即便平时也让她有些害怕，无怪乎她会哭喊'如果爹爹发现了——'。不妨推测得再大胆些。我们知道朱迪思爱着爱德华的时候给他写过很多信，她那时是个天真、莽撞、涉世未深的浪漫小女孩。我认为爱德华大有可能威胁要把那些信寄给她父亲，以逼迫她离开杰克·兰伯特。"

"没错，"约翰爵士慢慢地说，"这很合理。但你还没证明奥布赖恩真的爱这姑娘。收到了信，他为什么不回来帮她？"

"因为他不能。还记得吉米·霍普的证词吗？此人曾经在奥布赖恩所在的飞行中队里。抵达法国一周之后，奥布赖恩突然要请假离队，闹得翻天覆地。霍普说他十分绝望，但他走不了，那时所有休假都暂停了。很明显，他是收到了朱迪思的求救信，拼尽全力想要回去帮她。两周之后，朱迪思的哥哥收到一封信，说朱迪思投湖自尽了。从那以后，奥布赖恩在天上就像疯了一样，整天不顾性命，只是神秘莫测的天意始终不肯收下他。许多年来，他一直想方设法求死——你还说他不爱朱迪思吗？——直到什么时候呢？"

约翰爵士抚摸着自己浓密的沙黄色胡子，忧虑地说："直到什么时候？我不知道，也许到他放弃了飞行的时候吧，我猜。那是——"

"没错，"奈杰尔打断了他，"**奥布赖恩一直想方设法求死，直到遇见了乔治娅·卡文迪什。**"

"噢，所以呢？他爱上了她，有了新的目标和活着的动力。这与本案有什么关系？"

"对，这确实给了他新的目标，"奈杰尔说，他冷酷的表情吓到了其他两个人，"但他没有爱上乔治娅。他喜欢她，两人在一起了一阵子，可那和他对朱迪思·菲尔的感情不一样。乔治娅曾经对我说过：'我觉得他甚至并不在乎我——我的意思是，不是那种全身心的。他总有一部分魂魄好像神游在外一样。'"奈杰尔停顿了片刻。"来吧，菲利普，你最喜欢猜谜了。为什么遇见乔治娅·卡文迪什改变了奥布赖恩的整个生活模式？"

"饶了我吧，"小个子教授回答，"也许因为她是牛津团契[1]的一员？"

约翰·斯特兰奇韦爵士一动不动地坐着，双唇蠕动，仿佛小孩子在酝酿某个新奇而令人生畏的单词。迷惑不解、难以置信和呆若木鸡的表情轮流滑过他的脸庞，看上去甚至有些滑稽。奈杰尔瞥了他一眼，飞快地以岔题的方式接上了话。

"好吧，菲利普，看来过量的雪利酒已经让你聪明的脑瓜混乱了起来。让我们换一个简单的问题。十二月二十五日，道尔别墅里有九个人：奥布赖恩、阿瑟·贝拉米、格兰特太太、露西拉、乔治娅、爱德华·卡文迪什、诺特斯洛曼、菲利普·斯塔林、奈杰尔·斯特兰奇韦。其中谁最符合杀死奥布赖恩和诺特斯洛曼的凶手形象？一个有着钢铁般的意志并且聪明绝顶的人，有着能写出那些恐吓信的幽默感，以及能将威胁付诸行动的胆量，能够天才般设计出坚果谋杀案，还有足够的时间和耐心等待坚果发挥作用。一个极其记仇的人，能够接触到乔治娅的毒药和诺特斯洛曼的打字机，还有足够的文学素养，熟悉图尔纳的《复仇者的悲剧》。"

菲利普·斯塔林吞了一口雪利酒。他那孩子气、傲慢、讨人

---

[1] 由美国牧师布克曼发起、致力于道德重整运动的基督教团体。

喜欢且透着聪明的脸上罕见地露出困惑与犹豫之色。最后他说：

"呃，臭小子，你这形容的难道不是我本人吗？"

奈杰尔飞快地挪到壁炉旁边，用一把盐焗杏仁塞满嘴巴。一阵短暂的沉默。然后，约翰·斯特兰奇韦爵士以一种刻意且不自然的谨慎态度开了口，仿佛醉酒的司机在对警察说话。

"我感觉我在做梦。但是，奈杰尔，这九个人里符合你描述的有且仅有一位。我觉得你疯了。那个完全符合条件的人是弗格斯·奥布赖恩。"

"慢了点，但很对。"奈杰尔透过满嘴的盐焗杏仁含混地宣布，"我还在想你什么时候才能猜出来。"

约翰爵士迁就地轻声道："就我理解，你的推论是，奥布赖恩谋杀了他自己？"

"不是推论，这是事实。"

"而且，他不光是被自己杀了，还被爱德华·卡文迪什枪杀了？"

"啊哈，致敬布朗特警督。"

"而且，在同时被自己谋杀并被爱德华·卡文迪什枪杀之后，他还毒死了诺特斯洛曼？"

"表述不畅，但没错。"

约翰爵士朝侄子投去同情的眼神，同时对菲利普说：

"帮忙给科尔法克斯打个电话吧，好吗？他是伦敦最好的精神科医生。最好让他派两个男护士和一辆救护车过来。"

"我承认，"奈杰尔泰然自若地继续道，"我自己也费了一番功夫才消化这件事。这是个悖论，但就像所有悖论一样，根基很简单。让我告诉你们推理过程吧。首先是爱德华的举止。从一发现奥布赖恩的尸体开始，我就注意到他不仅紧张，而且很困惑，一头雾水的样子。如果你刚杀了人，如此简单直接，那你根本不会感到困惑——又没有什么难题，只是具尸体罢了。我让布朗特留心爱德华的举止，可惜他并没有太注意。我一直不明白爱德华究竟为什么困惑，直到和乔治娅谈过才知道。交谈中，我清楚地意识到似乎是奥布赖恩先对她哥哥产生了特别的兴趣。那几天乔治娅处于极端情况下，刚从死亡沙漠中获救，奥布赖恩却不住地问她和她家人的情况。稍后，奥布赖恩开始经营他和爱德华的友情，尽管你完全想象不到他会对爱德华这样的人产生兴趣。

"然后我去了爱尔兰，事情立刻就清晰多了：不是爱德华想要奥布赖恩的命，而是反过来。爱德华威胁要把朱迪思的恋情告诉她父亲，变相逼得她自杀。而她在写给奥布赖恩的最后一封信里提到了此事。考虑到奥布赖恩那爱尔兰人的脾气，记仇能记几辈子（你自己说的，叔叔，他很记仇），考虑到他的残酷无情、黑色幽默以及对朱迪思·菲尔热切的爱，我突然意识到，毫无疑问，他才是那个等待多年后终于抓住机会复仇的人。

"一旦想清楚这点，我就开始用案情去验证奥布赖恩是复仇者的推论。显然，他无论如何都得设法让爱德华不得不射杀他，而且事后无法逃脱法网。他想要爱德华遭受当年朱迪思所受的煎熬，像陷阱里的小动物的那种煎熬。他毫不在意自己的性命，反正医生说他活不了多久了。但这好像是个不可能的任务——我是指技术方面。我试图把自己带入奥布赖恩的视角，从最简单的地方着手：怎么把爱德华约到小木屋？突然，我记起露西拉写给奥布赖恩的字条。'今晚必须让我见你一面。'上面说，'我们难道就不能忘了那之后的事吗——等其他人睡下之后，来小木屋找我……'假设奥布赖恩在收到字条之后，悄悄放到了爱德华的盥洗台上或者类似的地方。露西拉曾经是爱德华的情人，第二句话完全讲得通，奥布赖恩的名字也没有出现在字条上，所以爱德华完全想不到这不是写给他的。这就是我的第一个突破点。你们看，奥布赖恩可以用这张字条把爱德华骗到小木屋，而且能确保他不会把这件事告诉任何人。

"好，那么爱德华和奥布赖恩到了小木屋。一见面，奥布赖恩就突然用手枪威胁对方，装成疯狂杀人犯的模样。他凶猛地扑向爱德华，但并不想杀他——这种解脱对爱德华来说太轻松了。他靠近之后让爱德华抓住了枪，假装挣扎，在枪口掉转对准自己的时候，他把爱德华的手指按在了扳机上——这就是弗格斯·奥布赖恩一生的终点，也是他复仇的开端。当然了，他冒了一些风险。爱德华有可能会径直回到主屋，告诉大家发生了什么。但奥布赖恩已经满怀恨意地研究了对方好几个月，他赌爱德华的心理承受能力不佳，赌他不敢说出真相。奥布赖恩赢了。当然，他也采取了一些手段阻挠爱德华说出实情。他故意制造了爱德华杀他的两个动机：抢走露西拉，以及给乔治娅留下遗产——他知晓爱德华的财务窘况。正是这两个动机让我们开始怀疑爱德华。至于朱迪思·菲尔的事情，我猜测他并不想再提起，也确实没有留下相关线索。但讽刺的是，正是这件事让警方坐实了爱德华的凶手身份。

"我脑海中的案件重建就是这样。已知的案情全部符合这个推论，即奥布赖恩把爱德华骗到小木屋并制造了谋杀表象。那场雪也帮了奥布赖恩的忙，纯属意外惊喜。但此时老爱德华的反击比奥布赖恩预料的要有力。爱德华不敢说出事实真相，因为听上去太不切实际了，只会让人注意到他有杀害奥布赖恩的切实理由。所以，他决定伪造出自杀现场。除了脱落的袖扣和奥布赖恩手腕上的瘀青，他没有留下任何线索。雪地上的脚印是聪明的即兴之作。细想起来，这场活人和死人之间的二重奏真是扣人心弦。"

两位听众也确实被扣住了心弦。菲利普·斯塔林警醒而思辨地聆听着每一处细节，约翰爵士的表情则从恼怒和不可置信转向怀疑，最终变成了谨慎及克制的赞同。奈杰尔继续了下去。

"截至此时，爱德华·卡文迪什做得还算不错，但他没能保持住优势。诺特斯洛曼究竟有没有看到他去小木屋并以此勒索，我们永远无法得到答案了。但无论如何，爱德华的精神开始崩溃，正如奥布赖恩预料的那样。他看上去就像个有罪的人，但和罪人有一点重要的不同：他在紧张的同时还很困惑。他当然困惑了。这一表现印证了我那非同寻常的推论。他一直想弄明白奥布赖恩为什么要这么极端，为什么要把他置于如此危险的境地。他完全不可能把奥布赖恩和杰克·兰伯特联系到一起。实际上，就我能想到的，没有任何别的推论可以解释为什么爱德华既困惑又害怕。"

"等一下，奈杰尔。如果奥布赖恩周密策划了整件事，他能想不到爱德华会将现场伪装成自杀吗？"约翰爵士问。

"这也是我接下来遇到的问题。这里有四点只有我的推论能够合理解释。第一，为什么奥布赖恩要写那些恐吓信给我们看？难道不是为了事后让我们怀疑自杀的表象吗？但他犯了个错误，在信中没有控制住他那冷酷而顽皮的幽默感。他完全做不到不和人开玩笑。实际上，第一天晚餐时他曾对我说：'要知道，如果我自己想杀了谁，大概也会写出一模一样的东西来。'他无法控制自己恶作剧的冲动。他本应该用爱德华·卡文迪什的语气写那些信的。第二，他放出风声说有人想要拿到他的飞行器图纸。我几乎从一开始就觉得困惑：为什么他要塞给我那些秘密特工和外国邪恶势力之类的惊悚小说内容？无非是爱尔兰式的浮夸想象力又一次主宰了他罢了。第三，遗嘱。他告诉我遗嘱放在小木屋的保险箱里。自然，当我们发现尸体之后就去看了保险箱，只发现里面空空如也，似乎这就证明有人为了遗嘱而杀他。即便保险箱中真的曾装过那份遗嘱，也在很早之前就被他自己取出，放在密封的信封里寄给律师了。不过在这方面他有些草率，规划得不够仔细，因为我马上就发现了奇怪之处：凶手为什么能打开保险箱？他怎么会知道密码？也许奥布赖恩某些亲密的朋友会知道，但爱德华绝不在此列。他第四个防止本案被当作自杀的手段是将我药倒。他希望我足够聪明，能通过他留下的提示识破伪装出来的自杀，同时又相信我没有聪明到可以看穿真相。

"想到这里，我便确信自己找到了奥布赖恩之死的正确答案。其他思路都没有办法绕过一个最大的障碍：为什么奥布赖恩会坐视自己被杀？你们看，从一开始我就不相信像奥布赖恩那样的人，在事先得到预警并有所武装的情况下，会被人哄骗、突袭，然后用他自己的手枪杀掉。这太不真实了。然后我开始寻找其他奇怪的地方，看是否符合我的推论。比如，小木屋里曾经有一张朱迪思·菲尔的照片，他究竟为什么要在其他客人抵达之前把照片挪走并毁掉？唯一合理的答案是他担心有人看到后可能会认出来，这对他的计划也许是致命的打击。而唯一有可能认出朱迪思·菲尔的客人就是爱德华。因此，他毁掉照片是为了避免引起对方的警惕。还有，我们私下谈话的时候，我总感觉他的话里暗藏玄机。其他客人到了之后，我一直警醒地观察着。记得圣诞节那天，我仍认为恐吓信是玩笑，因为所有人对奥布赖恩的态度都很自然，而我不相信有人能在计划杀人之前的几个小时还在目标面前泰然自若。你可以微笑着当个坏人，但那是事后，不是事前。而且，当我重新回想，便发现奥布赖恩是现场唯一一个表现不正常的人。他当时正要发起一系列行动，要缓慢而又决绝地杀掉爱德华·卡文迪什。他想让爱德华感受几周地狱般的日子，然后送他上绞刑架。不过他大约也未曾想到，正义通过更加诗意的方式实现了——爱德华从飞机上跳了下去。好笑的是，早在我开始怀疑奥布赖恩之前，我就和布利克利说过我能想象奥布赖恩为了复仇而杀人的样子。"

奈杰尔顿了顿。其他两人先是一动不动，然后仿佛有默契一

般,他们同时把酒杯凑到了嘴边。也许是敬奈杰尔,也许是敬那个冷酷的、魔鬼般的弗格斯·奥布赖恩。约翰爵士说:

"也许我们应该推迟一下精神科医生的预约。你的推理令人震惊,但我认为是对的。可是诺特斯洛曼呢?奥布赖恩是怎么杀掉他的?为什么?"

"噢,和本案的其他部分相比,这个问题很简单。这作案手法无疑出自奥布赖恩。爱德华不可能用那种方法杀死诺特斯洛曼,因为要除掉他就得尽快,抢在他向警方告发之前。不下手则已,要下手就得迅速。但奥布赖恩不着急,他在地下可以一直等,几天时间不算什么。坚果是一种延迟机制,果壳里包含着问题的核心——"

约翰爵士呻吟起来:"菲利普,你们牛津有没有教过他滥用比喻很没有教养?"

"恰恰相反,"奈杰尔说,"这是想象力充沛且合理的证明。继续。如果奥布赖恩想在自己死后谋杀诺特斯洛曼,这是**唯一**的方法:延迟机制。复仇自地狱而来。奥布赖恩知道乔治娅有毒药,找出它藏在哪里也并非难事。他之所以选择在自己死后杀害诺特斯洛曼,我认为部分原因是为了让爱德华染上更大的嫌疑。他可能怀疑诺特斯洛曼勒索爱德华,而爱德华显然有渠道拿到妹妹的毒药。奥布赖恩用诺特斯洛曼的打字机写了恐吓信,动机大概就跟淘气的孩子往教堂扔石头一样——也许能砸中玻璃,也许不能。恐吓信也许能扳倒爱德华这个俱乐部常客,也许能扳倒诺特斯洛曼这个俱乐部老板,也有可能都落空。事实上,戏法确实生效了。无论如何，奥布赖恩拿走毒药，备好了毒坚果，将其放在了诺特斯洛曼床边的果盘底部。他有种好笑的女性特质：喜欢做家务事。我发现正是他在我的卧室里摆了花和饼干匣。他知道诺特斯洛曼有用牙咬坚果的习惯，知道对方是个贪吃鬼，喜欢私下享用美味，不大可能与别人分享。但在晚餐时，他还是首先确认了我们没人能用牙齿咬开坚果壳，所以正常情况下不会有别的人那样做。这有风险，确实，但奥布赖恩本就对人命缺乏敬重，而那个坚果进错嘴巴的机会微乎其微，因此并不会太困扰他。更大的风险是乔治娅可能会被列为嫌疑人。但他知道乔治娅缺乏动机，而且，我猜，他也从未想过有人会怀疑乔治娅想杀他。所有人都知道她爱他。

"但诺特斯洛曼必须在奥布赖恩本人死后被毒杀的最重要原因在于，若非如此，奥布赖恩自身的嫌疑就会非常大。你们看，他和诺特斯洛曼渊源颇深，只要稍加努力真正的动机就能挖掘出来。"

"我下次钓鱼的时候也要学你这样。"约翰爵士酸溜溜地说，"真正的动机是什么？勒索？"

"不，比勒索精彩多了。他们的渊源就是战时两人曾一起在皇家空军服役。诺特斯洛曼管奥布赖恩叫'老拖鞋'，除了吉米·霍普之外我没听别人叫过这昵称。霍普就是那个以前在奥布赖恩飞行中队里的家伙，现在住布雷治西附近。我们在报纸上从没看到过'老拖鞋'这个昵称，我第一次听到时还很吃惊。所以，诺特斯洛曼战时曾和奥布赖恩在同一部队服役这一推测很合理。

那么我的第一想法就是柴特谷的这场派对真的很怪。对奥布赖恩这样一个对外宣称想过隐居生活的人来说，开派对本就奇怪。更怪的是，他至少邀请了三个完全不符合他交友风格的人——爱德华、露西拉和诺特斯洛曼。他给我的理由是他怀疑这些人中有人写了恐吓信，所以想让他们待在自己的眼皮底下。但这个解释引发了另一个问题：为什么他要和诺特斯洛曼这种人交往？乔治娅告诉我是奥布赖恩自己想要去诺特斯洛曼的俱乐部，但奥布赖恩看上去却是那种会对俱乐部避之唯恐不及的人。"

"我必须得说，我自己也这样想过。诺特斯洛曼那样一个下流胚和讨厌鬼过来干什么呢？"菲利普·斯塔林说。

"没错。叔叔，还记得你说过的吗——奥布赖恩成为飞行中队长之后，指挥部有个混蛋曾命令他的飞行中队在极端天气条件下进行低空扫射，除了他之外所有飞机都被击落了，从那之后他就比以往更加不要命了。根据吉米·霍普对我说的，1917年末，就在同一星期、同一区域，朱迪思的哥哥也在执行同样的任务时被击落身亡。他还说奥布赖恩和小菲尔像兄弟一样，也提起奥布赖恩是如何在空中照应小菲尔之类的。很明显，奥布赖恩把对朱迪思的部分感情转移到了小菲尔身上，想通过保护她哥哥来铭记对她的爱恋。再回顾一下诺特斯洛曼那边的证词。他说他曾经在皇家空军当飞行员，然后当了参谋，从1917年起指挥奥布赖恩所在的部队。和吉米·霍普谈话的时候我还没有发现其中的联系，但去过爱尔兰之后，我意识到奥布赖恩很可能在针对诺特斯洛曼，因为诺特斯洛曼就是害小菲尔送命的那个混蛋参谋。就在那天，那个区域，他是空军指挥官。上周二，我设法联系到了一个那时和诺特斯洛曼一起在指挥部的人，对方确认是诺特斯洛曼下的命令。奥布赖恩谋划让爱德华经受朱迪思当年那种漫长的精神折磨，而诺特斯洛曼则要经历朱迪思的哥哥那种迅速的死亡。多么诗意的正义——无论从哪种意味上。"奈杰尔沉吟着补充。

"这不就——有点像对《复仇者的悲剧》的致敬吗？"菲利普·斯塔林问。

"你终于清醒了。没错，是的。正因如此，我才说是你提示了我最终解答。是你让我注意到奥布赖恩晚餐时犯的奇怪错误。他引用了剧中的几行台词，但却说出自韦伯斯特。那是一个实验，为了验证在场是否有人熟悉那出戏剧，并发现错误。虽然我倒不觉得他会为此更换方案。实际上，本案的凶手和动机都能在图尔纳的剧本中找到对应，多么令人惊讶。菲利普，你现在肯定能看出来了。"

"你们能不能别再聊文学了！到底在说什么？"约翰·斯特兰奇韦爵士叫道。

"如果你偶尔也读一读除了廉价惊悚小说和园艺产品名册之外的严肃作品，"奈杰尔讨人嫌地回嘴道，"就不仅能升华思想，还能让我免于这项英国文学基础教学任务。《复仇者的悲剧》由图尔纳创作于1607年左右，是非常刺激的伊丽莎白时代血腥戏剧，点缀以神圣的诗行。这部剧的开头很令人愉悦，一个叫作温迪斯的年轻男子手持骷髅头上场，然后是公爵。温迪斯用一种活泼但刻意压低的声音叫道：'公爵！高贵的好色之徒！去吧，你这白发的强奸犯！'然后他劲头上来了，开始花式谩骂公爵，包括'烤焦的、干柴般的色胚'。观众很快得知温迪斯手中的骷髅是他死去情人的头颅。他的情人被公爵毒死了，因为她不肯——用温迪斯那直率到令人钦佩的语句来说，不肯'屈服于他衰朽的色欲'。对于朱迪思而言，爱德华算得上老男人，而她死于不肯屈服于他的欲望。

"奥布赖恩策划复仇的时候一定在读这个剧本，温迪斯的处境和行动都与奥布赖恩出奇地相似。剧中，温迪斯复仇的手段是当上了公爵的皮条客，然后在深夜以介绍新女人为由骗他去了帐篷。温迪斯在纱帘后安置了一个假人，头部用的是他情人的骷髅，双唇涂满腐蚀性的毒药。公爵冲向那个人影，亲上了骷髅头，这才意识到自己犯下了可怕的错误，最终死于急性毒发。那么比较一下道尔别墅的版本。奥布赖恩——温迪斯，爱德华——公爵。午夜时，奥布赖恩把爱德华诱骗到小木屋里，用的是他的情人露西拉的名义。露西拉那个时候给奥布赖恩的字条堪称神来之笔，被转交给爱德华后，奥布赖恩和爱德华精确重现了温迪斯诱杀公爵的一幕。诺特斯洛曼也一样。他死于自身的口腹之欲——对坚果的贪婪喜爱，这场谋杀亦是一场纯粹、赤裸、浮夸、华丽的伊丽莎白式复仇。赫伯特·马林沃斯无意中说出了真相，他称奥布赖恩为'伊丽莎白时代的遗珠'。

"奥布赖恩手边肯定就有这本书。菲利普，你还记得他在晚餐时引用的句子吗？春蚕为你黄丝吐尽，为你毁灭自己。如果我能回想起那句话之前的三行台词，答案恐怕早就唾手可得了。

听着——"

奈杰尔念道,声音像往常一样低沉喑哑,但却饱含着深沉的感情。朱迪思·菲尔,那个他从未见过的甜美、糊涂、纯洁的女孩,仿佛和屋内的两位好友一样就在他面前。

> 现在我可以责备自己
> 沉溺于她的美丽,但她的死
> 必以非常之举昭雪。

"没错,朱迪思·菲尔的死确实以非常之举昭雪了。"一阵漫长的沉默之后,奈杰尔继续道,"奥布赖恩咀嚼着这几行文字,用自己的生命替她复仇了。心碎的温迪斯那冷酷的话想必已在他脑海中逡巡数月。真的,他对我说的第一句话就是温迪斯的台词。如果我能早点领会,应该就能意识到那是他给我的第一个线索,可以解开整个曲折的案情。我当时正在小木屋里调查,他撞见我在看朱迪思·菲尔的照片,便在我身后说:'书房的装饰罢了。'我那时便隐约觉得这句话很奇怪。爱德华自杀那天,我重读了《复仇者的悲剧》,看到第二页上写着温迪斯对骷髅头说:

> 我书房的装饰啊,汝逝灭之躯壳[1],
> 我昔日的未婚妻那明媚的脸……

---

[1] 又译作"汝死亡之躯壳"。

"逝灭之壳。果壳里裹藏着奥布赖恩对诺特斯洛曼的复仇。而奥布赖恩本人的死也像是一个空壳，包裹着两个敌人之死的秘密。多么悲惨的故事。没人不爱奥布赖恩，但他自己的爱却已经随着朱迪思的死被埋进了坟墓。爱人死后，从他击落第一架敌机到用自己的尸身诱捕爱德华，生命对他而言就是一场复仇者的悲剧，一具已经逝灭的躯壳。"

房间里的人久久地沉默着。楼下的车马喧嚣声已经退去。这时菲利普站起来，活泼地喊道：

"天哪，奈杰尔，臭小子，你是我教学生涯的骄傲！这案子唯一让我感到安慰的地方就是诺特斯洛曼的死。这个肮脏的家伙。"

"噢，我可不会这么说，"奈杰尔轻声说，"至少那不是我**唯一**的安慰。"

朱迪思·菲尔那张可爱、忧伤、精灵般的面庞逐渐从他心中消失，而乔治娅·卡文迪什的脸似乎正在模糊不清的未来朝他微笑。